Das Buch:
Wir befinden uns am Anfang des 22. Jahrhunderts. Der Mond ist kolonialisiert und auf dem Mars leben einige Pioniere, die sich mit der Umformung des roten Planeten beschäftigen. Von hier aus beobachtet ein Amateurastronom einen neuen Asteroiden, der Kurs auf das solare System nimmt. Die Wissenschaftler des NASA-Projects Spaceguard orten den Asteroiden und errechnen zu ihrem Entsetzen, daß er in wenigen Monaten mit der Erde kollidieren wird. Die Katastrophe hätte entsetzliche Folgen, vergleichbar mit dem Aussterben der Dinosaurier.
Kapitän Robert Singh und seine Besatzung vom Raumschiff Goliath bereiten sich in der Theorie zwar schon lange auf eine solche Aufgabe vor, doch die Praxis sieht wie immer ganz anders aus: Können sie den Asteroiden, der nach der Hindu-Göttin der Vernichtung auf den Namen Kali benannt wird, vom Kurs abbringen? Es beginnt eine Operation, die enorme Feinarbeit verlangt. Zu allem Überfluß ist die Bedrohung aus dem Weltraum nicht der einzige feindliche Faktor. Christliche Fundamentalisten, die Chrislams, sehen in Kali ihr »Instrument des jüngsten Gerichts« und haben ihm den Beinamen ›Der Hammer Gottes‹ nicht von ungefähr gegeben...

Der Autor:
Arthur C. Clarke ist neben Isaac Asimov der unbestrittene Altmeister der Science-Fiction-Literatur. Man nennt ihn nicht zu unrecht den Propheten des »Space Age«. Zu seinen über 30 Romanen gehören Weltbestseller und SF-Klassiker wie zum Beispiel 2001 – ODYSSEE IM WELTALL – das unter der Regie von Stanley Kubrick zum Klassiker des SF-Films wurde – und die drei Folgebände, sowie seine Rama-Reihe.
Der mittlerweile 82jährige Autor lebt heute in Sri Lanka.

ARTHUR C. CLARKE

DER HAMMER GOTTES

Roman

Aus dem Englischen
von Marion Koppelmann

WILHELM HEYNE VERLAG
MÜNCHEN

HEYNE ALLGEMEINE REIHE
Nr. 01/13044

Die Originalausgabe
THE HAMMER OF GOD
erschien 1993 bei Victor Gollancz, an imprint of
Cassell Villiers House, London

Umwelthinweis:
Dieses Buch wurde auf
chlor- und säurefreiem Papier gedruckt.

Redaktion: lüra – Service für Verlage/Brigitte Kleidt

Taschenbuchausgabe 4/2000

Printed in Germany 2000
Umschlagillustration: IFA-BILDERTEAM/
International Stock, Taufkirchen
Umschlaggestaltung: Nele Schütz Design, München
Satz: Buch-Werkstatt GmbH, Bad Aibling
Druck und Bindung: Presse-Druck, Augsburg

ISBN 3-453-16111-4

http://www.heyne.de

Inhalt

I

II

III

IV

V

VI

VII

Alle beschriebenen Ereignisse, die in der Vergangenheit liegen, haben sich tatsächlich zu den angegebenen Zeitpunkten und an den erwähnten Plätzen zugetragen; all die in der Zukunft spielen, sind möglich. Und eines ist sicher: Früher oder später werden wir auf Kali treffen.

I

DIE ERSTE BEGEGNUNG: OREGON, 1972

Der Komet hatte die Größe eines kleinen Hauses, wog neuntausend Tonnen und bewegte sich mit einer Geschwindigkeit von fünfzigtausend Stundenkilometern auf die Erde zu. Als er den Grand Teton Nationalpark überflog, photographierte ein aufmerksamer Tourist den weißglühenden Feuerball und seinen langen Schweif aus Dampf. Der Komet schnitt die Erdatmosphäre an, war aber schon wieder auf dem Weg hinaus ins All. Das Ganze hatte weniger als zwei Minuten gedauert.

Wenn es in den Jahrmillionen, die er bereits die Sonne umkreiste, nur eine winzige Veränderung seiner Umlaufbahn gegeben hätte, wäre er womöglich in einer unserer Großstädte niedergegangen – mit einer fünfmal stärkeren Sprengkraft als die der Bombe, die Hiroschima zerstört hat.

Diese Begegnung fand am 10. August 1972 statt.

1 *Jenseits von Afrika*

Robert Singh genoß die Waldspaziergänge mit seinem kleinen Sohn Toby. Es handelte sich natürlich um einen friedlichen Wald, in dem es garantiert keine wilden Tiere mehr gab. Aber er stand doch in aufregendem Kontrast zu ihrem letzten Aufenthaltsort in der Wüste von Arizona. Vor allem war es ein gutes Gefühl, so nah am Meer zu sein, zu dem alle, die im Weltall wohnten oder arbeiteten eine tief verwurzelte Verbundenheit empfanden. Selbst hier auf der Lichtung, mehr als einen Kilometer landeinwärts, konnte man noch ganz schwach die vom Monsun gepeitschten Wellen gegen das äußere Riff schlagen hören.

»Was ist denn das, Daddy?« fragte der Vierjährige und deutete auf ein behaartes Gesichtchen mit einem weißen Backenbart, das sie durch eine Lücke im Blätterwald anstarrte.

»Äh ..., eine Affenart. Warum fragst du nicht Brain?«

»Das habe ich schon, aber er antwortete nicht.«

›Noch so ein Problem‹, dachte Singh. Manchmal sehnte er sich nach dem einfachen Leben seiner Vorfahren in den staubigen Ebenen Indiens, obwohl er ganz genau wußte, daß er das nur Millisekunden ausgehalten hätte.

»Versuch's noch mal, Toby. Manchmal sprichst du zu schnell – der Zentralrechner im Haus erkennt dann deine Stimme nicht. Hast du auch ein Bild mitgeschickt? Der Computer kann nicht sagen, was du dir gerade ansiehst, wenn er es nicht sehen kann.«

»Oh, vergessen!«

Singh rief in demselben Augenblick den privaten Nachrichtenkanal seines Sohnes auf, in dem der Zentralrechner die Antwort übermittelte: »Es handelt sich um einen weißen Colobus aus der Familie der Cercopithecidae, der Meerkatzenverwandten ...«

»Danke Brain. Kann ich mit ihm spielen?«

»Ich halte das für keine gute Idee«, schaltete sich Singh schnell in das Gespräch der beiden ein. »Vielleicht beißt er, und wahrscheinlich hat er Flöhe. Deine Robospielsachen sind doch viel netter.«

»Nicht so nett wie Tigerchen.«

»Aber sie machen nicht soviel Arbeit, selbst jetzt, wo sie endlich stubenrein ist. Wie auch immer, wir müssen sowieso nach Hause«, sagte Singh zu seinem Sohn und dachte, ›um zu sehen, wieweit Freyda bei ihren Problemen mit dem Zentralrechner gekommen ist …‹

Seit der Skylift-Service ihr Haus hier in Afrika montiert hatte, war eine ganze Reihe von Pannen aufgetreten, die jüngste und wohl auch gravierendste beim Nahrungsmittel-Recycling-System. Obwohl es absolut narrensicher und die Wahrscheinlichkeit, sich zu vergiften, astronomisch gering war, hatte das ›Filet mignon‹ am Vorabend doch ziemlich metallen geschmeckt. Freyda bemerkte dazu ganz trocken, daß sie ja wieder zu dem Leben der Jäger und Sammler im vorelektronischen Zeitalter zurückkehren und ihr Essen über Holzfeuer braten könnten. Manchmal hatte sie wirklich einen merkwürdigen Sinn für Humor: Allein bei dem Gedanken, richtiges Fleisch von toten Tieren zu essen, drehte sich einem doch der Magen um …

»Können wir nicht zum Strand gehen?«

Toby, der den größten Teil seines Lebens bisher in einer Sandwüste verbracht hatte, war vom Meer fasziniert und konnte gar nicht fassen, soviel Wasser auf einmal zu sehen. Singh freute sich schon darauf, seinen Sohn mit zum Riff hinaus zu nehmen, sobald sich der Nordostmonsun gelegt hatte. Dann konnte er ihm endlich all die Wunder zeigen, die im Augenblick noch unter den tosenden Wellen verborgen lagen.

»Mal sehen, was Mama dazu sagt.«

»Mama sagt, ihr solltet heimkommen. Haben meine Männer denn vergessen, daß wir heute nachmittag Besuch bekommen? Und Toby, dein Zimmer ist eine *Katastrophe*. Es wird Zeit, daß du mal selbst aufräumst und es nicht wieder Dorkas überläßt.«

»Aber ich habe sie doch so programmiert …«

»Keine Widerrede. Nach Hause mit euch!«

Toby setzte schon zu einer nur zu bekannten Antwort an … Aber es gab Momente, da Disziplin die elterliche Liebe überwog; so nahm Singh seinen Sohn auf den Arm und machte sich mit dem widerstrebenden Jungen auf den Heimweg. Doch Toby war zu schwer, um weit getragen zu werden. So war sein Vater froh, als der Junge aufhörte, zu strampeln und allein weiter lief.

Das Gebäude, in dem Robert Singh, Freyda Carroll, ihr gemeinsamer Sohn Toby, dessen geliebter Minitiger und eine ganze Reihe von Robotern wohnten, wäre einem Besucher aus früheren Jahrhunderten sicherlich erstaunlich klein vorgekommen – eher wie eine Hütte als wie ein richtiges Wohnhaus. Aber der Schein trog, da die meisten Räume multifunktional waren und sich auf Zuruf verwandelten. Die Möbel nahmen dann eine andere Form an, Wände und Decken verschwanden und wurden durch verschiedene Ansichten oder Himmelsformationen ersetzt –ja sogar durch extrem wirklichkeitsgetreue Weltraumansichten, die jeder, mit Ausnahme eines Astronauten, für echt gehalten hätte.

Das Haus, mit seiner zentralen Kuppel und den vier halbkreisförmigen Flügeln war – das mußte Singh zugeben – nicht gerade schön und wirkte auf der Dschungellichtung völlig deplaziert. Aber es entsprach hundertprozentig der Bezeichnung ›Wohnmaschine‹. Singh hatte, seitdem er erwachsen war, eigentlich ständig in solchen Maschinen gelebt – häufig auch noch bei Schwerelosigkeit. In einer anderen Umgebung hätte er sich gar nicht richtig wohlgefühlt.

Die Eingangstür klappte auf, und ein goldenes Knäuel tobte ihnen entgegen. Mit ausgestreckten Armen rannte Toby los, um Tigerchen zu begrüßen …

Aber sie sollten sich niemals treffen, da diese Wirklichkeit nun schon dreißig Jahre zurück- und eine halbe Milliarde Kilometer entfernt lag.

2 *Rendezvous mit Kali*

Als das Abspielen der Erinnerungssequenzen beendet war, verschwanden allmählich die Geräusche und Eindrücke, der Geruch unbekannter Blumen und die sanfte Bewegung des Windes auf Kapitän Singhs um Jahrzehnte jüngeren Haut. Er befand sich wieder in seiner Kabine an Bord des Raumschleppers ›Goliath‹, während Toby und seine Mutter in einer Welt zurückblieben, die Singh nie wieder besuchen konnte. Die Jahre, die er nun schon im All verbracht hatte – und die Vernachlässigung des vorgeschriebenen Krafttrainings in der Schwerelosigkeit –, hatten ihn so geschwächt, daß er sich jetzt nur noch auf dem Mond oder Mars bewegen konnte. Die Anziehungskraft seines Heimatplaneten Erde machte es ihm unmöglich, dorthin zurückzukehren.

»Noch eine Stunde bis zum Kontakt, Captain«, hörte er die ruhige, aber beharrliche Stimme von David, wie man Goliaths Bordcomputer sinnigerweise genannt hatte. »Wie gewünscht befinden Sie sich nun wieder im aktiven Modus. Es wird Zeit, daß Sie Ihren Memochip beiseite legen und in die Wirklichkeit zurückkehren.«

Dem menschlichen Kommandeur der Goliath überkam ein Anflug von Trauer, als sich die letzten Bilder seiner für immer verlorenen Vergangenheit in ein konturloses weißes Rauschen auflösten. Wechselte man zu schnell von einer Realität in die andere, riskierte man Schizophrenie, deshalb schwächte Kapitän Singh den Schock immer mit dem angenehmsten Geräusch ab, das er kannte: sanftes Meeresrauschen am Strand, durchsetzt von gelegentlichen Seemöwenschreien. Auch das erinnerte ihn an ein Leben, das nun unwiederbringlich hinter ihm lag – eine friedvolle Vergangenheit, an deren Stelle eine furchterregende Zukunft getreten war.

Er zögerte, bevor er sich wieder seiner unangenehmen Verantwortung stellte. Dann nahm er mit einem Seufzer den Zerebralhelm ab, der direkt am Schädel anlag. Wie alle Weltraumfahrer gehörte Singh zu der Kategorie »Kahl ist cool«, wenn auch nur deshalb, weil Haarteile in der Schwerelosigkeit einfach hinderlich waren. Die Soziologen staunten immer noch darüber, daß die Erfindung des tragbaren ›Brainman‹ die Erscheinung des Menschen innerhalb eines Jahrzehnts so stark beeinflußt und die alte Kunst des Perückenmachens in den Status einer Großindustrie erhoben hatte.

»Captain«, hörte er nun wieder David, »ich weiß, daß Sie da sind. Oder wollen Sie, daß ich übernehme?«

Es war ein altbekannter Scherz, der von den verrückten Computern aus Romanen und Filmen der elektronischen Frühzeit herrührte. David hatte einen erstaunlich ausgeprägten Sinn für Humor: Im Rahmen des berühmten hundertsten Verfassungszusatzes galt er immerhin als eine – nicht-menschliche – juristische Person, die die Eigenschaften seiner Schöpfer teilte und gelegentlich übertraf. Aber es gab ihm unzugängliche Bereiche der Empfindung, zum Beispiel fehlten ihm Tast- oder Geruchssinn, obwohl das einfach zu konstruieren gewesen wäre. Auch seine Versuche, schmutzige Witze zu erzählen, waren so böse in die Hose gegangen, daß er von diesem Genre die Finger ließ.

»In Ordnung, David«, gab der Kapitän zurück, »ich habe wieder das Kommando.« Er nahm den Sichtschutz ab, wischte die Tränen, die sich irgendwie dort angesammelt hatten, aus den Augenwinkeln und wandte seine Aufmerksamkeit widerstrebend dem Sichtschirm zu, auf dem Kali direkt vor ihm im All schwebte.

Sie sah so harmlos aus – ein kleiner Asteroid – und ihre Form glich so exakt der einer Erdnuß, daß es schon beinah amüsant war. Einige große und hunderte kleiner Einschlagskrater verteilten sich willkürlich über der kohlrabenschwarzen Oberfläche. Es gab keinerlei Anhaltspunkte, die auf Kalis Größe schließen ließen, aber Singh kannte ihre Maße auswendig: 1.295 Meter maximale Länge, 656 Meter minimale Breite. Sie hätte locker in einen Stadtpark gepaßt.

Die meisten Menschen wollten selbst jetzt noch nicht glauben, daß dieser Asteroid das Instrument des Jüngsten Gerichts war. Oder wie ihn die chrislamischen Fundamentalisten nannten: »Der Hammer Gottes.«

Viele waren der Meinung, daß die Brücke der Goliath der des ›Raumschiffs Enterprise‹ nachempfunden sei. Hundertfünfzig Jahre nach der Erstausstrahlung sah man die Abenteuer der verschiedenen ›Star Trek‹-Generationen immer noch gern. Sie erinnerten daran, wie naiv die Menschen zu Beginn des Raumzeitalters an die Sache herangegangen waren. Damals träumte man noch davon, eines Tages die physikalischen Gesetzmäßigkeiten aufzuheben und mit Überlichtgeschwindigkeit durch das Universum zu rasen. Bisher hatte man allerdings noch kein Mittel gefunden, das die von Einstein postulierte Geschwindigkeitsbegrenzung außer Kraft setzte; und obwohl bewiesen war, daß ›Wurmlöcher‹ im All existierten, konnte nichts, nicht einmal ein schmächtiger Atomkern, hindurchgelangen. Trotzdem hatte man den Traum noch nicht ganz aufgegeben, irgendwann die Weiten des Weltalls zu erforschen.

Kali nahm den gesamten Hauptsichtschirm ein. Man brauchte sich nicht hineinzuzoomen. Die Goliath stand nur etwa zweihundert Meter über der uralten, zerklüfteten Oberfläche des Asteroiden, der nun zum ersten Mal in seiner Laufbahn Besuch bekam.

Obwohl Kapitän Singh als Kommandeur das Vorrecht genoß, als erster den Fuß auf einen jungfräulichen Planeten zu setzten, hatte er die erste Landung drei Besatzungsmitgliedern mit mehr Erfahrung im Außenteam übertragen. Er wollte möglichst keine Zeit verlieren. Zu viele Menschen sahen zu und warteten gespannt auf das Urteil, das das Schicksal der Erde besiegeln würde.

Auf kleinen Asteroiden kann man nicht laufen: eine einzige unbedachte Bewegung würde dem Erforscher sofort zuviel Schwung geben, daß er sich bald in seiner eigenen Umlaufbahn befände. Deshalb trug ein Mitglied des Außenteams einen schweren Anzug mit Selbstantrieb und Greifarmen. Die anderen beiden bewegten sich mit einem kleinen Weltraumschlitten, der den in der Arktis verwendeten Gefährten zum Verwechseln ähnlich sah.

Kapitän Singh und die zwölf Offiziere, die sich auf der Brücke der Goliath um ihn versammelt hatten, wußten genau, daß unnötige Fragen oder überflüssige Ratschläge an das Außenteam die Mission nur erschwerten – es sei denn, ein Notfall träte ein.

Der Schlitten landete gerade auf einem Findling, der um ein Vielfaches größer war als das Gefährt selbst, und wirbelte dabei eine enorme Staubwolke auf.

»Touchdown, Goliath! Wir können den felsigen Untergrund sehen. Sollen wir hier vor Anker gehen?«

»Der Platz ist so gut wie jeder andere. Nur zu!«

»Fahren jetzt Bohrkopf aus ... scheint sich ganz leicht versenken zu lassen ... Wär's nicht toll, wenn wir hier auf Öl stießen?«

Auf der Brücke ließ sich amüsiertes Raunen vernehmen. Solche Scherze lockerten die Stimmung auf, und Singh unterstützte sie. Seitdem die Goliath den Asteroiden erreicht hatte, verhielt sich die Mannschaft anders als üblich. Die Stimmung schwankte unberechenbar zwischen Schwermut und jugendlichem Übermut. Die Schiffsärztin nannte es ›pfeifend am Friedhof vorbeigehen‹ und hatte auch schon einen leichten Fall von manisch-depressivem Verhalten mit Beruhigungsmitteln behandelt. In den Wochen und Monaten, die vor ihnen lagen, würde es immer schlimmer werden.

»Fahren Antenne aus ..., setzen Funkturm ein ...Wie sind die Signale?«

»Laut und deutlich.«

»Gut, jetzt kann sich Kali nicht mehr verstecken.«

Es bestand allerdings nicht die geringste Gefahr, Kali zu verlieren, wie es in der Vergangenheit so oft mit anderen unzureichend observierten Asteroiden geschehen war. Keine Umlaufbahn war jemals mit größerer Sorgfalt berechnet worden als die von Kali. Trotzdem bestand nach wie vor eine gewisse Unsicherheit und die verschwindend geringe Chance, daß der Hammer Gottes den Amboß verfehlte.

Nun warteten die großen Radioteleskope auf der Erde und der erdabgewandten Seite des Mondes auf die Impulse des Funkturms, die alle Tausendstelsekunde ausgesandt wurden. Sie würden mehr als zwanzig Minuten bis zu ihrem Bestimmungsort unterwegs sein, aber dann bildeten sie eine unsichtbare Meßlatte, die Kalis tatsächliche Laufbahnkoordinaten zentimetergenau angab. Sekunden später würden die Computer der ›Spaceguard‹ ihr Urteil verkünden, das über Tod oder Leben entschied. Und dann würde es beinah eine ganze Stunde dauern, bis ein entsprechender Funkspruch die Goliath erreichte.

Das Warten hatte begonnen.

Bei dem Unternehmen Spaceguard handelte es sich um eines der letzten Projekte der legendären NASA, das man Ende des zwanzigsten Jahrhunderts ins Leben gerufen hatte. Anfangs war das Ziel ziemlich bescheiden: Man wollte einen möglichst detaillierten Überblick über die Asteroiden und Kometen bekommen, die die Umlaufbahn der Erde kreuzten, und bestimmen, ob von ihnen Gefahr drohte. Der Name des Projekts, den man einem kuriosen Science-fiction-Roman des zwanzigsten Jahrhunderts entlehnt hatte, traf die Sache nicht richtig; Kritiker gefielen sich in dem Hinweis, daß ›Spacewatch‹ – Weltraumbeobachtung – oder ›Spacewarn‹ – Weltraumwarnsystem – sehr viel angemessener gewesen wäre als Spaceguard – Weltraumwache.

Mit einem Jahresbudget, das selten zehn Millionen Dollar überstieg, entstand bis zum Jahr 2000 ein weltweites Netz von Teleskopen. Die meisten wurden von erfahrenen Hobbyastronomen bedient. Einundsechzig Jahre später wurden infolge der spektakulären Rückkehr des Halleyschen Kometen die Mittel erhöht. Aber erst der große Feuerball des Jahres 2097, der glücklicherweise mitten im Atlantik niedergegangen war, verhalf dem Projekt Spaceguard zu internationaler Anerkennung. Bis zum Ende des 21. Jahrhunderts wurden mehr als eine Million Asteroiden lokalisiert, und man ging davon aus, daß damit etwa neunzig Prozent erfaßt waren. Trotzdem mußte man die Suche unbegrenzt fortsetzen, denn jederzeit konnte ein Störenfried aus den Weiten des Weltraums in den kartographierten Bereich eindringen.

So wie es bei Kali der Fall gewesen war, die man Ende des Jahres 2109 entdeckt hatte, während sie die Umlaufbahn des Saturn kreuzte und sonnenwärts flog.

DIE ZWEITE BEGEGNUNG: TUNGUSKA, SIBIRIEN, 1908

Der kosmische Eisberg war aus Richtung Sonne kommend in die Atmosphäre eingedrungen. Aber niemand hatte ihn gesehen, bevor der Himmel explodierte. Sekunden später ebnete eine Druckwelle zweitausend Quadratkilometer Tannenwald ein, und das lauteste Geräusch seit der Explosion von Krakatau umkreiste die Erde.

Nur zwei Stunden Verzögerung auf der jahrtausendelangen Reise des Meteoriten und sein zehn Megatonnen schwerer Einschlag hätte Moskau zerstört und den Lauf der Geschichte verändert.

Diese Begegnung fand am 30. Juni 1908 statt.

3 Steine, die vom Himmel fallen

»Niemals war im Weißen Haus soviel Talent versammelt wie an dem Tag, als Thomas Jefferson allein zu Abend aß.«

Präsident John F. Kennedy zu einer Delegation von Wissenschaftlern der Vereinigten Staaten

»Ich glaube eher, daß zwei Yankee-Professoren lügen, als daß Steine vom Himmel fallen.«

Präsident Thomas Jefferson, als man ihm von einem Meteoriteneinschlag in Neuengland berichtete

»Meteoriten fallen nicht auf die Erde; sie fallen auf die Sonne – und die Erde ist nur im Weg.«

John W. Campbell

Daß Steine sehr wohl vom Himmel fallen können, war in der Antike allgemein bekannt, obwohl man sich wahrscheinlich darüber stritt, welcher spezielle

Gott sie jeweils hatte fallen lassen. Und man wußte, daß nicht nur Steine, sondern auch das kostbare Eisen vom Himmel fiel. Bevor die Technik des Verhüttens erfunden worden war, stellten Meteoriten die Hauptbezugsquelle dieses wertvollen Metalls dar. Kein Wunder, daß man sie für heilig erklärte und anbetete.

Allerdings hielten sich die aufgeklärteren Köpfe des 18. Jahrhunderts – des Zeitalters der Vernunft – für zu klug, um diesem in ihren Augen abergläubischen Unsinn Glauben zu schenken. Am Ende verabschiedete die Französische Akademie der Wissenschaften sogar eine Resolution, derzufolge Meteoriten eindeutig irdischen Ursprungs sind. Es sähe manchmal nur so aus, als fielen sie vom Himmel, weil sie das Ergebnis von Blitzeinschlägen wären. Ein durchaus verständlicher Fehler. Also warfen die Kuratoren der europäischen Museen die wertlos gewordenen Steingebilde weg, die ihre angeblich unwissenden Vorgänger mit so viel Mühe gesammelt hatten.

Als Ironie des Schicksals in der Geschichte der Wissenschaft kann der massive Meteoritenschauer betrachtet werden, der wenige Jahre nach der Verlautbarung der Französischen Akademie in der Nähe von Paris und in Gegenwart von über jeden Zweifel erhabenen Zeugen niederging. Die Akademie veröffentlichte eiligst einen Widerruf ihrer Resolution.

Trotzdem sollte es noch bis zum Beginn des Raumzeitalters dauern, bis die ganze Bedeutung – und Bedrohlichkeit – der Meteoriten erkannt wurde. Jahrzehntelang bezweifelten Wissenschaftler – einige stritten es sogar rundweg ab –, daß Meteoriten für irgendwelche größeren Bodenformationen auf der Erde verantwortlich sein könnten. Es ist fast nicht zu glauben, aber bis ins zwanzigste Jahrhundert hinein vertraten einige Geologen die Auffassung, daß der berühmte Meteorkrater von Arizona seinen Namen zu Unrecht trug. Ihrer Ansicht nach war er vulkanischen Ursprungs! Erst als Weltraumsonden bewiesen, daß der Mond und die meisten kleineren Körper des Sonnensystem über Jahrtausende kosmischem Bombardement ausgesetzt gewesen waren, konnte dieser Gelehrtenstreit beigelegt werden.

Nachdem die Geologen erst einmal damit begonnen hatten, nach Einschlagkratern zu suchen, fanden sie sie mehr oder weniger überall – besonders seitdem sich ihnen durch Satellitenbilder ganz neue Blickwinkel boten. Der Grund, warum die Krater nicht schon früher aufgefallen waren, lag nun auf der Hand: Die älteren hatte die Witterung abgetragen, und einige waren so riesig, daß man sie vom Boden oder aus der Luft gar nicht erkennen konnte. Ihr volles Ausmaß erschloß sich nur vom Weltraum her.

All dies war für Geologen äußerst interessant, beeinflußte den Alltag der Menschen jedoch überhaupt nicht. Das öffentliche Interesse war gering. Aber dann sorgte die bisher verkannte Wissenschaft von den Meteoriten dank des Nobelpreisträgers Luis Alvarez und seines Sohnes Walter in allen Tageszeitungen für Schlagzeilen.

Das an der astronomischen Zeitskala gemessene plötzliche Verschwinden der Dinosaurier, die mehr als hundert Millionen Jahre lang die Erde beherrscht hatten, war immer schon ein großes Rätsel gewesen. Viele Erklärungen hatte man dafür hervorgebracht: Einige waren relativ einleuchtend, andere einfach nur lachhaft gewesen. Eine Klimaveränderung war die einfachste und wohl auch plausibelste Lösung. Sie inspirierte Walt Disney in seinem filmischen Meisterwerk ›Fantasia‹ zu einer brillanten, mit Musik aus Strawinskis ›Frühlingsweihe‹ unterlegten Sequenz.

Aber die Klima-Theorie blieb unbefriedigend, weil sie mehr Fragen aufwarf als beantwortete. Wenn sich das Wetter tatsächlich dauerhaft verändert hatte, wodurch war denn dieser Wechsel hervorgerufen worden? Dafür gab es so viele verschiedene Annahmen – von denen keine wirklich überzeugte –, daß manche Wissenschaftler bald ganz andere Möglichkeiten in Betracht zogen.

Im Jahre 1980 verkündeten Luis und Walter Alvarez, daß sie auf der Suche nach einem geologischen Beleg für die Klimaveränderungstheorie das Geheimnis gelüftet hätten. Eine dünne Gesteinsschicht, die sich im Übergang von der Kreidezeit zum Tertiär gebildet hatten, berge den Nachweis für eine weltweite Katastrophe.

Die Dinosaurier waren auf einen Schlag getötet worden, und nun kannte man die Waffe.

DIE DRITTE BEGEGNUNG: GOLF VON MEXIKO, 65 MILLIONEN JAHRE VOR UNSERER ZEITRECHNUNG

Er trat vertikal in die Erdatmosphäre ein, riß dabei ein Loch von zehn Kilometer Durchmesser und erzeugte so hohe Temperaturen, daß die Luft Feuer fing. Als er auf dem Boden aufschlug, verflüssigte sich das Gestein und breitete sich in riesigen Wellen aus, die erst erkalteten, als sie bereits einen Krater mit einem Durchmesser von zweihundert Kilometern geformt hatten.

Das war jedoch erst der Anfang des Unglücks; nun begann die eigentliche Tragödie. Stickstoffmonoxid regnete vom Himmel und verwandelte die Meere in Säure. Rauchwolken, die von den eingeäscherten Wäldern aufstiegen, verdunkelten den Himmel und verdeckten die Sonne für Monate. Weltweit sank die Temperatur jäh. Die meisten Pflanzen- und Tierarten, die die anfängliche Flutkatastro-

phe überlebt hatten, starben aus. Einige bestanden noch Tausende von Jahren, aber das Zeitalter der großen Reptilien war vorbei.

Die Uhr der Evolution wurde zurückgestellt, der Countdown bis zum Auftritt des Menschen lief.

Diese Begegnung fand etwa fünfundsechzig Millionen Jahre vor unserer Zeitrechnung statt.

4 Todesurteil

Eine Intelligenz, die zu einem gegebenen Zeitpunkt alle in der Natur wirkenden Kräfte […] verstünde und überdies umfassend genug wäre, alle diese Daten zu analysieren, könnte in ein und derselben Formel die Bewegungen der größten Himmelskörper und der leichtesten Atome vereinigen; nichts bliebe für sie im Ungewissen, und Zukunft wie Vergangenheit wäre ihren Augen gegenwärtig.

Pierre Simon de Laplace, 1814

Robert Singh brachte wenig Geduld für philosophische Spekulationen auf, aber als er diese Worte des französischen Mathematikers zum ersten Mal in einem Astronomielehrbuch las, grenzten sie für ihn fast an eine Horrorvision. So unwahrscheinlich eine ›genügend umfassende Intelligenz‹ auch sein mochte, ihn erschreckte allein die Vorstellung, daß sie möglich sein könnte. War etwa der sogenannte freie Wille, von dessen Besitz Singh ausgegangen und auf den er so stolz war, eine Illusion, konnte man jeden seiner Schritte, zumindest prinzipiell, vorhersagen?

Er atmete auf, als er erfuhr, daß der Laplacesche Dämon durch die Entwicklung der Chaostheorie Ende des zwanzigsten Jahrhunderts ausgetrieben worden war. Ihr zufolge ist nicht einmal die Zukunft eines einzelnen Atoms, geschweige denn die des gesamten Universums mit Bestimmtheit vorhersagbar. Dazu müßte man die Ausgangsposition des Teilchens kennen und ganz genau – unendlich genau – wissen, wie schnell es sich bewegte. Irgendein Fehler an der millionsten, milliardsten oder billionsten Stelle würde sich schließlich so aufbauen, daß Realität und Theorie nicht mehr das Geringste miteinander zu tun hätten.

Trotzdem konnten einige Ereignisse mit absoluter Sicherheit vorhergesagt werden, zumindest über Zeitspannen hinweg, die für menschliche Verhältnisse lang waren.

Die Bewegung der Planeten in bezug auf die Anziehungskraft der Sonne – und ihre Anziehung untereinander – war das klassische Beispiel, dem Laplace sein Genie gewidmet hatte, wenn er nicht gerade mit Napoleon philosophische Probleme diskutierte. Obwohl die langfristige Stabilität des Sonnensystems nicht garantiert war, konnte man die Position der Planeten auf Zehntausende von Jahren im voraus berechnen, und das mit nur geringfügigen Abweichungen.

Die Zukunft von Kali mußte man nur für einige Monate vorhersagen, und die tolerierbare Abweichung war der Erddurchmesser.

Nachdem man die Laufbahn des Asteroiden dank des Funkturms mit der notwendigen Genauigkeit berechnet hatte, blieb kein Raum mehr für Spekulation – oder Hoffnung …

Nicht, daß Robert Singh sich jemals erlaubt hätte, zu hoffen. Die Nachricht, die ihm David zukommen ließ, sobald sie per moduliertem Infrarotstrahl von der Relaisstation auf dem Mond übermittelt worden war, fiel genauso aus, wie er es erwartet hatte.

»Die Spaceguard-Computer lassen mitteilen, daß Kali in zweihunderteinundvierzig Tagen, dreizehn

Stunden, fünf Minuten – plus minus zwanzig Minuten – die Erde trifft. Die Einschlagstelle wird noch ermittelt. Wahrscheinlich der Pazifik.«

Kali würde also im Meer landen, was allerdings nichts am Ausmaß der globalen Katastrophe änderte. Es könnte die Sache sogar noch schlimmer machen, wenn sich eine kilometerhohe Flutwelle bis zu den Hängen des Himalajas ausbreitete.

»Ich erhalte gerade noch eine Meldung«, sagte David.

»Ich weiß.«

Es konnte kaum eine Minute verstrichen sein, aber es kam Singh vor wie eine Ewigkeit.

»Spaceguard Control an Goliath. Sie sind autorisiert, sofort mit Operation ›Atlas‹ zu beginnen.«

5 *Atlas*

Atlas fiel in der griechischen Mythologie die Aufgabe zu, den Himmel nicht auf die Erde fallen zu lassen. Die Aufgabe des Atlas-Antriebsmoduls, das die Goliath an Bord hatte, war viel schlichter: Es sollte nur ein ganz kleines Stück Himmel abdrängen.

Auf dem äußeren Marsmond Deimos hatte man Atlas zusammengebaut: an sich nur eine Reihe von Raketen, befestigt an Treibstofftanks, die insgesamt zweihunderttausend Tonnen flüssigen Wasserstoffs faßten. Ihre Brennkammern würden zwar weniger Antriebsenergie liefern als die primitiven Raketen, die Juri Gagarin ins All befördert hatten, aber sie konnten ohne Unterlaß laufen, und zwar nicht nur minuten-, sondern monatelang. Auch wenn sie einen so großen Körper wie Kali nur geringfügig beeinflussen, seine Geschwindigkeit nur um wenige Zentimeter pro Sekunde ändern konnten, es wäre genug, vorausgesetzt, daß alles gutging.

Ein Jammer, daß die Menschen, die so hart für oder gegen das Projekt Atlas gearbeitet hatten, das Ergebnis ihrer Anstrengungen nicht mehr erfuhren.

6 *Der Senator*

Senator George Ledstone (parteilos, Westamerika) pflegte eine allseits bekannte Marotte und hatte, wie er gern zugab, eine geheime Schwäche.

Er trug immer eine große Hornbrille, die im Zeitalter der ambulanten Augenlaseroperation natürlich keinerlei korrigierende Funktion hatte und eine wahre Seltenheit darstellte. Deswegen schüchterte sie unkooperative Zeugen ein, von denen wenige überhaupt jemals etwas Derartiges gesehen hatten.

Seine allseits bekannte geheime Schwäche war das Schießen mit dem Gewehr auf eine Standardolympiadistanz. Eine entsprechende Anlage hatte er in den Fluren eines lang verlassenen Raketensilos nahe beim Mount Cheyenne einrichten lassen. Seit der Planet Erde entmilitarisiert worden war, riefen derartige Aktivitäten normalerweise Stirnrunzeln hervor, wenn sie nicht gleich unterbunden wurden.

Der Senator hieß selbstverständlich die UN-Resolution gut, die aufgrund des Massenmordens Ende des zwanzigsten Jahrhunderts verabschiedet worden war und Staaten wie Individuen den Besitz von Waffen verbot, mit denen mehr als eine Zielperson getötet werden konnte. Trotzdem fand er den bekannten Spruch der Weltverbesserer lächerlich, der da lautete: »Waffen sind Krücken für Impotente.«

»Das gilt nicht für mich«, hatte er in einem seiner

zahlreichen Interviews darauf erwidert – zur großen Freude der Medienmacher. »Ich habe zwei Kinder und hätte ein Dutzend, wenn es erlaubt wäre. Ohne jede Scham gebe ich zu, daß ich ein gutes Gewehr zu schätzen weiß – es ist ein Kunstwerk. Wenn man den Hahn wieder spannt und sieht, daß man ins Schwarze getroffen hat, ist das einfach großartig. Es gibt nichts Vergleichbares! Und wenn Treffsicherheit ein Ersatz für Sex sein soll, ich will keins von beiden missen.«

Was der Senator allerdings nicht befürworten konnte, war die Jagd. »Natürlich ging das in Ordnung, solange man keine andere Möglichkeit hatte, sich Fleisch zu beschaffen. Aber aus sportlichem Ehrgeiz wehrlose Tiere abzuknallen, das ist wirklich krank! Ich habe das einmal gemacht, als ich noch ein Kind war. Ein Eichhörnchen – glücklicherweise gehörte es nicht zu einer geschützten Art – rannte über unseren Rasen, und ich konnte der Versuchung nicht widerstehen … Mein Vater hat mich danach übers Knie gelegt, aber das wäre gar nicht nötig gewesen. Ich werde nie vergessen, was für eine Schweinerei meine Kugel angerichtet hat.«

Ohne Zweifel handelte es sich bei Senator Ledstone um ein Original; das lag wohl in der Familie. Seine Großmutter war Oberst in der gefürchteten Miliz von Beverly Hills gewesen, deren Scharmützel mit den organisierten Gesetzlosen von Los Angeles Stoff für endlose Psychodramen geliefert hatte. Alle Medien – vom altmodischen Ballet bis hin zu den Memo-Chips – griffen darauf zurück. Ledstones Großvater gehörte zu den berüchtigtsten Schmugglern des 21. Jahrhunderts. Man ging davon aus, daß »Smokey« Ledstone wenigstens zwanzig Millionen Menschen ermordet hatte, bevor er selbst während einer Schießerei mit den Kanadischen Medicops bei dem genialen Versuch, tausend Tonnen Tabak die Niagarafälle hinaufzubefördern, ums Leben kam.

Senator Ledstone schämte sich nicht für seinen Großvater, dessen spektakuläres Ableben die Aufhebung des dritten und einschneidensten Versuchs der Prohibition in den USA zur Folge gehabt hatte. Seiner Meinung nach sollte man es Erwachsenen im Vollbesitz ihrer geistigen Kräfte freistellen, ob sie mit Alkohol, Kokain oder auch Tabak Selbstmord begehen wollten – solange Unschuldige nicht in Mitleidenschaft gezogen wurden. Und im Vergleich zu den Werbemultis – die, solange ihre hochbezahlten Anwälte sie aus der Schußlinie hatten halten können, einen Großteil der menschlichen Spezies in lebenslängliche Abhängigkeit gezwungen hatten – wirkte sein Großvater geradezu wie ein Heiliger.

Das Commonwealth der Vereinigten Staaten hielt seine Hauptversammlung nach wie vor in Washington ab, und zwar seit Generationen in denselben Räumlichkeiten – obwohl ein Zuschauer des zwanzigsten Jahrhunderts über Umgangsformen und Vorgehensweise gestaunt hätte. Aber da die meisten Verwaltungsprobleme ewig währen, trugen viele Komitees und Unterkomitees immer noch ihren ursprünglichen Namen.

Als Vorsitzender des Bewilligungsausschusses war Senator Ledstone erstmalig mit Spaceguard, Phase 2 befaßt – und geriet außer sich. Sicher, der Weltwirtschaft ging es gut. Nachdem Kommunismus und Kapitalismus kollabiert waren – was jetzt auch schon so lange zurücklag, daß beide Ereignisse ineinander verschwammen –, konnten die Weltbankmathematiker mittels der angewandten Chaostheorie die alten Zyklen von Hochkonjunktur und Rezession durchbrechen und die von vielen Pessimisten vorausgesagte Große Depression bis dato verhindern. Trotzdem argumentierte der Senator damit, daß man das Geld auf festem Boden sehr viel besser nutzen konnte, besonders für sein Lieblingsprojekt: den Wiederaufbau Kaliforniens, besser gesagt dessen, was davon nach dem Riesenerdbeben noch übriggeblieben war.

Der Senator hatte bereits zweimal sein Veto gegen den Vorschlag, Spaceguard, Phase 2 zu unterstützen, eingelegt, und jeder dachte, ihn könne niemand auf der Welt umstimmen. Aber sie hatten nicht mit einem, der vom Mars kam, gerechnet.

7 Der Wissenschaftler

Der Rote Planet war längst nicht mehr rot, obwohl der Prozeß der Begrünung erst begonnen hatte. Die Kolonialisten – die diesen Begriff übrigens haßten und sich mittlerweile stolz »Marsianer« nannten – hatten wenig für Kunst oder Wissenschaft übrig, weil die Probleme des nackten Überlebens immer noch viel zu gegenwärtig waren.

Da aber der Geistesblitz einschlägt, wo er will, wurde der größte theoretische Physiker des Jahrhunderts unter einer der Sauerstoffkuppeln von Port Lowell geboren.

Carlos Mendoza war wie Einstein, mit dem er häufig verglichen wird, ein ausgezeichneter Musiker. Auf dem Mars besaß er als einziger ein Saxophon und beherrschte dieses antiquierte Instrument virtuos. Er teilte auch Einsteins Selbstironie. Als sich seine Vorhersage über Gravitationswellen auf dramatische Weise bewahrheitete, sagte er bloß: »Damit hätte sich Urknalltheorie Nummer 5 wohl erledigt – zumindest bis Mittwoch.«

Carlos hätte seinen Nobelpreis auf dem Mars entgegennehmen können; wovon man ausging. Aber er liebte Überraschungen und Schabernack. Deshalb erschien er höchstpersönlich in Stockholm und sah dabei wie ein Hightech-Ritter aus mit seinem automobilen, eigentlich für Querschnittsgelähmte entwickelten Außenskelett. Dank dieser mechanischen Hilfe konnte er sich beinahe ungehindert in einer Umwelt bewegen, die ihn ansonsten sehr schnell getötet hätte.

Es versteht sich von selbst, daß Carlos nach der Zeremonie mit Einladungen von wissenschaftlichen und sozialen Organisationen überhäuft wurde. Unter den wenigen, die er annehmen konnte, war jener Auftritt vor dem Bewilligungsausschuß, bei dem er einen unvergeßlichen Eindruck hinterließ.

Senator Ledstone: »Professor Mendoza, haben Sie jemals vom kleinen Huhn gehört?«

Professor Mendoza: »Ich glaube nicht, Herr Vorsitzender.«

Senator Ledstone: »Nun, es handelt sich um eine Märchenfigur, die überall herumrennt und schreit: ›Der Himmel fällt uns auf den Kopf! Der Himmel fällt uns auf den Kopf!‹ Das erinnert mich doch sehr an einige Ihrer Kollegen. Jedenfalls würde ich es sehr begrüßen, wenn Sie uns Ihre Meinung über das Projekt Spaceguard mitteilen könnten. Sicherlich wissen Sie, wovon ich rede.«

Professor Mendoza: »Allerdings, Herr Vorsitzender. Ich lebe in einer Welt, die immer noch die Narben von Tausenden von Meteoriteneinschlägen trägt – einige davon mit einem Durchmesser von mehreren hundert Kilometern. Es gab eine Zeit, da waren derartige Formationen auf der Erde genauso verbreitet wie auf dem Mars. Durch Wind und Regen – etwas, das wir auf dem Mars noch nicht haben, woran wir aber arbeiten! – sind sie verwittert. Aber auch auf der Erde gibt es nach wie vor ein Beispiel für einen nahezu unveränderten Einschlagkrater, und zwar in Arizona.«

Senator Ledstone: »Ja, ja, ich weiß. Die Befürworter von Spaceguard führen ständig diesen Krater in Arizona ins Feld. Wie ernst sollten wir ihre Warnungen nehmen?«

Professor Mendoza: »Sehr ernst, Herr Vorsitzender. Früher oder später wird es einen weiteren größeren Einschlag geben. Es fällt nicht in meinen Bereich, aber ich kann für Sie die Statistiken nachsehen.«

Senator Ledstone: «Ich erstickte in Statistiken, mich interessiert Ihre Meinung. Vielen Dank für Ihr Kommen, besonders, da Sie doch in wenigen Stunden ein Treffen mit Präsident Windsor haben.«

Professor Mendoza: »Vielen Dank, Herr Vorsitzender.«

Senator Ledstone war beeindruckt von dem jungen Wissenschaftler, und er mochte ihn irgendwie, aber deshalb hatte Mendoza ihn noch lange nicht überzeugt. Daß der Senator seine Meinung schließlich änderte, hatte nichts mit Logik zu tun. Carlos Mendoza sollte das Treffen im Buckingham Palace niemals erreichen. Auf dem Weg nach London kam er ums Leben, da völlig unerwartet das Steuerungssystem seines Außenskeletts versagte.

Umgehend ließ Ledstone seine Einwände gegen Spaceguard fallen und stimmte dafür, daß Gelder für die nächste Phase freigegeben wurden.

Als er schon ein sehr alter Mann war, sagte er zu einem seiner Assistenten: »Ich habe gehört, daß man bald Mendozas Gehirn aus dem Behälter mit flüssigem Stickstoff nehmen und dann über einen daran angeschlossenen Computer mit ihm sprechen kann. Ich frage mich, worüber er all die Jahre nachgedacht hat …«

II

8 Chance oder Notwendigkeit

Die folgende Anekdote erzählt man sich schon seit Jahrhunderten in den Basaren des Irak, aber sie hat einen tragischen Hintergrund und ist deshalb eigentlich gar nicht zum Lachen.

Während der Regentschaft des Großen Kalifen war Abdul Hassan ein berühmter Teppichknüpfer, dessen handwerkliches Geschick von allen bewundert wurde. Aber eines Tages bahnte sich ein Verhängnis an.

Abdul präsentierte gerade seine Waren bei Hofe und verneigte sich tief vor Harun-al-Raschid, als ihm ein Lüftchen entfuhr.

Noch am selben Abend verriegelte der Teppichmacher für immer seinen Laden, lud die wertvollsten Waren auf ein Kamel und verließ Bagdad. Jahrzehntelang zog er durch Syrien, Persien und den Irak, wobei er seinen Namen, aber nicht seinen Beruf änderte. Er wurde unermeßlich reich, sehnte sich aber stets nach seiner geliebten Heimatstadt.

Als alter Mann schließlich dachte er, daß sein Mißgeschick nun vergessen sein müßte und er nach Bagdad zurückkehren könne, ohne Repressalien zu befürchten. Die Nacht war schon hereingebrochen, als er von weitem die Minarette seiner Heimatstadt erblickte und beschloß, in einer gemütlichen Herberge zu übernachten und erst am Morgen weiterzureisen.

Der Herbergswirt war freundlich und geschwätzig, und Abdul nutzte gern die Gelegenheit und fragte ihn nach allem, was sich während seiner langen Abwesenheit zugetragen hatte. Sie lachten gerade über einen Skandal bei Hofe, als Abdul beiläufig nachhakte: »Und wann hat sich das zugetragen?«

Der Wirt überlegte kurz, kratzte sich am Kopf und sagte: »Ich kann mich nicht mehr an das genaue Datum erinnern, aber es war ungefähr fünf Jahre, nachdem Abdul Hassan gefurzt hat.«

Und so kehrte der Teppichmacher nie mehr nach Bagdad zurück.

Die banalsten Ereignisse können im Bruchteil einer Sekunde das Leben eines Menschen völlig verändern. Häufig kann man im Rückblick nicht einmal sagen, ob sich die Veränderung positiv oder negativ ausgewirkt hat. Wer weiß schon, was wäre wenn ...?

Abduls unfreiwillige Vorstellung hat ihm vielleicht das Leben gerettet. Wäre er in Bagdad geblieben, wäre er womöglich einem Verbrechen zum Opfer gefallen oder er hätte tatsächlich das Mißfallen des Kalifen erregt, was unweigerlich die geschulten Dienste von dessen Henkern nach sich gezogen hätte.

Als der fünfundzwanzigjährige Kadett Robert Singh sein letztes Semester am Aristarch Institut für Weltraumtechnologie – kurz AriTech genannt – begann, hätte er gelacht, wenn man ihm gesagt hätte, daß er bald Olympiateilnehmer sein würde.

Wie alle Mondbewohner, die wieder zur Erde zurückkehren wollten, hatte er sein Schwerkrafttraining in der Zentrifuge von AriTech so streng befolgt, als handelte es sich um ein religiöses Ritual. Obwohl es ihn langweilte, war die Zeit doch nicht völlig verschwendet, da er sich währenddessen Lernprogramme anhören konnte. Eines Tages beorderte ihn der Dekan der Ingenieursfakultät zu sich ins Büro. Etwas derart Ungewöhnliches hätte jeden Studenten in helle Aufregung versetzt, besonders im Abschlußsemester. Aber der Dekan schien guter Laune zu sein, und so beruhigte sich Singh wieder.

»Herr Singh, Ihre studentischen Leistungen sind zufriedenstellend, wenn auch nicht brillant. Aber darüber wollte ich jetzt gar nicht mit Ihnen reden. Sie wissen es vielleicht noch nicht, aber gemäß der medizinischen Befunde weist Ihr Körper ein erstaunlich gutes Masse/Energie-Verhältnis auf. Deshalb hätten wir gern, daß Sie für die kommenden Olympischen Spiele trainieren.«

Singh war überrascht, aber nicht gerade begeistert von dem Ansinnen seines Dekans. Zuerst dachte er: ›Wo soll ich bloß die Zeit dazu hernehmen?‹ Aber dann überlegte er sich, daß man womöglich über kleine Schwächen in seinen akademischen Leistungen hinwegsah, wenn er mit sportlichen Erfolgen aufwarten konnte. Diesbezüglich gab es eine lange, ehrenvolle Tradition, und so antwortete er: »Danke, Sir, ich fühle mich geschmeichelt. Ich nehme an, daß ich dazu in die Sternenkuppel umziehen muß.«

Das drei Kilometer lange Dach über dem Krater in der Nähe des östlichen Walls von Plato überspannte den größten zusammenhängenden Luftraum auf dem Mond und war ein beliebter Treffpunkt für alle, die gern aus eigener Kraft flogen. Man debattierte schon seit Jahren darüber, diesen Sport zu einer olympischen Disziplin zu erheben, aber das Interplanetarische Olympische Komitee konnte sich einfach nicht entscheiden, ob die Teilnehmer nun Flügel oder Propeller benutzen sollten. Singh wäre es egal gewesen; er hatte bei einem Besuch des Sternenkuppelkomplexes beide Antriebsmöglichkeiten ausprobiert.

Aber der Dekan hatte noch eine Überraschung für ihn.

»Herr Singh, Sie werden nicht fliegen, sondern laufen. Auf der offenen Mondoberfläche. Wahrscheinlich durchs Sinus Iridum.«

Die Geologiestudentin Freyda Carroll war erst seit ein paar Wochen auf dem Mond, und nachdem der Reiz des Neuen sich gelegt hatte, wünschte sie sich sehnlichst auf die Erde zurück. Sie kam einfach nicht damit zurecht, daß die Anziehungskraft auf dem Mond nur ein Sechstel der Schwerkraft der Erde betrug.

Einige Besucher gewöhnten sich nie daran. Sie hüpften entweder wie Känguruhs, stießen dabei gelegentlich an die Decke und kamen kaum vorwärts, oder sie schlurften vorsichtig durch die Gänge, wobei sie nach jedem Schritt eine kurze Pause einlegten. Kein Wunder, daß die Ortsansässigen sie als Erdwürmer bezeichneten.

Auch in geologischer Hinsicht war Freyda vom Mond enttäuscht. Natürlich gab es eine Menge geologische – besser gesagt selenologische – Besonderheiten, die für Jahrhunderte Arbeit geboten hätten. Aber an die wirklich interessanten Sachen kam man nur schlecht heran. Auf dem Mond konnte man schließlich nicht einfach mit Hammer und Massenspektrometer herumspazieren, wie auf der Erde, sondern mußte Raumanzüge tragen, die Freyda haßte; oder von einem Mondfahrzeug aus ferngesteuerte Werkzeuge bedienen, was beinah genauso schlimm war.

Sie hatte gehofft, daß die endlosen Tunnelsysteme und Einrichtungen unter dem AriTech-Komplex einen Querschnitt der obersten hundert Meter der Mondoberfläche lieferten. Aber die Hochleistungslaser, mit denen die Bohrarbeiten durchgeführt worden waren, hatten die Gesteinsschichten und den Regolith – den über Jahrmillionen von Meteoriten bombardierten, aus Mondstaub und kleinen Gesteinsbrocken bestehenden Mondboden – verschmolzen und spiegelglatte Wände daraus gemacht, die keinerlei Anhaltspunkte mehr boten. Kein Wunder, daß man sich so leicht in diesem langweiligen Einerlei der Tunnel und Korridore verirrte. Zahllose Schilder mit Aufschriften wie etwa:

Zutritt unter allen Umständen verboten!
Nur für Roboter der Klasse II!
Wegen Reparaturarbeiten geschlossen!
Achtung – schlechte Luft – benutzen Sie Ihr Sauerstoffgerät!

ermutigten Freyda nicht gerade zu der Art von Feldforschung, die sie auf der Erde so liebte.

Wieder einmal hatte sie sich verlaufen, als sie mühsam eine Tür aufdrückte, die Zugang zum Hauptkellergeschoß Nr. III verhieß, und sich vorsichtig hindurchzwängte.

In diesem Moment traf sie ein großes, rasendes Objekt. Freyda drehte sich einmal um sich selbst und schwebte dann zur anderen Seite des weiträumigen Korridors, den sie soeben betreten hatte. Für einen Augenblick war sie völlig orientierungslos, und es dauerte ein paar Sekunden, bis es ihr gelang, anzuhalten und zu überprüfen, ob sie Blessuren davongetragen hatte.

Scheinbar war nichts gebrochen, aber bestimmt würde sie auf der linken Seite einen riesigen blauen Fleck bekommen. Sie sah sich eher verärgert als verängstigt nach dem Geschoß um, das den Schaden verursacht hatte.

Ein Wesen, das einem alten Comicstrip entsprungen zu sein schien, hopste langsam auf sie zu. Es war ganz offensichtlich ein Mensch in einem silbern glänzenden Anzug. Er lag so eng an wie das Trikot eines Ballettänzers. Der Kopf steckte in einem kugelrunden Helm, der verhältnismäßig groß wirkte. Auf der verspiegelten Oberfläche konnte Freyda nur ihre eigene verzerrte Gestalt erkennen. Sie erwartete eine Erklärung oder Entschuldigung, obwohl sie ja auch etwas vorsichtiger hätte sein können …

Als die Gestalt mit flehentlich erhobenen Händen noch näher kam, hörte sie eine gedämpfte, kaum verständliche, männliche Stimme sagen: »Es tut mir leid. Ich hoffe, Sie sind nicht verletzt. Ich dachte, es käme niemand hierher.«

Freyda versuchte, in den Helm hineinzusehen, aber er verdeckte das Gesicht des Trägers völlig.

»Mir ist nichts passiert … *glaube* ich zumindest.«

Die Stimme aus dem Raumanzug – denn was konnte es anderes sein, auch wenn sie noch nie eine derartige Ausführung gesehen hatte – klang ziemlich attraktiv und ebenso schuldbewußt, so daß sich ihr Ärger schnell in Luft auflöste.

»Ich hoffe, ich habe Sie nicht verletzt oder Ihre Ausrüstung beschädigt«, sagte der große Unbekannte, der nun so nah bei ihr stand, daß sein Anzug sie fast berührte. Freyda spürte, wie er sie eingehend musterte, und fand es ungerecht, weil er sie sehen konnte, während sie so gar keine Vorstellung davon hatte, wie er aussah. Da wurde ihr klar, daß sie im Augenblick nichts lieber gewußt hätte …

Als sie Bob Singh einige Stunden später in der Cafeteria von AriTech gegenübersaß, war sie nicht enttäuscht. Ihm war der Zwischenfall immer noch unangenehm, nicht nur wegen des Zusammenstoßes. Sobald Freyda ihm versichert hatte, daß sie wahrscheinlich überleben würde, wandte er sich einem ihm offensichtlich sehr wichtigen Thema zu.

»Wir experimentieren noch mit dem Anzug«, erklärte er, »und testen das Lebenserhaltungssystem – in geschlossenen Räumen, wo es sicher ist! Wenn alles funktioniert, probieren wir es nächste Woche draußen aus. Aber wir haben ein Problem mit, äh, der Sicherheit. Clavius stellt bestimmt ein Team auf, und Tsiolkovsky auf der Rückseite des Mondes zieht es in Erwägung. Ebenso MIT und CalTech und Gagarin, aber das sind keine ernstzunehmenden Gegner, weil ihnen das notwendige Know-how fehlt – und man auf der Erde ohnehin nicht richtig trainieren kann.«

Freydas Interesse für Leichtathletik war bisher praktisch gleich Null, aber sie erwärmte sich mehr und mehr für dieses Thema; besser gesagt für Robert Singh.

»Haben Sie Angst, daß jemand die Konstruktion abkupfert?«

»Genau, und wenn sie so erfolgreich ist, wie wir hoffen, wird sie die Ausrüstung von Außenteams revolutionieren – zumindest bei kurzen Missionen. Wir hätten natürlich gern, daß AriTech die Lorbeeren erntet. Nach mehr als hundert Jahren sehen Raumanzüge immer noch plump aus und sind extrem unbequem. Sie kennen doch den alten Scherz: ›Nicht mal als Leiche möchte ich darin gesehen werden.‹«

Es war wirklich ein sehr alter Scherz, aber Freyda lachte pflichtschuldigst. Dann wurde sie ernst, und sah ihrem neuen Bekannten tief in die Augen.

»Ich hoffe, daß Sie dabei kein Risiko eingehen«, sagte sie und wußte, daß sie sich soeben zum zweiten oder dritten Mal in ihrem Leben verliebt hatte.

Der Dekan der Ingenieursfakultät, dessen Hoffnungen auf einen Sieg schon einen Dämpfer bekommen hatten, weil man seinen Spion bei MIT gerade mit großem Tamtam zeremoniell in den Charles River geworfen hatte, freute sich über Robert Singhs neue Zimmergenossin nicht sonderlich.

»Ich werde dafür sorgen, daß sie spätestens drei Tage vor dem Rennen auf einer Exkursion ist«, drohte er.

Aber nach einigem Nachdenken kam er zu dem

Schluß, daß die seelische Ausgeglichenheit eines Athleten für seine Leistung genauso wichtig war wie seine körperliche Verfassung.

Und so wurde Freyda vor dem Marathon nicht verbannt.

9 *Die Regenbogenbucht*

Der anmutige Halbkreis, den die Regenbogenbucht beschreibt, ist wohl eine der schönsten Landschaften auf dem Mond. Er mißt dreihundert Kilometer im Durchmesser, das typische Überbleibsel einer Wallebene. Den nördlichen Abschluß hatte eine Lavaflut, die vom Regenmeer herunterkam, vor drei Milliarden Jahren weggespült. Der vom Magma verschonte Teil wird im Westen von dem kilometerhohen Heraklit-Ringgebirge begrenzt, eine Bergkette, die zu bestimmten Zeiten eine kurze, aber wunderschöne Sinnestäuschung hervorruft. Zehn Tage nach Neumond begrüßen die Gipfel das Morgengrauen und ähneln – selbst durch das kleinste, auf der Erde stationierte Teleskop betrachtet – ein paar Stunden lang dem Profil einer jungen Frau, deren Haar nach Westen weht. Dann, während die Sonne höhersteigt, verändert sich der Schattenwurf, und die Jungfrau auf dem Mond verschwindet.

Aber jetzt, da sich die Teilnehmer des ersten Mondmarathons an den Ausläufern des Ringgebirges sammelten, sah man die Sonne nicht. Nach örtlicher Zeitrechnung war es fast Mitternacht. Die Vollerde stand auf halber Höhe am südlichen Himmel und tauchte die ganze Landschaft in einen bläulichen Schimmer, fünfzigmal heller als der Mond auf der Erde je scheinen könnte. Das Erdenlicht wischte sogar die Sterne vom Himmel; nur Jupiter, knapp über dem westlichen Horizont, war noch schwach zu erkennen, wenn man ganz genau hinsah.

Robert Singh hatte bis dahin noch nie im Rampenlicht gestanden; aber obgleich er wußte, daß ihm nun drei Welten und ein Dutzend Satelliten zusahen, blieb er ruhig.

Er hatte Freyda bereits vierundzwanzig Stunden zuvor erklärt, er setze vollstes Vertrauen in seine Ausrüstung.

»Ja, *das* hast du gerade bewiesen«, hatte sie verträumt geantwortet.

»Danke, aber ich habe dem Dekan versprochen, daß es das letzte Mal vor dem Rennen war.«

»Das hast du nicht getan!?«

»Naja, nicht wirklich. Sagen wir, es war – nun, eine stillschweigende Übereinkunft.«

Plötzlich wurde Freyda ernst.

»Ich hoffe natürlich, daß du gewinnst – aber ich habe mehr Angst davor, daß etwas schiefgeht. Du hast bestimmt nicht genug Zeit gehabt, um diesen Anzug richtig auszuprobieren.«

Da hatte sie verdammt recht, aber Singh wollte Freyda nicht dadurch beunruhigen, indem er ihr das eingestand. Selbst bei einem Systemausfall – mit dem man immer rechnen mußte, egal wie viele Tests vorher durchgeführt worden waren – wäre er nicht wirklich in Gefahr. Eine kleine Armada von Mondfahrzeugen würde die Läufer begleiten – Beobachtungswagen mit Journalisten, Mondjeeps mit Cheerleadern und Trainern, und – das Wichtigste von allem – ein Krankenwagen mit Sanitätern und Druckkammer wären nie weiter als ein paar hundert Meter entfernt.

Während man Singh im AriTech-Fahrzeug seinen Anzug anlegte, dachte er darüber nach, welcher Wettbewerber wohl als erster gerettet werden müßte. Die meisten hatte er ein paar Stunden zuvor getroffen; die üblichen unaufrichtigen guten Wünsche machten die Runde. Ursprünglich waren elf Teilnehmer zum Start angemeldet, aber vier von ihnen traten erst gar nicht an. Und so blieben noch AriTech, Gagarin, Clavius, Tsiolkowski, Goddard, CalTech und MIT. Der Läufer von MIT – der große Unbekannte namens Robert Steel – war noch nicht eingetroffen und würde disqualifiziert werden, wenn er nicht innerhalb der nächsten zehn Minuten auftauchte. Vielleicht gehörte sein Zuspätkommen zur Taktik, um die Mitbewerber zu verunsichern oder um zu verhindern, daß man sich seine Raumausrüstung genauer ansehen konnte – auch wenn das in diesem späten Stadium kaum noch etwas geändert hätte.

»Wie steht es mit der Atmung?« fragte Singhs Trainer, nachdem der Helm versiegelt worden war.

»Normal.«

»Nun ja, im Moment strengst du dich ja auch noch nicht an. Der Sauerstoffmesser kann die Zufuhr auf das Zehnfache erhöhen, falls nötig. Nun wollen wir dich mal in die Luftschleuse bringen und deine Beweglichkeit überprüfen …«

»Das Team von MIT ist gerade eingetroffen«, verkündete der Beobachter des IOCs in diesem Augenblick über den öffentlichen Kanal. »Der Marathon beginnt in fünfzehn Minuten.«

»Bitte überprüfen Sie, ob alle Systeme funktionieren«, hörte Robert Singh die Stimme des Startansagers leise in seinem Ohr.

»Nummer eins?«

»O. K.«

»Nummer zwei?«

«Ja.«

»Nummer drei?«

»Keine Probleme.«

Aber Nummer vier, CalTech, antwortete nicht. Die Teilnehmerin entfernte sich gerade unbeholfen von der Startlinie.

›Damit wären wir nur noch sechs‹, dachte Singh, dem die ehemalige Mitbewerberin leid tat. Wie ärgerlich, wenn man den ganzen Weg von der Erde hergekommen war, nur um im letzten Augenblick festzustellen, daß etwas mit der Ausrüstung nicht stimmte! Aber da unten auf der Erde hatten sie bestimmt keine richtigen Tests durchführen können: Kein Simulator war groß genug. Auf dem Mond mußte man einfach nur aus der Luftschleuse treten und hatte so viel luftleeren Raum um sich, wie man nur wollte.

»Der Countdown beginnt: zehn, neun, acht ...«

Dieses sportliche Ereignis gehörte nicht zu jenen, deren Ausgang sich schon beim Start entschied. Deshalb verharrte Singh nach dem Startschuß noch einen Augenblick, um seinen Absprungwinkel sorgfältig abzuschätzen.

Eine ganze Menge Mathematik war im Spiel: Der AriTech-Computer brauchte fast eine Millisekunde, um die Rechenaufgabe zu lösen. Die im Vergleich zur Erde um ein Sechstel geringere Anziehungskraft des Mondes war der wichtigste Faktor, aber bei weitem nicht der einzige. Die Unbeweglichkeit seines Anzugs, die optimale Sauerstoffzufuhr, die Wärmeentwicklung, seine körperliche Verfassung – all das mußte einkalkuliert werden. Aber zunächst war eine Grundsatzentscheidung erforderlich, wie man sich am besten fortbewegte: durch Hüpfen oder Weitspringen. Darüber debattierte man nun schon, seit der erste Mensch einen Fuß auf den Mond gesetzt hatte.

Beide Fortbewegungsarten eigneten sich ganz gut, aber Singh setzte zu etwas völlig Neuem an. Bis dato schränkten die unförmigen Raumanzüge die Beweglichkeit stark ein und belasteten den Träger mit soviel zusätzlichem Gewicht, daß es richtig anstrengend war, sich überhaupt voranzubringen, und manchmal genauso schwer, wieder anzuhalten. Aber Singhs Anzug war ganz anders.

Robert Singh hatte in einem der unvermeidlichen Interviews vor dem Start zu erklären versucht, worin der Unterschied bestand, ohne dabei Betriebsgeheimnisse auszuplaudern.

»Wie wir ihn so leicht bekommen haben, wollen Sie wissen?« hatte er die erste Frage aufgegriffen. »Nun, er ist nicht für den Gebrauch bei Tageslicht entwickelt worden.«

»Inwiefern ist das von Bedeutung?«

»Er benötigt dadurch kein Hitzeableitsystem. Die Sonne kann mehr als ein Kilowatt in Sie hineinpumpen. Deshalb laufen wir auch nachts.«

»Oh, das wäre meine nächste Frage gewesen! Aber wird es Ihnen dann nicht zu kalt? Sinkt die Temperatur auf dem Mond nachts nicht auf mehrere hundert Grad unter Null?«

Singh konnte sich bei dieser einfältigen Frage gerade noch ein Lächeln verbeißen.

»Ihr Körper erzeugt genau die Wärme, die Sie brauchen. Auch auf dem Mond. Und wenn Sie einen Marathon laufen, sogar noch viel mehr.«

»Aber können Sie wirklich rennen, wenn Sie wie eine Mumie eingepackt sind?«

»Warten Sie's ab!«

In der Sicherheit des Studios hatte er leicht reden gehabt. Aber jetzt, wo er hier draußen auf der nackten Mondebene stand, fiel ihm dieses ›wie eine Mumie‹ wieder ein und begann ihn zu verfolgen. Nicht gerade ein angenehmer Gedanke!

Er beruhigte sich damit, daß der Vergleich nicht

ganz treffend war. Man hatte ihn nicht einbandagiert, sondern in zwei enganliegende Hüllen gesteckt – eine aktive und eine passive. Die innere bestand aus Baumwolle und umgab seinen Körper vom Hals bis zu den Knöcheln. Sie verfügte über ein dichtes Netz enger, durchlässiger Kapillare, um Schweiß und überschüssige Körperwärme abzuführen. Darüber saß die feste, aber extrem bewegliche äußere Hülle aus einem gummiähnlichen Material, die über ein kreisrundes, luftdicht abschließendes Gewinde mit dem Helm verbunden wurde, der Singh ein Gesichtsfeld von 180 Grad ermöglichte. Als Singh wissen wollte: »Warum keine Rundumsicht?« hatte man mit Bestimmtheit geantwortet: »Sieh niemals zurück, wenn du läufst.«

Nun schlug die Stunde der Wahrheit. Mit beiden Füßen stieß sich Singh bei geringstmöglichem Kraftaufwand in einem flachen Winkel ab. Auch so erreichte er innerhalb von zwei Sekunden den Scheitelpunkt der Flugbahn bei etwa vier Meter und schwebte kurzzeitig zur Mondoberfläche. Das wäre auf der Erde, wo der Hochsprung beinah ein halbes Jahrhundert die drei Meter Marke nicht überwinden konnte, ein neuer Rekord gewesen.

Einen Augenblick lang schien die Zeit dahinzukriechen. Singh wurde sich der großen, bläulich schimmernden Ebene bewußt, die sich vor ihm bis zum leicht gewölbten, von keiner Erhebung beeinträchtigten Horizont dehnte. Das Licht der Erde fiel über seine rechte Schulter; es sah so aus, als sei das Sinus Iridum mit Schnee bedeckt. Alle anderen Läufer waren vor ihm; einige erhoben sich gerade, andere schwebten entlang ihrer flachen Flugbahn nach unten – einer sogar mit dem Kopf voran.

›Wenigstens ist mir diese peinliche Fehlberechnung nicht unterlaufen‹, dachte Singh, als er auf den Füßen landete und dabei eine kleine Staubwolke aufwirbelte. Sein Schwung ließ ihn ein wenig vornüber kippen, und Singh wartete, bis er das Gleichgewicht wiedergefunden hatte, bevor er sich im rechten Winkel abstieß.

Er merkte schnell, daß das Geheimnis des Mondrennens darin bestand, nicht zu hoch zu springen. Man durfte nicht zu steil landen, weil man dadurch Schwung verlor. Nachdem er ein paar Minuten herumprobiert hatte, wählte er den goldenen Mittelweg. Wie schnell kam er voran? Dieses Gelände gab keinerlei Anhaltspunkte dafür her; aber er hatte mehr als die Hälfte des Weges bis zur ersten Kilometermarke zurückgelegt.

Und wichtiger noch: Er hatte alle anderen überholt, führte mit einem Abstand von hundert Metern. Trotz der Empfehlung seines Trainers, niemals zurückzusehen, konnte er sich jetzt den Luxus leisten, sich nach der Konkurrenz umzudrehen. Es wunderte ihn kein bißchen, daß mittlerweile nur noch drei andere im Rennen waren.

»Es wird langsam einsam hier draußen«, sagte er in den Helm hinein. »Was ist passiert?«

Angeblich war dies ein privater Kanal, aber darauf wollte er sich nicht verlassen. Die anderen Teams und die Medien würden ihn mit ziemlicher Sicherheit abhören.

»Goddard hatte ein Leck. Wie sieht es bei dir aus?«

»Bedingung 7.«

Wer auch immer zuhörte, sollte ruhig versuchen, sich einen Reim darauf zu machen. Egal. Die Sieben war eine Glückszahl, und Singh hoffte, daß er sie bis zum Ende des Rennens benutzen könnte.

»Du hast gerade den ersten Kilometer hinter dich gebracht«, sagte die Stimme in seinem Ohr. »Benötigte Zeit: vier Minuten, zehn Sekunden. Nummer zwei liegt fünfzig Meter hinter dir, ohne aufzuholen.«

›Eigentlich müßte ich besser sein‹, dachte Singh. ›Selbst auf der Erde kann man in vier Minuten einen Kilometer rennen. Aber ich laufe mich ja erst richtig warm.‹

Bei der zweiten Kilometermarke hatte er seinen Rhythmus gefunden und die Strecke in weniger als vier Minuten zurückgelegt. Wenn er diese Geschwindigkeit halten konnte – was natürlich unmöglich war –, würde er die Ziellinie in etwa vier Stunden erreichen. Letztlich wußte keiner, wie lange es dauerte, die traditionellen zweiundvierzig Kilometer auf dem Mond zu laufen. Die Schätzungen reichten von äußerst optimistischen zwei Stunden bis hin zu zehn. Singh wollte es in fünf schaffen.

Der Anzug funktionierte gut und beeinträchtigte seine Bewegungen nicht über Gebühr. Auch der Sauerstoffregler entsprach den Anforderungen, die die Lunge an ihn stellte. Langsam machte es richtig Spaß. Das hier war nicht irgendein Rennen: Es war eine völlig neue Erfahrung für die Menschheit, die der Leichtathletik ganz neue Horizonte eröffnete, und vielleicht auch noch darüber hinaus.

Fünfzig Minuten später, an der Zehnkilometermarke, lobte ihn sein Trainer.

»Das machst du sehr gut. Und es ist schon wieder jemand ausgefallen: die Läuferin von Tsiolkowski.«

»Was ist mit ihr passiert?«

»Mach dir darüber jetzt keine Gedanken. Es geht ihr gut.«

Singh konnte sich vorstellen, warum sie aufgegeben hatte. Einmal – ganz am Anfang seines Trainings – hätte er sich *beinah* im Raumanzug übergeben. Mit Übelkeit war nicht zu spaßen, sie konnte einen sehr unangenehmen Tod zur Folge haben. Er erinnerte sich jetzt wieder daran, wie ihm der kalte Schweiß ausgebrochen war, bevor er den Anfall bekam. Er vermochte sich zu stabilisieren, indem er die Sauerstoffzufuhr und den Wärmemesser im Anzug höher einstellte. Er war nie dahintergekommen, wieso die Symptome aufgetreten waren. Vielleicht wegen der Nerven, oder es hatte etwas mit dem Essen zu tun: eine leicht verdauliche, kalorienreiche Mahlzeit ohne viel Ballaststoffe, da nur wenige Raumanzüge über komplette Sanitäreinrichtungen verfügten.

Um auf andere Gedanken zu kommen, rief Singh seinen Trainer.

»Wahrscheinlich werde ich ganz gemütlich ins Ziel spazieren können. Drei sind schon ausgefallen, und wir haben gerade erst angefangen.«

»Sei dir deiner Sache nicht zu sicher, Bob. Denk an die Geschichte mit dem Hasen und dem Igel.«

»Hab' ich noch nie von gehört. Aber ich verstehe, was du meinst.«

Bei der Fünfzehnkilometermarke verstand er es noch etwas besser. Schon seit einiger Zeit versteifte sich sein linkes Bein. Es fiel ihm von Mal zu Mal schwerer, beim Aufkommen das Knie zu beugen, und der darauffolgende Absprung wurde immer rechtslastiger. Er zeigte tatsächlich Ermüdungserscheinungen! Aber das war ja nicht anders zu erwarten gewesen. Der Anzug schien immer noch gut zu funktionieren, und so hatte Singh eigentlich keine wirklichen Probleme. Er überlegte, ob er nicht anhalten sollte, um sich einen Augenblick auszuruhen. Es gab keine Regel, die dagegen sprach.

Nachdem er zum Stehen gekommen war, beobachtete er das Feld. Wenig hatte sich verändert, außer daß die Gipfel der Herakliden im Osten nicht mehr ganz so hoch wirkten. Der Troß von Mondjeeps, Krankenwagen und Beobachtungsfahrzeugen hielt weiterhin respektvoll Abstand zu den verbliebenen drei Läufern.

Singh hatte ja damit gerechnet, daß der andere Teilnehmer vom Mond, der von Clavius Industries, immer noch im Rennen war; aber er staunte nicht schlecht, daß der Erdwurm vom MIT aufholte. Robert Steel – was für ein merkwürdiger Zufall, daß sie dieselben Initialen und sogar denselben Vornahmen hatten – lag vor dem Teilnehmer von Clavius. Aber der MIT-Mann hatte doch niemals unter realen Bedingungen trainieren können! Ob die Ingenieure von MIT etwas wußten, was den Mondbewohnern nicht bekannt war?

»Ist alles in Ordnung, Bob?« hörte er die besorgte Stimme seines Trainers.

»Immer noch 7. Ich mache nur eine Pause. Aber es wundert mich, daß MIT so gut im Rennen liegt.«

»Ja, für einen Erdling. Aber denk daran, was ich dir gesagt habe, von wegen Zurücksehen. Wir behalten ihn im Auge.«

Verwundert, aber nicht besorgt, konzentrierte sich Singh schnell auf ein paar Übungen, die in einem herkömmlichen Raumanzug völlig unmöglich gewesen wären. Er legte sich sogar mit dem Rücken auf den weichen Regolith und fuhr ein paar Minuten schnell Fahrrad in der Luft. Auch das war für den Mond eine Premiere, und Singh hoffte, daß es den Zuschauern gefiel.

Beim Aufstehen konnte er nicht anders, als noch einmal schnell zurückzublicken. Clavius war gut dreihundert Meter hinter ihm, eindeutig erschöpft, so wie er von einer Seite zur anderen schwankte. ›Die Leute, die deinen Anzug entwickelt haben, sind nicht so gut wie meine‹, dachte Singh und nahm an, daß der Teilnehmer von Clavius ihm nicht mehr lange Gesellschaft leisten würde.

Das galt allerdings nicht für diesen Robert vom MIT. Es sah eher so aus, als ob er aufholte.

Singh beschloß, andere Muskeln zu belasten, um das Krampfrisiko zu verringern. Dazu mußte er seine Fortbewegungsart ändern. Wenn man hüpfte wie ein Känguruh, kam man zwar schneller voran, ermüdete aber auch schneller. Sein Trainer hatte ihm den Rat gegeben, hin und wieder einfach weit ausholende Schritte zu machen, die angenehmer und weniger anstrengend waren, weil sie der natürlichen Fortbewegungsart eher entsprachen.

An der Zwanzigkilometermarke kehrte Singh dann wieder zum Känguruhmodus zurück, um alle Muskeln gleichmäßig zu belasten. Durstig saugte er ein paar Zentiliter Fruchtsaft aus dem Spender, der so in seinem Helm angebracht war, daß er ihn mit dem Mund gut erreichen konnte.

Nach zweiundzwanzig Kilometern gab es nur noch einen Konkurrenten. Clavius hatte schließlich aufgegeben. Bei diesem ersten Mondmarathon würde also keine Bronzemedaille vergeben. Es lief auf einen Ausscheidungskampf zwischen Mond und Erde hinaus.

»Herzlichen Glückwunsch, Bob«, meldete sich sein Trainer ein paar Kilometer später. »Du hast gerade exakt 2.000 große Schritte für die Menschheit getan. Neil Armstrong wäre stolz auf dich.«

»Ich glaube zwar nicht, daß du sie gezählt hast, aber es baut mich auf. Ich habe nämlich ein kleines Problem.«

»Worum geht es?«

»Es hört sich komisch an, aber ich kriege kalte Füße.«

Daraufhin herrschte so lange Funkstille, daß Singh seinen Satz wiederholte.

»Ich überprüf das gerade, Bob. Ich bin sicher, daß es keinen Grund zur Sorge gibt.«

»Das will ich hoffen!«

Es schien sich tatsächlich um eine Bagatelle zu handeln, aber im Weltraum sollte man nichts auf die leichte Schulter nehmen. In den vergangenen zehn oder fünfzehn Minuten fühlte Singh ein leichtes Unbehagen: Es war, als ginge er im Schnee spazieren und trüge dabei Stiefel, die die Kälte nicht ausreichend abhielten. Und es wurde schlimmer.

Es lag zwar kein Schnee in der Regenbogenbucht, obwohl es im Widerschein der Erde häufig so aussah, aber um Mitternacht, Ortszeit, war der Boden hier mindestens hundert Grad kälter als der Schnee im antarktischen Winter.

Das sollte eigentlich nichts ausmachen, da Regolith ein sehr schlechter Wärmeleiter ist und die Isolierung seines Schuhwerks angeblich ausreichte. Offensichtlich war dem aber nicht so.

Ein entschuldigendes Hüsteln schallte ihm nun auch von allen Seiten seines Helms entgegen.

»Tut mir leid, Bob. Ich glaube, die Stiefel hätten dickere Sohlen vertragen können.«

»Jetzt, wo ich's weiß, kann ich damit leben!«

So sicher war er sich dessen zwanzig Minuten später nicht mehr. Das Unbehagen hatte mittlerweile fast schon die Qualität von Schmerzen; seine Füße fühlten sich eiskalt an. Da er noch nie in einem richtig rauhen Klima gewesen war, war das eine ganz neue Erfahrung. Singh wußte nicht, wie er damit umgehen sollte und wann die Symptome gefährlich wurden. Riskierten Polarforscher nicht ihre Zehen – sogar ganze Gliedmaßen? Einmal abgesehen von den Unannehmlichkeiten, die das mit sich brachte, wollte Singh keine Zeit in einem Regenerationskrankenhaus vertrödeln müssen. Es dauerte immerhin eine ganze Woche, um einen Fuß nachwachsen zu lassen …

»Was ist los?« hörte er die besorgte Stimme seines Trainers. »Sieht so aus, als hättest du Probleme.«

Er hatte keine Probleme, sondern furchtbare

Schmerzen. Er mußte sich zusammenreißen, um nicht jedesmal laut aufzuschreien, wenn seine Füße aufsetzten und dabei den tückischen Mondstaub aufwirbelten, der ihm das Leben auszusaugen schien.

»Ich muß einen Moment ausruhen und mir überlegen, was ich dagegen tun kann«, antwortete Singh und ließ sich ganz sacht auf dem leicht abschüssigen Boden nieder. Er dachte daran, ob die Eiseskälte augenblicklich auch den oberen Teil seines Anzugs durchdringen würde. Aber das geschah nicht so, und er entspannte sich. Wahrscheinlich würde er ein paar Minuten so liegen können und rechtzeitig gewarnt werden, bevor der Mond versuchte, auch noch seinen Oberkörper zu gefrieren.

Er hob beide Beine hoch und bewegte die Zehen. Immerhin hatte er noch Gefühl darin, und sie gehorchten seinem Willen.

›Nun, was mache ich hier wohl?‹ Die Journalisten, die mit ihrem Beobachtungswagen nicht weit von ihm anhielten, dachten bestimmt, er sei durchgedreht – oder vollführe irgendein obskures religiöses Ritual, bei dem man die Fußsohlen den Sternen präsentierte. Was sie jetzt wohl ihren weit verstreuten Zuschauern erzählten?

Schon fühlte er sich ein bißchen besser. Nun, da seine Füße keinen Kontakt mit dem kalten Boden hatten, gewann die Blutzirkulation den Kampf gegen den Wärmeverlust. War es nur Einbildung oder kam da am Rücken allmählich die Kälte durch?

Plötzlich schoß ihm noch ein beunruhigender Gedanke durch den Kopf: ›Ich wärme meine Füße am Nachthimmel – am Universum selbst. Und jedes Schulkind weiß, daß dessen Temperatur etwas drei Grad über dem absoluten Nullpunkt liegt. Im Vergleich dazu ist der Mondregolith heißer als kochendes Wasser. Verhalte ich mich eigentlich richtig? Immerhin scheinen meine Füße den Kampf gegen den kosmischen Wärmeverlust nicht zu verlieren.‹

Da lag er nun in der Regenbogenbucht auf dem Rücken, die Beine in einem lächerlichen Winkel den kaum sichtbaren Sternen und der leuchtenden Erde entgegen gestreckt, und sinnierte über sein kleines physikalisches Problem. Vielleicht spielten zu viele Faktoren eine Rolle, um ad hoc eine Antwort zu finden. Folgende Annäherung mußte fürs erste genügen.

Es ging um das Verhältnis von Kältedurchlässigkeit und Wärmespeicherung. Das Material der Raumstiefel war für ersteres besser geeignet als für letzteres. Sie gaben mehr Körperwärme ab, als sein Körper produzieren konnte, solange seine Füße den Mondregolith berührten. Aber die Relation kehrte sich glücklicherweise um, wenn er sie in den leeren Himmel streckte.

»MIT holt dich langsam ein, Bob. Du läufst jetzt besser weiter.«

Singh bewunderte seinen unermüdlichen Verfolger. Er hatte sich die Silbermedaille redlich verdient. ›Aber verflucht will ich sein, wenn ich ihn Gold gewinnen lasse. Also dann mal los. Nur noch zehn Kilometer – sagen wir ein paar tausend Hopser.‹

Die ersten drei oder vier waren gar nicht so schlimm, aber dann drang die Kälte wieder durch. Singh wußte, daß er nicht weitermachen konnte, wenn er noch einmal anhielt. Es blieb ihm nichts anderes übrig, als die Zähne zusammenzubeißen und den Schmerz zu ignorieren. Wo hatte er doch gleich ein perfektes Beispiel dafür gesehen? Einen schmerzhaften Kilometer weiter wurde sein Gedächtnis fündig.

Vor längerer Zeit hatte er einmal ein hundert Jahre altes Video gesehen, in dem Menschen anläßlich irgendeiner religiösen Zeremonie auf der Erde über

Feuer liefen. Man hatte eine längliche Grube ausgehoben und rotglühende Kohle hineingeschüttet, und die Gläubigen waren barfuß ziemlich langsam und fast gemütlich von einem Ende bis zum anderen gegangen, als handele es sich nicht um heiße Kohlen, sondern um angenehm warmen Sand. Das bewies natürlich keineswegs die Macht irgendeiner Gottheit, blieb aber doch eine erstaunliche Demonstration von Mut und Selbstbeherrschung. Bestimmt könnte er das auch; im Augenblick stellte er es sich gerade wunderbar vor, auf Feuer zu gehen …

Allein der Gedanke, auf dem Mond über glühende Kohlen zu laufen, war so abwegig, daß er lachen mußte; und für einen Augenblick verflüchtigte sich der Schmerz. Der Geist hatte das Fleisch besiegt … zumindest für ein paar Sekunden.

»Nur noch fünf Kilometer – du schlägst dich wirklich tapfer, aber MIT holt auf. Du darfst dich jetzt nicht mehr ausruhen!«

Ausruhen! Nichts wünschte Singh sich jetzt sehnlicher! Der beißende Schmerz in den Füßen überlagerte jede andere Empfindung. Selbst seine wachsende Müdigkeit spürte er fast nicht mehr, obwohl es ihm immer schwerer fiel, vorwärts zu kommen. Er hatte das Springen aufgegeben und war in ein weit ausholendes, federndes Schreiten verfallen, das auf der Erde sicherlich beeindruckend ausgesehen hätte, aber auf dem Mond nur jämmerlich wirkte.

Drei Kilometer vor dem Ziel wollte er fast schon aufgeben und den Krankenwagen rufen; vielleicht war es schon zu spät, um seine Füße zu retten. Aber genau in dem Augenblick, als er sich am Ende seiner Kräfte fühlte, bemerkte er etwas, das ihm sicher vorher schon aufgefallen wäre, hätte er sich nicht mit allen Sinnen auf das Stück Boden direkt vor ihm konzentriert.

Der ferne Horizont war keine totenstarre Linie mehr, die die leuchtende Landschaft vom schwarzen Nachthimmel des Weltraums trennte. Singh näherte sich dem westlichen Abschluß der Regenbogenbucht, und die sanft gerundeten Gipfel des Laplace-Ringgebirges schoben sich vor die leicht gekrümmte Mondlinie. Dieser Anblick und das Bewußtsein, daß er durch eigene Anstrengung bis hierher gekommen war, gaben Singh die Kraft zum Durchhalten. Das Universum reduzierte sich auf die Zielgerade.

Ein paar Meter vor dem Ziel zog sein hartnäckiger Gegner scheinbar mühelos an ihm vorbei.

Als Robert Singh wieder zu sich kam, lag er im Krankenwagen. Eigentlich hätte ihm alles weh tun müssen, aber er spürte keinen Schmerz.

»Sie werden in nächster Zeit nicht besonders viel laufen können«, hörte er eine Stimme, die Lichtjahre entfernt zu sein schien. »Der schlimmste Fall von Erfrierung in meiner ganzen Laufbahn! Aber ich habe Sie örtlich betäubt, und Sie müssen sich wohl keine neuen Füßen kaufen.«

Das war immerhin ein Trost, wog aber kaum die Verbitterung auf, die Singh verspürte, weil er trotz allem versagt hatte. Obwohl der Sieg doch zum Greifen nah gewesen war. »Gewinnen ist nicht das Wichtigste, es ist das Einzige?« Von wem stammte das? Dann überlegte Singh, ob er sich überhaupt die Mühe machen sollte, seine Silbermedaille abzuholen.

»Ihr Pulsschlag ist wieder normal. Wie fühlen Sie sich?«

»Scheußlich.«

»Dann wird Sie das vielleicht aufmuntern. Sind Sie bereit für eine kleine Überraschung – eine angenehme?«

»Versuchen Sie's!«

»Sie haben gewonnen. Nein, Sie dürfen jetzt nicht aufstehen!«

»Aber wie? Was?«

»Das IOC ist immer noch wütend, aber die Leute vom MIT lachen sich kaputt. Nach dem Rennen rückten sie damit heraus, daß ihr *Robert* in Wirklichkeit ein *Roboter* war – allgemein einsetzbar, humanoide Form, Typ 9. Kein Wunder, daß er ..., daß die Maschine als erste durchs Ziel ging! Dadurch ist Ihre Leistung noch viel beeindruckender, Herr Singh. Die Glückwünsche strömen nur so herein. Sie sind jetzt berühmt, ob es Ihnen paßt oder nicht.«

Zwar hielt der Ruhm nicht lange an, aber die Goldmedaille gehörte für den Rest seines Lebens zu Robert Singhs liebsten Besitztümern. Was er aber mit seinem Sieg losgetreten hatte, begriff er erst acht Jahre später während der III. Olympischen Mondspiele. Damals hatten die Weltraumärzte die ›Flüssigkeitatmen‹ genannte Technik der Tiefseetaucher weiterentwickelt und die Lungen der Sportler mit einer sauerstoffangereicherten Flüssigkeit geflutet.

So beobachtete der Gewinner des ersten Mondmarathons in ehrfürchtiger Bewunderung, zusammen mit den meisten anderen, über mehrere Planeten verteilen Angehörigen der menschlichen Spezies, wie der schwerelosigkeitserfahrene Karl Gregorius in der Regenbogenbucht seinen Rekord von zwei Minuten im 1-km-Kurzstreckenlauf aufstellte. Dabei war er genauso nackt wie seine griechischen Vorfahren bei den allerersten Olympischen Spielen dreitausend Jahre zuvor.

10 *Die Wohnmaschine*

Nachdem Robert Singh mit verdächtig guten Noten seinen Abschluß als Sternenforscher am AriTech gemacht hatte, fand er ohne Probleme eine Stelle als zweiter, für den Antrieb zuständiger Ingenieur auf einem der regelmäßig zwischen Erde und Mond verkehrenden Shuttles. Im Volksmund hieß die Strecke aus einem mittlerweile vergessenen Grund Milchlinie. Die Arbeit behagte ihm sehr, denn Freyda hatte zu ihrem eigenen Erstaunen mittlerweile entdeckt, daß der Mond letztlich gar nicht so uninteressant war. Sie wollte ein paar Jahre dort verbringen und beteiligte sich an einer Art lunarem Goldrausch. Anders als damals auf der Erde suchten die Schürfer schon seit langem nicht mehr nach einem Metall, sondern nach etwas viel Wertvollerem – nach Wasser, um genau zu sein, nach Eis.

Obwohl Jahrmillionen des Bombardements und gelegentliche Vulkantätigkeiten die oberen hundert Meter der Mondoberfläche durchgewühlt und längst schon jede Spur von Wasser – ob nun flüssig, fest oder gasförmig – verwischt hatten, gab man die Hoffnung nicht auf, tief unter den Polen, wo die Temperatur ständig weit unter dem Gefrierpunkt lag, fossile Eisschichten aus jenen Tagen zu finden, als der Mond sich aus der anfänglichen Staub- und Gaswolke unseres Sonnensystems zusammenballte.

Die meisten Selenologen hielten das für Phantasterei, aber zahlreiche fesselnde Hinweise hielten den Traum lebendig. Zu Freydas Glück gehörte sie dem Team an, das die erste Südpoleismine entdeckte. Das veränderte nicht nur auf lange Sicht die Wirtschaft des Mondes völlig, sondern wirkte sich auch unmittelbar äußerst positiv auf die wirtschaftlichen Verhältnisse der Singh-Carrolls.

Gemeinsam verfügten sie nun über genügend Geld, um sich ein Fullerhaus zu mieten, und konnten dort leben, wo es ihnen gefiel: auf der Erde.

Sie gingen zwar immer noch davon aus, daß sie die meiste Zeit woanders verbringen würden, aber sie wollten unbedingt einen Sohn und der konnte nur dann die körperliche Stärke entwickeln, um die Heimat seiner Eltern zu besuchen, wenn ihn Freyda auch dort austrug. Deswegen mußten sie den Mond verlassen. Außerdem durfte sich ein Kind, das auf der Erde zur Welt gekommen war, später im ganzen Sonnensystem aufhalten.

Die zwei waren übereingekommen, daß der erste Standort ihres Hauses in der Wüste von Arizona liegen sollte. Auch wenn es dort allmählich eng wurde, gab es noch genügend ursprüngliche geologische Formationen, an denen sich Freyda austoben konnte. Zudem kam diese Gegend auf der Erde dem Mars am nächsten, den sie beide eines Tages besuchen wollten.»Bevor auch er ruiniert ist«, lautete Freydas nur halb scherzhaft gemeinter Standardkommentar dazu.

Ein größeres Problem stellte sich bei der Frage, welches Fullerhausmodell sie aus dem vielfältigen Angebot wählen sollten. Die Häuser waren nach Buckminster Fuller, dem großen Ingenieur und Architekten des zwanzigsten Jahrhunderts, benannt worden. Ihre Technologien ging auf seine Erfindungen zurück, aber deren Umsetzung hatte er nicht mehr erlebt. So ein Haus war tatsächlich autark und konnte seine Bewohner beinahe unendlich lang versorgen.

Energie lieferte eine versiegelte Antriebseinheit mit einer maximalen Leistung von hundert Kilowatt. Man mußte lediglich alle paar Jahre einmal mit angereichertem Wasser nachfüllen lassen. Das gelieferte Niedrigenergieniveau reichte für jedes angemessen geplante Haus aus, und die sechsundneunzig Volt Wechselstrom konnten nur lebensgefährlich werden, wenn man zum Selbstmord wild entschlossen war.

Technisch interessierten Kunden, die sich danach erkundigten, warum gerade sechsundneunzig Volt verwendet wurden, erklärte das Fullerkonsortium geduldig, daß Ingenieure Gewohnheitstiere seien und nur ein paar Jahrhunderte zuvor noch 12- und 24-Volt-Systeme Standard gewesen wären; und daß die Arithmetik viel einfacher wäre, wenn der Mensch zwölf anstatt zehn Finger hätte.

Es hatte fast ein Jahrhundert gedauert, bis das Nahrungsmittel-Recycling-System – die am heißesten diskutierte Eigenschaft des Fullerhauses – allgemein akzeptiert worden war. Zweifellos hatte es in den Anfängen des Ackerbaus noch länger gedauert, bevor die Jäger und Sammler ihren Ekel davor überwunden hatten, Tierdung auf zukünftiger Nahrung zu verteilen. Jahrtausendelang waren die praktisch veranlagten Chinesen sogar noch weiter gegangen und hatten die eigenen Ausscheidungen zum Düngen ihrer Reisfelder verwendet.

Vorurteile und Tabus in Sachen Ernährung gehören mit zu den stärksten Einflüssen auf das menschliche Verhalten, und mit Logik sind sie meist nicht aus der Welt zu schaffen. Aber es ist eine Sache, Exkremente draußen auf dem Feld zum Düngen zu benutzen, wo die reinigende Kraft des Sonnenlichts beim Umwandlungsprozeß hilft, als sie im eigenen Haus unter Zuhilfenahme geheimnisvoller technischer Geräte wiederzuverwenden. Lange Zeit lief die Argumentation des Fullerkonsortiums, daß nicht einmal der liebe Gott zwischen zwei Kohlenstoffatomen unterscheiden könne, ins Leere: Die meisten Menschen waren davon überzeugt, daß sie sehr wohl dazu in der Lage waren.

Am Ende überwog – wie so oft – der wirtschaftliche Aspekt. Die Aussicht, sich nie mehr um Lebensmittelrechnungen sorgen zu müssen, und die Tatsache, daß der Speicher des Zentralrechners im Haus quasi unbegrenzt Menüvorschläge lieferte, war so verlockend, daß die wenigsten widerstehen konnten. Etwa verbliebene Zweifel zerstreute man mit Hilfe eines einfachen, aber effektiven Mittels: Ein kleiner Garten konnte als Extra mitgeliefert werden. Auch wenn das Wiederverwertungssystem genauso gut ohne ihn funktionierte, beruhigte der Anblick schöner Blumen, die ihre Köpfe nach der Sonne ausrichteten, so manchen nervösen Magen.

Das Fullerhaus, das Freyda und Robert mieteten – das Konsortium verkaufte nie! –, hatte nur zwei Vormieter und eine garantierte *mittlere Verfallszeit* von fünfzehn Jahren. Bis dahin würden sie ohnehin ein anderes Modell benötigen, in dem auch ein vor Energie nur so strotzender Teenager ausreichend Platz hätte.

Irgendwie kamen sie nie dazu, Brain nach den guten Wünschen zu fragen, die die Vormieter üblicherweise hinterließen. Beide richteten ihre Gedanken und Träume viel zu sehr auf eine Zukunft, die, wie alle jungen Paare glauben, niemals endet.

11 Abschied von der Erde

Toby Carroll Singh wurde in Arizona geboren, so wie seine Eltern es geplant hatten. Robert diente weiterhin auf dem Erde-Mond-Shuttle, wurde zum Ersten Ingenieur befördert und bekam sogar ein Angebot auf dem Mars, das er aber ausschlug. Er wollte nicht monatelang von seinem kleinen Sohn getrennt sein.

Freyda blieb auf der Erde und verließ nur noch ab

und zu das Amerikanische Commonwealth. Auch wenn sie die Feldforschung aufgegeben hatte, ging sie ihren Studien unvermindert, aber wesentlich bequemer nach, und zwar mit Hilfe von Datenbanken und Satellitenphotos. Der Witz hatte schon einen Bart: Die Geologie stehe nicht nur Muskelmännern offen, seit die Bildbearbeitungsalgorithmen den Hammer ersetzt hatten.

Bei Tobys dritten Geburtstag beschlossen seine Eltern, daß die freundlichen Roboterspielkameraden ihres Sohnes nicht mehr ausreichten. Es lag nahe, einen Hund anzuschaffen, und sie hatten sich auch schon fast für einen genmanipulierten Westhighland-Terrier mit garantiertem Hunde-IQ von hundertzwanzig entschieden, als die ersten Minitigerjungen auf den Markt kamen. Es war Liebe auf den ersten Blick.

Der Bengalische Tiger ist wohl das schönste aller Raubtiere – vielleicht sogar aller Säugetiere. Zu Beginn des 21. Jahrhunderts war er in seiner natürlichen Umgebung allerdings gänzlich ausgestorben, kurz bevor diese ebenfalls verschwand. Aber mehrere hundert jener wunderbaren Geschöpfe führten nach wie vor ein behütetes Leben in Zoos und Reservaten. Und selbst wenn alle Königstiger, wie er auch genannt wird, sterben sollten: Man hatte selbstverständlich ihre DNA komplett aufgeschlüsselt und hätte sie relativ einfach nachzüchten können.

Tigerchen war ein Nebenprodukt der Genforschung. Sie – es handelte sich um ein Weibchen – stellte in jeder Hinsicht eine perfekte Vertreterin ihrer Art dar. Als ausgewachsenes Tier würde sie allerdings nur dreißig Kilo auf die Waage bringen, und ihr – ebenso sorgfältig ausgetüftelter – Charakter war der einer liebevollen, verspielten Hauskatze. Singh beobachtete Tigerchen nur zu gern, wenn sie geschickt zwischen den kleinen Putzrobotern hindurchstelzte. Sie gehörten scheinbar einer Spezies an, an die man ganz vorsichtig herangehen mußte – die Geruchsmuster fehlten im Gedächtnis ihrer wilden Vorfahren. Die Roboter ihrerseits wußten überhaupt nicht, was sie mit der kleinen Königstigerdame anfangen sollten. Manchmal, wenn Tigerchen schlief, hielten sie sie fälschlicherweise für einen Teppichläufer und versuchten zur allgemeinen Erheiterung, sie abzusaugen.

Das kam allerdings nicht oft vor, da der kleine Tiger meist bei Toby im Bett schlief. Freyda hatte zunächst aus Hygienegründen etwas dagegen gehabt. Aber dann merkte sie, daß der Minitiger viel mehr Zeit mit der Körperpflege verbrachte, als Toby für seine sporadischen Kontakte mit Wasser und Seife aufwendete. Aus dieser Richtung war keinerlei Ansteckungsgefahr zu befürchten.

Tigerchen war kaum größer als eine ausgewachsene Hauskatze, als sie zu ihnen kam, und nach kurzer Zeit war sie die unumschränkte Herrin des Hauses. Robert beschwerte sich schon bald, Toby merke überhaupt nicht mehr, ob sein Vater zu Hause oder im Weltraum war. Das meinte er natürlich nicht ganz ernst.

Vielleicht förderte Tigerchens Ankunft eine weitere Veränderung. Freyda fühlte sich schon immer zum Kontinent ihrer Urahnen hingezogen und hütete ein zerfleddertes Exemplar von Axel Haleys *Roots* wie ihren Augapfel. Es war schon seit Generationen im Besitz ihrer Familie. »In Afrika«, so pflegte sie zu sagen, »hat es noch nie Tiger gegeben. Das muß sich ändern.«

Alles in allem waren sie ziemlich glücklich an ihrem neuen Wohnort, nur dann nicht, wenn sie, was gelegentlich vorkam, an dessen furchtbare Vergangenheit erinnert wurden: Zum Beispiel buddelte Toby einmal beim Spielen am Strand das Skelett eines Kindes aus, neben dem noch die Überbleibsel einer Puppe zu erkennen waren. Danach wachte er viele Nächte lang schreiend auf, und selbst Tigerchens Gegenwart konnte ihn nicht trösten.

An Tobys zehntem Geburtstag – der mit der Ankunft von drei echten und einigen Dutzend ehrenamtlichen Tanten und Onkels gefeiert wurde – erkannten Robert und Freyda, daß die erste Phase ihrer Beziehung vorüber war. Der Reiz des Neuen hatte sich schon lange abgenutzt – von der Leidenschaft gar nicht zu reden, die sie einmal füreinander empfunden hatten. Sie waren nur noch gute Freunde, die die Anwesenheit des anderen für selbstverständlich hielten. Beide hatten sie wechselnde Liebhaber. Eifersucht gab es kaum. Manchmal experimentierten sie mit einem flotten Dreier und einmal sogar mit einem Vierer. Aber trotz des guten Willens aller Beteiligten waren die Ergebnisse immer eher erheiternd als erotisch.

Der endgültige Bruch hatte nichts mit menschlichen Beziehungen zu tun. ›Warum‹, fragte sich Robert Singh oft, ›hängen wir unser Herz an Freunde, deren Lebenserwartung so viel kürzer ist als unsere eigene?‹

Sicher hat das Dschungelklima diese Inschrift auf einer Metallplatte schon lange unleserlich gemacht:

Tigerchen
Hier sollst du für immer in Schönheit, Treue und Stärke ruhen

Nach all den Jahren kam es Robert Singh zwar so vor, als sei es in einem anderen Leben gewesen. Aber er würde niemals vergessen, wie Tobys Kindheit endete: Sein Sohn hielt Tigerchen in den Armen, während ihr Lebenslicht langsam aus den treuen Augen wich. Es war Zeit, zu gehen.

Robert Singh hatte zwar immer vorgehabt, irgendwann einmal auf den Mars umzusiedeln. Aber er verließ den Mond ziemlich spät, fünfundfünfzig Jahre alt, und wieder einmal entschied der Zufall über das Wann und Wie.

Touristen vom Mars kamen nur selten auf den Mond und praktisch nie auf die Erde. Die langen Quarantänezeiten schreckten sie ab, in denen der Körper an die veränderte Schwerkraft gewöhnt wurde. Viele Marsianer behaupteten zwar, daß ihnen diese Besuchsmöglichkeit nicht fehle. Jeder wisse doch, wie laut, verseucht und überbevölkert die Erde sei – mittlerweile gab es beinahe drei Milliarden Menschen! Von Gefahren wie Wirbelstürme, Erdbeben, Vulkanen et cetera ganz zu schweigen.

Trotzdem blickte Charmayne Jorgen im ArtiTech-Beobachtungsraum sehnsuchtsvoll in Richtung Erde, als Robert Singh sie zum ersten Mal traf. Die zwanzig Meter breite Kuppel – ein architektonisches Meisterwerk – war so durchsichtig, als hielte nichts den luftleeren Raum ab. Besonders empfindliche Besucher ertrugen diese Erfahrung nur ein paar Minuten.

Als Student hatte Robert Singh nur selten die Zeit gefunden, hier herzukommen. Damals war er viel zu beschäftigt gewesen. Aber nun führte er einen seiner Schiffskameraden herum, und die Kuppel seiner alten Alma Mater war ein absolutes Muß. Während sie durch die drei automatischen Schleusen liefen, kommentierte er: »Wenn die Kuppel explodiert, schließt das Türenpaar zum Universitätsgebäude binnen einer Sekunde. Das Paar direkt am Eingang zur Kuppel tritt mit einer Verzögerung von fünfzehn Sekunden in Aktion, damit jeder, der sich noch unter der Kuppel befindet, sich in Sicherheit bringen kann.«

»Wenn er nicht hinausgezogen wird. Wann wurde das Schleusensystem zuletzt getestet?«

»Laß mal sehen. Hier ist der Nachweis. Das Datum wird immer eingetragen. Ah, vor zwei Monaten.«

»Das habe ich doch nicht gemeint! Jeder Kurzschluß kann Türen zuknallen. Hat es jemals einen wirklichen Test gegeben?«

»Indem man die Kuppel zerbricht? Blöde Frage! Weißt du, was das kostet?«

An diesem Punkt endete ihr gutmütiges Geflaxe abrupt. Sie waren nicht die einzigen Besucher der Kuppel.

Es herrschte plötzlich eine schier endlose Stille. Schließlich sagte Robert Singhs Begleiter: »Wenn es dir nicht die Sprache verschlagen hat, Bob, könntest du uns ja wenigstens vorstellen.«

Singh verstand sich nach wie vor ausgezeichnet mit Freyda, aber sie sahen sich immer seltener, besonders seit Freyda wieder nach Arizona gezogen war und Toby ein Stipendium am Moskauer Konservatorium gewonnen hatte – zur freudigen Überraschung seiner Eltern, die beide nicht das geringste musikalische Talent besaßen. So war es nur folgerichtig, daß Robert Singh Charmayne Jorgen auf den Mars folgte, sobald es die Reglung seiner Angelegenheiten erlaubte. Mit seinen Qualifikationen und seiner immer noch bekannten Leistung beim Mondmarathon war das nicht besonders schwierig. Und er hatte auch keine Skrupel, sein Ansehen auszunutzen, wenn ihm das weiterhalf.

Kurz nach seinem sechsundfünfzigsten Geburtstag landete er in Port Lowell. Er war ein zugereister Marsianer – und würde das auch immer bleiben, da er hier nicht geboren war.

»Es ist mir egal, wenn sie mich Neumarsianer nennen«, sagte er zu Charmayne, »solange sie dabei lächeln.«

»Das werden sie bestimmt immer tun, mein Liebling«, antwortete sie. »Mit deinen schwerkraftgestählten Muskeln bist du viel stärker als die meisten hier.«

Das stimmte, aber er wußte nicht, wie lange noch. Wenn er nicht konsequenter trainierte – was er sich nur schwer vorstellen konnte –, würde er bald vom Mars abhängig sein.

Was auch seine Vorteile hatte. Die Marsianer behaupteten, daß ihre Welt und nicht die Venus Planet der Liebe genannt werden sollte. Beim Sex waren die hundert Prozent Anziehungskraft der Erde nur hinderlich, wenn nicht sogar gefährlich. Gebrochene Rippen durch das Gewicht des Partners, Krämpfe und eingeschlafene Gliedmaßen waren bloß ein paar der Gefahrenquellen, denen sich Liebende auf der Erde ausgesetzt sahen. Die um ein Sechstel geringere Anziehungskraft des Mondes war schon eine große Verbesserung; aber Experten waren der Meinung, daß das immer noch nicht ausreichte, um ein wirklich gutes Liebesleben zu führen.

Und was die vielbeschworenen Vorzüge der Schwerelosigkeit im Weltraum anging, das wurde auch schnell langweilig, sobald der Reiz des neuen sich abgenutzt hatte. Man mußte sich viel zu viel Gedanken darüber machen, ob man sich auch wirklich traf und wie man aneinander andockte.

Die um zwei Drittel geringere Anziehungskraft auf dem Mars war da gerade richtig.

Wie alle neuen Einwanderer verbrachte Robert Singh seine ersten Wochen mit der Großen Marstour: Auf dem Programm standen der Olympus Mons, die Valles Marineris, die Eisklippen der Südpolarregion und die Hellas Planitia. Letztere war übrigens zu dieser Zeit bei abenteuerlustigen jungen Leuten sehr beliebt. Sie gaben gern damit an, wie lange sie es draußen ohne Atemgerät aushielten. Der Atmosphärendruck reichte mittlerweile für derartige Experimente aus, auch wenn der Sauerstoffgehalt noch zu gering war, um Leben längere Zeit zu unterstützen. Die irreführende Bezeichnung ›Freiluft-Rekord‹ lag bei gut zehn Minuten.

Anfangs war Singh ein bißchen enttäuscht vom Mars. Er hatte diese Landschaften so oft virtuell mit atemberaubender Geschwindigkeit und aktivierter Bildverbesserung bereist, daß die Realität geradezu ernüchternd wirkte. Die bekanntesten Sehenswürdigkeiten des Planeten waren eben so riesig, daß man sie zwar vom Weltraum aus gut erfassen konnte, aber nicht, wenn man sich auf ihnen befand.

Der Olympus Mons bot ein anschauliches Beispiel. Stolz erzählten die Marsianer, er sei dreimal so hoch wie der höchste Berg auf der Erde. Trotzdem hinterließen der Himalaja und die Rocky Mountains einen viel stärkeren Eindruck, weil sie steiler aufragten. Der Olympus Mons erinnerte mit seiner sechshundert Kilometer breiten Grundfläche eher an eine gigantische riesige Blase, die sich auf dem Angesicht des Planeten gebildet hatte. Zu neunzig Prozent war er nichts anderes als eine leicht abschüssige Ebene.

Und die Valles Marineris, mit Ausnahme der engeren Täler, hielten auch nicht, was die Beschreibungen der Reisebüros versprachen. Die meisten waren so breit, daß von der Mitte aus gesehen, beide Wälle jenseits des Horizonts lagen. Singh hätte gerne mißgünstige Vergleiche mit dem wesentlich kleineren Grand Canyon angestellt; aber das war natürlich genau die Taktlosigkeit, die Neumarsianer schnell in Schwierigkeiten brachte.

Nach ein paar Wochen lernte er Kleinigkeiten und Schönheiten schätzen, die die leidenschaftliche Verbundenheit der Kolonialisten (noch so ein Wort, das er tunlichst meiden sollte) zu ihrem Planeten erklärte. Singh wußte natürlich, daß die Landfläche des Mars wegen der fehlenden Meere in etwa der der Erde entsprach. Trotzdem war er immer wieder von den Entfernungen überrascht. Auch wenn der Durchmesser des Mars nur die Hälfte des Erddurchmessers betrug, der Rote Planet war eine *große* Welt …

Und zwar eine, die sich veränderte – wenn auch nur sehr langsam. Mutierte Flechten und Pilzarten brachen die oxydierten Felsen auf und kehrten den Tod durch Verrostung um, der den Planeten vor Jahrmillionen ereilt hatte. Der vielleicht erfolgreichste Eindringling von der Erde war der ›Fensterkaktus‹: Die Pflanze hatte eine feste Haut, gerade, als hätte Mutter Natur sie auf dem Mars ausgesetzt, um einen Raumanzug zu entwickeln. Versuche, sie auch auf dem Mond anzusiedeln, waren fehlgeschlagen. Aber in den Marsebenen gedieh sie prächtig.

Alle Marsbewohner mußten für ihren Lebensunterhalt arbeiten, und obwohl Robert Singh einen ansehnlichen Betrag von seinem gut gedeckten Konto auf der Erde transferieren ließ, war er keine Ausnahme. Das wollte er auch nicht. Er hatte immer noch Jahrzehnte eines aktiven Berufslebens vor sich und beabsichtigte, sie voll auszuschöpfen – solange ihm genug Zeit für seine neue Familie blieb.

Auch das hatte ihn am Mars gereizt: Der Planet war immer noch eine leere Welt, und deshalb durfte man hier zwei Kinder haben. Seine Tochter Mirelle wurde ein Jahr nach seiner Landung geboren; Martin kam drei Jahre später. Robert Singh war so zufrieden mit seiner Familie und seiner Arbeit, daß er erst fünf Jahre später wieder das Bedürfnis verspürte, seine Nase in den Weltraum zu stecken.

Natürlich flog er oft nach Phobos und Deimos; meist in seiner Eigenschaft als Schiffskontrolleur für

Lloyds/Erde. Der Job war nebenbei auch gut dotiert. Auf Phobos, dem inneren und größeren Marsmond, gab es nicht viel zu tun. Einzige Aufgabe war die Inspektion der Raumfahrschule, deren Kadetten ihn mit äußerstem Respekt behandelten. Er war gerne dort, weil er sich dadurch dreißig – nun, zwanzig – Jahre jünger fühlte, und er sich über die neuesten Entwicklungen bei der Weltraumtechnologie informieren konnte.

Es hatte einmal eine Zeit gegeben, da galt Phobos als eine unschätzbare Rohmaterialquelle für Bauprojekte im All. Umweltschützer vom Mars – die sich wohl wegen der beständigen Terraformierung auf ihrem eigenen Planeten schämten – verhinderten jedoch die Ausbeutung des Trabanten. Obwohl der winzige, kohlrabenschwarze Mond so unscheinbar am Nachthimmel stand, daß ihn nur ganz wenige Leute überhaupt bemerkten, hatte ihr Slogan: »Legt Phobos nicht bloß!« Wirkung gezeigt.

Zum Glück bot der kleinere und weiter entfernte Deimos in gewisser Weise die bessere Alternative. Trotz seines mittleren Durchmessers von knapp zwölf Kilometern konnte er die Docks für Jahrhunderte mit den am häufigsten benötigen Erzen versorgen. Niemand würde sich wirklich daran stören, wenn der kleine Mond im Laufe der nächsten tausend Jahre allmählich verschwand. Seine Anziehungskraft war so gering, daß man die abgebauten Bodenschätze nur gezielt anschubsen mußte, um sie an ihren Bestimmungsort zu befördern.

Wie seit Urzeiten in geschäftigen Häfen üblich, herrschte auch in Port Deimos totales Durcheinander. Hier sah Robert Singh die Goliath zum ersten Mal. Sie wurde gerade im Dock der Deimoswerft auf Planquadrat 3 im Zuge der alle fünf Jahre fälligen Inspektion überholt. Auf den ersten Blick fiel sie nicht auf – sie war genauso häßlich wie alle anderen Raumschiffe, mit denen man in die Tiefen des Alls vordrang. Mit einem Leergewicht von zehntausend Tonnen und einer Gesamtlänge von hundertfünfzig Metern war die Goliath eher klein und ihr wichtigstes Ausstattungsmerkmal konnte man von außen nicht sehen. Der Fusionsantrieb, der normalerweise mit flüssigem Wasserstoff betrieben wurde, aber notfalls auch mit Wasser funktionierte, war viel leistungsfähiger als für ein Schiff dieser Größe erforderlich. Abgesehen von Tests, die immer nur wenige Sekunden dauerten, hatte man die Maschinen noch nie mit voller Kraft laufen lassen.

Als Robert Singh die Goliath das nächste Mal sah, lag sie wieder einmal nach fünf unspektakulären Jahren im All auf Deimos, und ihr Kapitän wollte sich zur Ruhe setzen …

»Denk darüber nach, Bob«, sagte er. »Das ist der einfachste Job im ganzen Universum. Du mußt dich nicht um die Navigation kümmern, sitzt einfach nur da und genießt die Aussicht. Das einzige Problem: An Bord sind zwanzig verrückte Wissenschaftler, die von dir gefüttert werden wollen.«

Es klang verlockend. Singh hatte zwar schon viele verantwortungsvolle Posten innegehabt, aber noch nie ein Schiff befehligt. Wenn er das noch vor der Verrentung erreichen wollte, wurde es langsam Zeit. Er hatte zwar gerade erst seinen sechzigsten Geburtstag gefeiert, aber es war schon erstaunlich, wie schnell die Jahrzehnte mit einem Mal dahinflogen.

»Ich bespreche das mit meiner Familie«, sagte er. »Solange ich ein paarmal im Jahr mit dem Shuttle zum Mars zurückfliegen kann, ist es eine Überlegung wert.«

Ja, es war ein interessanter Vorschlag, und er würde gründlich darüber nachdenken …

Robert Singh verschwendete auch später kaum einen Gedanken an den Zweck, für den die Goliath konstruiert worden war. Er hatte schon beinah vergessen, warum man das Schiff mit einem so lächerlich leistungsfähigen Antrieb ausgestattet hatte.

Natürlich würde er immer nur einen Bruchteil davon brauchen, aber es war ein gutes Gefühl, etwas in der Hinterhand zu haben.

13 Die Sargassoseen des Weltalls

»Stellen Sie sich vor, Sie stünden auf der Sonne und guckten direkt zum siebenhundertfünfzig Millionen Kilometer entfernten Jupiter«, sagte Mendoza einmal zu einem Auditorium mäßig amüsierter Studenten, kurz nachdem ihm der Nobelpreis zugesprochen wurde. »Wissen Sie, worauf Ihre Arme zeigen, wenn Sie sie in einem Winkel von sechzig Grad abspreizen?«

Da er nicht mit einer Antwort rechnete, fuhr er ohne Pause fort.

»Sie können von dort aus zwar nichts sehen, aber Ihre Arme würden auf zwei der faszinierendsten Bereiche unseres Sonnensystems deuten …

1772 hat der große französische Mathematiker Lagrange entdeckt, daß die Magnetfelder der Sonne und des Jupiters sich verbinden können. Dann tritt ein sehr interessantes Phänomen auf. Die Umlaufbahn des Jupiter kennt zwei stabile Punkte, die jeweils 60 Grad vor und hinter ihm liegen. Ein Objekt an einem dieser Punkte hätte stets die gleiche Distanz zur Sonne und zum Jupiter, und alle drei würden ein riesiges gleichseitiges Dreieck bilden.

Zu Lagranges Lebzeiten war die Existenz von

Asteroiden noch nicht bekannt. Er konnte also nicht damit rechnen, daß seine Theorie eines Tages praktisch bewiesen würde. Erst über hundert Jahre später – einhundertvierunddreißig, um genau zu sein – wurde Achilles entdeckt. Er folgt Jupiter in einem Winkel von sechzig Grad. Im darauffolgenden Jahr fand man nicht weit entfernt Patroklus, und dann an dem Punkt, der in einem Winkel von sechzig Grad vor Jupiter liegt, Hector. Heutzutage kennt man mehr als zehntausend dieser Trojaner, so genannt, weil die ersten Dutzend ihre Namen von Helden des Trojanischen Krieges bekamen. Natürlich mußte man diese Art der Benennung bald aufgeben. Heute bekommen sie einfach eine Nummer. Der letzte Katalog, den ich gesehen habe, listet elftausendfünfhundert Trojaner auf, und es werden noch neue entdeckt; wenn auch immer seltener. Man geht davon aus, daß sie zu fünfundneunzig Prozent erfaßt sind. Der Durchmesser von noch nicht registrierten Trojanern dürfte unter hundert Metern liegen.

Nun muß ich zugeben, daß ich Sie angelogen habe. In Wirklichkeit befindet sich keiner dieser Asteroiden exakt an den beiden Trojanischen Punkten. Sie wandern vor und zurück, auf und ab. Die Abweichung kann mehr als 30 Grad betragen. Dafür ist größtenteils der Saturn verantwortlich: Sein Magnetfeld verdirbt die hübsche Sonne-Jupiter-Konstellation. Stellen Sie sich die Trojaner also als zwei große Wolken vor, deren Zentrum ungefähr sechzig Grad auf jeder Seite des Jupiters liegt. Aus einem Grund, der immer noch nicht geklärt ist – falls Sie also noch nach einem guten Thema für Ihre Abschlußarbeit suchen … – gehen dem Jupiter dreimal soviel Trojaner voraus wie nach.

Haben Sie schon einmal von der Sargassosee unten auf der guten alten Erde gehört? Wohl nicht. Es handelt sich um einen Bereich im Atlantik – dem Ozean im Osten des Commonwealth der Amerikanischen Staaten –, in dem sich schwimmende Objekte, etwa Seetang oder aufgegebene Schiffe, aufgrund der Strudel in der Strömung häufen. Ich stelle mir vor, daß es sich bei den Trojanischen Punkten um kosmische Zwillingsargassoseen handelt. Dort herrscht die größte Asteroidendichte im ganzen Sonnensystem, obwohl Sie nichts davon merken würden, wenn Sie tatsächlich dort wären. Von einem Trojaner aus dürften Sie sich glücklich schätzen, wenn Sie einen einzigen anderen Asteroiden mit bloßem Auge erkennen könnten.

Warum die Trojaner wichtig sind? Ich bin froh, daß Sie mich danach gefragt haben!

Von dem wissenschaftlichen Interesse an ihnen einmal abgesehen – sie sind die effektivsten Waffen in Jupiters Arsenal. Hin und wieder wird einer von ihnen durch die vereinten magnetischen Feldstärken von Saturn, Uran und Neptun aus der Bahn geschleudert und wandert dann Richtung Sonne. Und gelegentlich schlägt einer bei uns ein – so entstand etwa die Hellas Planitia – oder auf der Erde.

Das passierte in der Frühzeit des Sonnensystems dauernd. Damals trudelten viele von der Planetenbildung übriggebliebenen Bruchstücke durchs All. Die meisten sind glücklicherweise mittlerweile verschwunden. Aber es gibt doch noch ein paar, die sich nicht in den Trojanischen Wolken aufhalten. Einige Einzelgänger fliegen bis zum Neptun hinaus, und jeder von ihnen stellt eine potentielle Gefahr dar.

Nun, bis zu diesem Jahrhundert gab es nichts – absolut nichts –, was die Menschheit dagegen tun konnte, und den meisten Leuten war es auch völlig egal, selbst wenn sie davon wußten. Für sie gab es schwerwiegenden Probleme, um die man sich kümmern sollte; und da hatten sie wohl nicht ganz unrecht.

Aber der kluge Mann versichert sich auch gegen höchst unwahrscheinliche Ereignisse, so lange die dafür fälligen Prämien nicht zu hoch sind. Das Projekt Spaceguard wird fast seit einem halben Jahrhundert ziemlich kurz gehalten, obwohl wir wissen, daß mit relativ hoher Wahrscheinlichkeit im Laufe der nächsten tausend Jahre zumindest ein Einschlag auf Erde, Mond oder Mars katastrophale Auswirkungen haben wird.

Sollen wir etwa einfach nur dasitzen und warten? Bestimmt nicht! Wir verfügen über die technischen Möglichkeiten, um uns davor zu schützen, wir können Maßnahmen planen, die im Fall der Fälle umgesetzt werden können. Mit ein bißchen Glück haben wir einige Monate Vorlauf.

Es gibt also einen triftigen Grund, warum ich selbst zur Erde fliege – das ist aber noch streng geheim, ich möchte sie überraschen! Ich will ihnen einen langfristig angelegten Plan vorstellen, um das Problem zu lösen. Für den Anfang soll Spaceguard endlich die Handlungsbefugnisse erhalten, die dem Namen des Projekts entsprechen. Mir wäre es am liebsten, wenn ein paar leistungsfähige Schiffe ständig Patrouille fliegen – und die Trojanischen Liberationspunkte sind ein guter Platz, um sie zu stationieren. Sie könnten dort wertvolle Forschungsarbeit leisten und auf Abruf sofort jeden Teil des Sonnensystems erreichen.

Das erzähle ich den Erdwürmern, wenn ich sie treffe. Drücken Sie mir die Daumen!«

14 Der Hobbyastronom

Gegen Ende des 21. Jahrhunderts gab es kaum noch eine Wissenschaft, in der ein Laie reelle Chancen auf eine wichtige Entdeckung gehabt hätte. Aber die Astronomie zählte nach wie vor zu diesen wenigen Disziplinen. Natürlich konnte sich kein noch so wohlhabender Amateur auch nur annähernd die Ausrüstung leisten, die den großen Observatorien auf der Erde, dem Mond und im Orbit zur Verfügung stand. Aber die Profis spezialisierten sich auf eng umrissene Studienfelder, und da das Universum so gewaltig ist, erwischten sie immer nur einen winzigen Bruchteil. So blieben für energiegeladene vorgebildete Enthusiasten zahllose Forschungsgebiete übrig. Man brauchte kein großes Teleskop, um etwas zu entdecken, das noch niemand zuvor gesehen hatte. Man mußte nur wissen, wie man es anstellt.

Dr. Angus Millar war mit seinen Pflichten in der Registratur der Poliklinik von Port Lowell nicht gerade überlastet. Anders als die Kolonialisten auf der Erde mußten die Siedler auf dem Mars nicht gegen neue, exotische Krankheiten ankämpfen. Die Ärzte hatten es überwiegend mit Unfällen zu tun. Zwar traten in der zweiten und dritten Generation Knochendefekte auf, die zweifellos auf die geringere Anziehungskraft zurückzuführen waren. Aber die Mediziner waren zuversichtlich, daß man sie in den Griff bekäme, bevor es ernst wurde.

Dank seiner großzügig bemessenen Freizeit war Dr. Millar einer der wenigen Hobbyastronomen auf dem Mars. Über die Jahre hatte er sich eine ganze Reihe von Reflektoren gebaut. Dabei hatte er die Spiegel mit Techniken geglättet, poliert und versilbert, die Tausende von begeisterten Teleskopbauern Jahrhunderte hindurch perfektioniert hatten.

Anfangs beobachtete er trotz der amüsierten Kommentare seiner Freunde stunden- und tagelang die Erde. »Warum verschwendest du deine Zeit damit?« fragten sie. »Der Planet ist ziemlich gut erforscht. Er soll sogar intelligente Lebensformen aufweisen.«

Aber sie verstummten, sobald Millar ihnen die wunderschöne blaue Halbkugel zeigte, die mit dem kleineren, aber gleich phasierten Mond neben sich im Weltraum schwebte. Die ganze Evolutionsgeschichte, mit Ausnahme der letzten wenigen Augenblicke, lag da vor ihnen im Sichtfeld des Teleskops. Wie weit die menschliche Gattung auch ins All vorstoßen mochte, sie würde doch niemals ganz die Verbindung zu ihrem Heimatplaneten kappen können.

Die Skepsis seiner Freunde entbehrte jedoch nicht der Wahrheit. Die Erde war als Forschungsobjekt wenig ergiebig. Der größte Teil war meist von Wolken verdeckt, und wenn ihr Abstand zum Mars besonders gering war, konnte man von dort aus nur ihre Nachtseite sehen, so daß all ihre natürlichen Charakteristika unsichtbar blieben. Noch ein Jahrhundert zuvor, als Megawatts elektrischer Energie verschwenderisch gen Himmel geschleudert wurden, war die dunkle Seite der Erde keineswegs dunkel gewesen. Auch wenn mittlerweile eine energiebewußtere Gesellschaft der schlimmsten Vergeudung ein Ende gesetzt hatte, konnte man die meisten Städte immer noch als glühende Lichtinseln ausmachen.

Dr. Millar wäre gern um den 10. November 2084 herum schon da gewesen. Damals konnte man das seltene, aber wunderschöne Phänomen beobachten, wie die Erde über die Sonne glitt. Die Erde sah damals bestimmt wie ein kleiner, vollkommen runder Sonnenfleck aus, der langsam über die Sonnenscheibe wanderte. Auf halbem Weg begann ein heller Stern in ihrem Zentrum zu leuchten: Laserstaffeln auf der dunklen Seite der Erde grüßten den Roten Planeten, das zweite Zuhause der Menschheit, am Mitternachtshimmel. Alle Marsbewohner hatten zugesehen, noch heute dachte man an dieses Ereignis mit ehrfurchtsvoller Bewunderung.

Es gab ein zweites Datum in der Vergangenheit, zu dem Dr. Millar aufgrund einer nebensächlichen, nur für ihn interessanten Begebenheit eine besondere Affinität entwickelt hatte. Einer der größten Krater auf dem Mars war nach einem Hobbyastronom benannt worden, der zufälligerweise am gleichen Tag wie er Geburtstag hatte, allerdings zwei Jahrhunderte früher.

Sobald die ersten Raumsonden gute Photographien zurücksendeten, wurde es zu einem großen Problem, für die zahllosen neuen Formationen auf dem Mars Namen zu finden. Einige lagen auf der Hand: Berühmte Astronomen, Wissenschaftler und Forscher wie Kopernikus, Kepler, Kolumbus, Newton, Darwin oder Einstein wurden bedacht. Danach kamen Autoren an die Reihe, die irgend etwas mit dem Planeten zu tun hatten: Wells, Burroughs, Weinbaum, Heinlein, Bradbury. Es folgte eine vermischte Liste obskurer Orte und Individuen auf der Erde, von denen einige nur im allerweitesten Sinne etwas mit dem Mars zu tun hatten.

Die neuen Bewohner des Planeten waren mit der Namensgebung, die man ihnen hinterlassen hatte und mit der sie nun leben mußten, nicht immer ganz glücklich. Was um alles in der Welt – geschweige denn auf dem Mars – waren Dank, Dia-Cau, Eil, Gagra, Kagul, Surt, Tiwi, Waspam und Yat?

Reformer hatten sich von Anfang an um passendere und wohlklingendere Namen bemüht, und die meisten Leute pflichteten ihnen da bei. Man gründete ein ständiges Komitee, das sich um dieses Problem kümmern sollte, auch wenn es im Hinblick auf das Überleben des Menschen auf dem Mars das am wenigsten drängende war. Da jeder wußte, daß Dr. Millar viel Freizeit hatte und an Astronomie interessiert war, fragte man ihn selbstverständlich um Rat.

»Warum«, hieß es eines Tages, »sollte man einen der größten Krater auf dem Mars Molesworth nennen? Molesworth klingt nach Maulwurf, aber der Krater hat immerhin einen Durchmesser von hundertfünfundsiebzig Kilometern! Wer zum Teufel war die Molesworth überhaupt?«

Nach einigen Recherchen und diversen kostspieligen Weltraumfaxen zur Erde konnte Millar diese Frage beantworten. Percy B. Molesworth, ein englischer Eisenbahningenieur und Hobbyastronom, hatte zu Beginn des zwanzigsten Jahrhunderts zahlreiche Zeichnungen vom Mars angefertigt und veröffentlicht. Die meiste Zeit beobachtete er den Roten Planeten von der Äquatorinsel Sri Lanka aus, damals noch Ceylon, und dort starb er auch im jungen Alter von 41 Jahren.

Dr. Millar war beeindruckt. Molesworth mußte den Mars geliebt haben und hatte seinen Krater verdient. Durch den banalen Zufall, daß sie am selben Tag des Erdenkalenders Geburtstag hatten, fühlte er sich ihm gegen jede Logik verbunden. Manchmal blickte er durch sein Teleskop in Richtung Erde und suchte die Insel, auf der Molesworth den größten Teil seines kurzen Lebens verbracht hatte. Der Indische Ozean ist fast immer wolkenverhangen. Deswegen sah er die Insel nur ein einziges Mal. Aber das war ein unvergeßliches Erlebnis. Was der junge Engländer wohl davon gehalten hätte, daß eines Tages ein Mensch vom Mars aus auf sein Zuhause blicken würde?

Der Doktor gewann seinen Kampf zur Errettung

von Molesworth. Zwar gab es keine ernsthafte Opposition, als er sein Plädoyer begann – aber es änderte seine Einstellung zu dem, was bisher nur ein zeitintensives Hobby gewesen war. Vielleicht würde er eine Entdeckung machen, die seinen Namen durch die Jahrhunderte trug.

Das sollte ihm in einem viel größeren Ausmaß gelingen, als er je zu hoffen gewagt hatte.

Obwohl Dr. Millar 2061 noch ein Junge gewesen war, vergaß er niemals die spektakuläre Rückkehr des Halleyschen Kometen in jenem Jahr. Zweifellos beeinflußte das seinen nächsten Schritt. Viele Kometen, darunter einige der bekanntesten, hatten Amateure entdeckt. Sie wollten sich die Unsterblichkeit sichern, indem sie ihren Namen in den Himmel schrieben. Auf der Erde war das Erfolgsrezept vor ein paar Jahrhunderten ganz simpel gewesen: ein gutes, nicht besonders großes Teleskop, klare Sicht, eine leidliche Kenntnis des Nachthimmels, Geduld und ein bißchen Glück – das genügte.

Dr. Millars Ausgangsposition war noch günstiger: Er hatte immer klare Sicht, und trotz der größten Anstrengungen der Teraformierer beziehungsweise Atmosphärewandler würde das für die nächsten Generationen so bleiben. Auch die größere Entfernung zur Sonne sprach für den Mars als Beobachtungsplattform. Aber das Wichtigste waren die automatisierten Suchmöglichkeiten. Man brauchte nicht länger Sternenfelder auswendig zu lernen, so wie es die Veteranen der Zunft früher getan hatten, um einen Eindringling zu erkennen.

Dafür gab es seit über zweihundert Jahre die Astrophotographie. Man mußte nur noch zwei Aufnahmen im Abstand von einigen Stunden machen und sie dann vergleichen. Dadurch konnte man feststellen, ob sich etwas verändert hatte. Aber das war immer noch ziemlich langwierig, obwohl man dazu nicht mehr zitternd während einer kalten Nacht in der Sternenwarte sitzen mußte, sondern die Bilder gemütlich zu Hause vergleichen konnte. Der junge Clyde Tombaugh hatte in den dreißiger Jahren des zwanzigsten Jahrhunderts buchstäblich Millionen von Sternenphotos abgesucht, bevor er Pluto entdeckte.

Der photographische Ansatz hatte mehr als ein Jahrhundert überdauert, bevor ihn der elektronische ablöste. Eine empfindliche Fernsehkamera scannte nun den Himmel, speicherte die aktuellen Sternenkonstellationen, tastete später noch einmal den gleichen Himmelsabschnitt ab und verglich die Daten miteinander. In wenigen Sekunden schaffte das Computerprogramm, was Clyde Tombaugh Monate gekostet hatte. Es konnte alle unveränderten Objekte ignorieren und nur die hervorheben, die sich tatsächlich bewegt hatten.

Ganz so einfach war es natürlich nicht. Ein zu simples Programm würde Hunderte bereits bekannter Asteroiden und Trabanten ausweisen – von dem durch die Menschen verursachten frei im Weltraum schwebenden Müll gar nicht zu reden. Ein Ausgleich mit bestehenden Übersichten war unabdingbar, konnte aber ebenfalls automatisiert werden. Und nur die Objekte, die diesen Filterprozeß überstanden, waren eventuell interessant.

Die Geräte waren einschließlich der Software für die Autosuchfunktion nicht besonders kostspielig. Aber wie viele andere nicht unmittelbar überlebensnotwendige High-Tech-Produkte konnte man sie auf dem Mars nicht kaufen. Deshalb mußte sich Dr. Millar ein paar Monate gedulden, bevor eines der auf wissenschaftliche Ausrüstung spezialisierten Unternehmen auf der Erde ihm das Programm lieferte – nur um festzustellen, daß wie so oft bei Computerprogrammen eine wesentliche Komponente nicht funktionierte. Nach einigen bissigen Weltraumfaxen hatte man das Problem eingekreist. Glücklicherweise mußte der Doktor nicht auf das nächste Postschiff warten, da der Hersteller nach anfänglichem Zögern die entscheidenden Einzelheiten zum Quellcode freigab. So gelang es den Experten vor Ort, das System korrekt zu installieren.

Es arbeitete einwandfrei. Schon in der darauffolgenden Nacht ›entdeckte‹ Dr. Millar Deimos, fünfzehn Kommunikationssatelliten, zwei Transitfähren und das im Anflug befindliche Shuttle vom Mond. Natürlich hatte er nur einen winzigen Ausschnitt des Himmels gescannt – aber selbst um den Mars herum wurde es im Weltraum allmählich eng. Kein Wunder, daß man ihm einen so guten Preis für das Programm gemacht hatte: Auf der Erde war es aufgrund der riesigen Abfallwolken im Orbit praktisch unbrauchbar.

Im darauffolgenden Jahr entdeckte der Doktor zwei neue Asteroiden mit einem Durchmesser von weniger als hundert Metern, und wollte sie nach seiner Ehefrau und seiner Tochter Miranda und Lorna nennen. Die Interplanetare Astronomische Union akzeptierte Lorna, wies aber darauf hin, daß Miranda bereits ein bekannter Uranussatellit sei. Dr. Millar wußte das natürlich genauso gut wie die IAU, aber in Anbetracht des häuslichen Friedens war es den Versuch wert gewesen. Man einigte sich schließlich auf Mira, da kein Mensch einen Hundertmeterasteroiden mit einem roten Riesen verwechseln würde.

Abgesehen von dem einen oder anderen falschen Alarm fand Dr. Millar ein ganzes Jahr lang nichts Neues und wollte die Sache fast schon aufgeben, als das Programm eine Anomalie meldete. Es hatte ein

Objekt entdeckt, das sich zu bewegen *schien* – aber da seine Geschwindigkeit sich im Rahmen der Fehlertoleranzen bewegte, konnte man nicht sicher sein. Das Programm schlug vor, die Observation nach einem längeren Zeitraum zu wiederholen, um die Angelegenheit auf die eine oder andere Weise zu klären.

Dr. Millar betrachtete den winzigen Lichtpunkt. Es hätte ein ganz schwach leuchtender Stern sein können, aber in den Nomenklaturen fand sich nichts mit entsprechenden Positionskoordinaten. Zu Dr. Millars großen Enttäuschung gab es auch keinerlei Anzeichen für einen undeutlichen Hof, der auf einen Kometen hätte schließen lassen. ›Wieder nur ein verdammter Asteroid‹, dachte er, ›kaum der Mühe wert.‹ Aber Millars Frau erwartete wieder eine Tochter, und ein eigener Asteroid wäre doch ein nettes Geburtstagsgeschenk …

Es war tatsächlich ein Asteroid, unmittelbar hinter der Umlaufbahn des Jupiters. Dr. Millar stellte den Computer so ein, daß er die ungefähre Umlaufbahn des Eindringlings berechnen konnte, und stellte überrascht fest, daß *Myrna*, wie er ihn nennen wollte, ziemlich nah an die Erde herankommen würde. Das machte ihn doch gleich viel interessanter.

Aber aus dem Geburtstagsgeschenk wurde nichts. Bevor die IAU den Antrag genehmigen konnte, ergaben zusätzliche Beobachtungen einen erheblich genaueren Orbit.

Von da an kam nur noch ein einziger Name in Frage: Kali, Göttin der Zerstörung.

Als Dr. Millar Kali entdeckte, raste der Asteroid bereits mit ungeheurem Tempo sonnenwärts und damit auch Richtung Erde. Nun, da die Angelegenheit gewissermaßen von akademischem Belang war, wollte jeder wissen, warum Spaceguard mit all seinen finanziellen Möglichkeiten von einem Amateurbeobachter auf dem Mars übertrumpft worden war, der sich sein Equipment mehr oder weniger selbst zusammen gebastelt hatte.

Wie so häufig in ähnlich gelagerten Fällen lag es an einer Kombination von Pech und dem bekanntlich unberechenbaren Verhalten unbeseelter Objekte.

Für seine Größe leuchtete Kali ziemlich schwach. Er war einer der dunkelsten Asteroiden, den man jemals entdeckt hatte. Aufgrund des hohen Kohlenstoffanteils seiner im wahrsten Sinne des Wortes kohlrabenschwarzen Oberfläche gehörte er zur Leuchtkraftklasse VI. Außerdem hatte er sich in den vergangenen Jahren vor einem ziemlich turbulenten Teil der Milchstraße bewegt. Von den Spaceguard-Observatorien aus betrachtet, verlor er sich regelrecht in einem Lichtermeer.

Dr. Millar hatte mit seinem Standort auf dem Mars einfach Glück, als er sein Teleskop ohne bestimmten Grund auf eine weniger dicht besetzte Himmelsregion richtete – während Kali zufällig vorbeiflog. Ein paar Wochen früher oder später hätte auch er den Asteroiden verpaßt.

Man braucht wohl kaum zu erwähnen, daß die Spaceguard noch einmal Terabytes von Beobachtungsdaten wälzte. Wenn man weiß, wonach man sucht, findet man es natürlich viel leichter.

Kali war schon dreimal aufgenommen worden. Aber das Signal lag jedesmal nahe der Störgeräuschgrenze und hatte das automatische Suchtprogramm nicht ausgelöst.

Viele Leute waren dankbar für dieses Versehen. Sie hätten sonst nur länger in Angst und Schrecken gelebt.

III

15 *Die Prophetin*

»Solltest du, Johannes, nicht endlich zugeben, daß Jesus wie Mohammed ein ganz normaler Mann war. Friede sei mit ihm! Heute wissen wir, was die Verfasser der Evangelien nicht wissen konnten – obwohl es eigentlich offensichtlich ist, wenn man einen Moment lang darüber nachdenkt: Aus einer Jungfrauengeburt kann nur ein Mädchen hervorgehen, niemals ein Junge. Der Heilige Geist mag ein zweites Wunder vollbracht haben. Aber ich finde – vielleicht bin ich da ein wenig voreingenommen –, daß er damit doch ein wenig zu dick aufgetragen hätte. Selbst für jemanden mit schlechtem Geschmack.«

Prophetin Fatima Magdalena

(Zweite Unterredung mit Papst Johannes Paul IV., herausgegeben von Pater Mervyn Fernando, SJ, 2029)

Der Chrislam war offiziell noch nicht einmal hundert Jahre alt, obwohl seine Ursprünge auf den Ölkrieg 1990/91 zurückgingen, zwanzig Jahre früher also. Zu den unerwartetsten Ergebnissen dieser verheerenden Fehlkalkulation gehörte die große Zahl amerikanischer Männer und Frauen in Uniform, die dadurch zum ersten Mal in ihrem Leben direkt mit dem Islam konfrontiert – und tief beeindruckt waren. Sie erkannten, daß viele ihrer Vorurteile lachhaft, die weitverbreiteten Photos von verrückten Mullahs mit dem Koran in der einen und einem Maschinengewehr in der anderen Hand absurde Vereinfachungen eines viel komplexeren Ganzen waren. Und sie stellten erstaunt fest, wie fortschrittlich die islamische Welt auf dem Gebiet der Astronomie und Mathematik gewesen war, während in Europa noch tiefstes Mittelalter geherrscht hatte und es noch tausend Jahre dauern sollte, bevor die Vereinigten Staaten gegründet wurden.

Erfreut über diese Gelegenheit, neue Anhänger zu werben, ließen die saudischen Behörden in den wichtigsten Militärbasen des ›Desert Storm‹ Informationszentren mit Koranschulen und Islamunterricht einrichten. Als der Golfkrieg zu Ende war, gab es einige tausend konvertierte Amerikaner. Die meisten von ihnen waren Afro-Amerikaner – offenbar in Unkenntnis der Greueltaten, die ihre Vorfahren durch die arabischen Sklavenhändler erleiden mußten. Aber es gab auch einige Weiße.

Technical Sergeant Ruby Goldenberg war nicht nur weiß, sondern obendrein Tochter eines Rabbiners. Sie hatte noch nie etwas Exotischeres als Disneyland gesehen, bevor sie auf der König Faisal-Basis in Dhahran stationiert wurde. Mit dem Juden- und Christentum kannte sie sich gut aus, aber der Islam war für sie eine ganz neue Welt. Sein ernsthafter Umgang mit Grundsatzfragen und seine uralte, wenn auch mittlerweile stark aufgeweichte Tradition der Toleranz faszinierten sie. Besonders bewunderte sie den aufrichtigen Respekt, den der Islam zwei andersgläubigen Propheten – Moses und Jesus – entgegenbrachte. Allerdings hatte sie aufgrund ihrer ›freizügigen‹ westlichen Einstellung starke Vorbehalte, was die Stellung der Frau in den konservativen islamischen Staaten anging.

Frau Sergeant Goldenberg war viel zu sehr mit den elektronischen Schaltelementen der Bodenluftraketen beschäftigt, als daß sie sich vor Ende des ›Desert Storm‹ eingehender mit religiösen Angelegenheiten hätte befassen können. Aber der Samen war gelegt. Kaum in die Vereinigten Staaten zurückgekehrt, nahm sie ihren Veteranenausbildungsanspruch wahr und schrieb sich in einem der wenigen islamisch orientierten Colleges ein. Dieser Schritt zog nicht nur Auseinandersetzungen mit dem bürokratischen Apparat des Pentagons nach sich, sondern auch den Bruch mit ihrer Familie. Nach nur zwei Semestern bewies sie noch einmal ihren freidenkerischen Geist, indem sie sich exmatrikulieren ließ.

Die Tatsachen, die diesem zweifellos einschneidenden Ereignis zugrundelagen, wurden nie ganz aufgeklärt. Die Hagiographen der Prophetin behaupten, daß die Dozenten ihrer tiefgründigen Kritik an der Auslegung des Korans hilflos gegenüberstanden und sie deswegen loswerden wollten. Unabhängige Geschichtswissenschaftler liefern eine erdverbundenere Erklärung: Sie hatte eine Affäre mit einem Kommilitonen und verließ die Uni, als man die Schwangerschaft sehen konnte.

Wahrscheinlich ist an beiden Versionen etwas Wahres dran. Die Prophetin widersprach niemals dem jungen Mann, der behauptete, ihr Sohn zu sein; auch vertuschte sie nur oberflächlich spätere Beziehungen zu Liebhabern beiderlei Geschlechts. So wundert es nicht, daß der lockere Umgang mit Fragen der Libido, die fast an die Freizügigkeit des Hinduismus heranreichte, der augenfälligste Unterschied zwischen dem Chrislam und seinen Mutterreligionen war. Auf jeden Fall trug seine Haltung in diesem Bereich ernorm zu seiner Beliebtheit bei: Nichts hätte einen größeren Kontrast zu dem Puritanismus des Islam und der fast pathologischen Einstellung des Christentums zu sexuellen Dingen bilden können, die das Leben von Milliarden vergiftet und schließlich in der Perversion des Single-Daseins gemündet hatte.

Nach Ruby Goldenbergs Exmatrikulation verschwand sie für mehr als zwanzig Jahre von der Bildfläche. Tibetanische Klöster, katholische Orden und eine ganze Reihe anderer Institutionen behaupteten später, sie habe sich in ihren Mauern aufgehalten. Stichhaltige Beweise lieferten sie nicht. Es war auch unwahrscheinlich, daß Frau Goldenberg einige Jahre auf dem Mond verbrachte. Unter der relativ geringen Mondbevölkerung hätte man ihre Spur dort leicht zurückverfolgen können. Mit Sicherheit konnte nur gesagt werden, daß sie als Prophetin Fatima Magdalena im Jahre 2015 wieder die Weltbühne betrat.

Christenheit und Islam wurden ganz zu Recht ›Buchreligionen‹ genannt. Der Chrislam war nicht nur aus ihnen hervorgegangen, sondern schien sie langfristig auch abzulösen, und seine Lehre wurde mit Hilfe einer unvergleichlich mächtigeren Technologie als der Buchdruckerkunst verbreitet.

Der Chrislam war die erste Religion des Bytes.

16 Das Schaltkreisparadies

Jedes Zeitalter hat seine lexikalischen Eigenheiten – eine ganz eigene Sprache voller Wörter, die ein Jahrhundert früher bedeutungslos gewesen wären und von denen die meisten ein Jahrhundert später schon vergessen sind. Einige verdanken sich Kunst, Sport, Mode oder Politik, aber die meisten gehen aus Wissenschaft und Technik hervor – nicht unbeeinflußt vom Krieg.

Die Matrosen, die jahrtausendelang über die Ozeane der Erde fuhren, hatten ein komplexes – und für Landratten völlig unverständliches – Vokabular von Begriffen und Befehlen. Damit konnten sie die Takelage richtig bedienen, von der ihr Leben abhing. Als zu Beginn des zwanzigsten Jahrhunderts das Automobil seinen Siegeszug durch die Kontinente antrat, wurden Dutzende von merkwürdigen neuen Wörtern gebräuchlich, und alte bekamen eine neue Bedeutung. Ein Kutscher im viktorianischen England hätte Begriffe wie Gangschaltung, Kupplung, Einspritzer, Windschutzscheibe, Differential, Zündkerze, Vergaser sicherlich mit offenem Mund bestaunt – Wörter, die sein Enkel wie selbstverständlich jeden Tag verwendete. Und dieser wiederum hätte nichts mit Begriffen wie Röhre, Antenne, Bandbreite, Tuner, Frequenz et cetera anzufangen gewußt.

Das elektronische Zeitalter produzierte Neologismen am laufenden Band und in bisher unbekanntem Ausmaß, besonders seit dem Aufkommen der Personal-Computer. Mikrochip, Festplatte, Laser, CD-ROM, CDR, Bandlaufwerk, Megabyte, Software – diese Wörter waren bis Mitte des zwanzigsten Jahrhunderts bedeutungslos. Und als die Jahrtausendwende näher rückte, tauchte noch ein weiterer, sehr viel ungewöhnlicher Begriff im Vokabular der Datenverarbeitung auf: ›Virtual Reality‹.

Die Ergebnisse, die mit den ersten VR-Systemen erzielt wurden, waren genauso unfertig wie die der ersten Fernsehvorführungen und trotzdem beeindruckend genug, um Gewohnheiten zu verändern, ja sogar Abhängigkeiten zu schaffen. Dreidimensionale Weitwinkelbilder vereinnahmten die Aufmerksamkeit des Betrachters so ausschließlich, daß über ihre ruckelnde Zeichentrickqualität hinweggesehen wurde. Je mehr man Auflösung und Animationsqualität verbesserte, desto stärker näherte sich die virtuelle Welt der realen an – konnte aber immer noch davon unterschieden werden, solange sie über so dürftige Hilfsmittel wie VR-Brille mit integriertem 3D-Bildschirm und Datenhandschuh präsentiert wurde. Um die Illusion perfekt zu machen und das Gehirn ganz zu täuschen, mußten die äußeren Sinnesorgane wie Augen und Ohren sowie die Muskulatur umgangen und die Informationen direkt in die Nervenbahnen eingespeist werden.

Die Idee einer ›Traummaschine‹ war bestimmt schon hundert Jahre alt, bevor sie durch Fortschritte in Gehirnforschung und Nanochirurgie möglich wurde. Die ersten Prototypen füllten – wie die ersten Computer – ganze Wände, ja ganze Räume. Ihr Umfang konnte aber rasch reduziert werden. Solange diese Geräte über Elektroden funktionierten, die in die Großhirnrinde implantiert wurden, blieb ihre Anwendung jedoch eingeschränkt.

Der Durchbruch gelang erst dem ›Brainman‹. Diese Perfektionierung hätte eine ganze Generation von Medizinspezialisten nicht für möglich gehalten. Eine Terabytes fassende Speichereinheit wurde über ein Glasfaserkabel mit einem enganliegenden Zerebralhelm verbunden, der buchstäblich Milliarden von synapsenartigen Endpunkten aufwies und dadurch einen schmerzlosen Kontakt mit der Kopfhaut ermöglichte. Der Brainman war innerhalb einer Generation Standard. Wer das Geld hatte, leistete sich einen – und nahm dafür sogar eine Glatze in Kauf.

Obwohl der Brainman leicht zu transportieren war, ging niemand damit spazieren; und zwar aus gutem Grund. Keiner, der völlig in die virtuelle Welt eingetaucht war, hätte das lange überlebt. Nicht einmal in den eigenen vier Wänden.

Das Potential des Brainman als Ersatz für eigene Erfahrungen – besonders erotischer Natur, basierend auf der sich schnell entwickelnden Lusttechnologie – wurde sofort erkannt. Aber auch ernsthaftere Anwendungsbereiche vernachlässigte man nicht. Wissen und bestimmte Fähigkeiten lagen kurzfristig abrufbar in Gedächtnismodulen bereit. Diese Memochips füllten bald ganze Bibliotheken. Die größte Anziehungskraft ging allerdings von dem ›Holotagebuch‹ aus. Damit konnte man wertvolle Momente seines Lebens speichern und erneut durchleben – oder nach Belieben modifizieren.

Dank ihrer Elektronik-Ausbildung erkannte die Prophetin Fatima Magdalena als erster Mensch das Potential des Brainman zur Verbreitung der chrislamischen Doktrin. Die Fernsehprediger des zwanzigsten Jahrhunderts, die Funktürme und Kommunikationssatelliten für ihre Interessen mißbraucht hatten, waren da gewissermaßen Vorreiter gewesen. Aber Fatima stand eine ungleich leistungsfähigere Technologie zur Verfügung. Glaube hatte immer schon eher das Gefühl als den Intellekt angesprochen, und der Brainman konnte auf beide direkt einwirken.

Bis zum Jahr 2010 gelang es Ruby Goldenberg, einen für ihre Sache überaus wichtigen Anhänger zu gewinnen. Es handelte sich um einen extrem reichen, aber mittlerweile fünfzigjährigen und völlig ausgebrannten Pionier der Computerrevolution. Sie gab ihm neuen Lebensmut und eine Aufgabe, die noch einmal seine ganze Vorstellungskraft forderte. Seinerseits verfügte er über die finanziellen Mittel und – was noch wichtiger war – über die persönlichen Kontakte, um sich dieser Herausforderung zu stellen.

Es war denkbar einfach, die drei Testamente im ›Koran der Letzten Tage‹ elektronisch umzusetzen. Aber das war nur der Anfang – Version 1 (Public Domain). Es folgte die interaktive Ausgabe für jene, die echtes Interesse an dem Glauben zeigten und die nächste Bewußtseinsstufe erreichen wollten. Trotzdem ließ sich Version 2 (Shareware) so leicht kopieren, daß bald Millionen von nicht autorisierten Modulen in Umlauf waren – und genau das hatte die Prophetin beabsichtigt.

Version 3 war etwas ganz anderes. Sie verfügte über einen Kopierschutz und zerstörte sich selbst, nachdem man sie ein einziges Mal benutzt hatte. Ungläubige nannten sie scherzhaft die ›Heiligste‹, und die Spekulationen über den eigentlichen Inhalt rissen nicht ab. Man wußte nur, daß ihr Virtual Reality-Programm eine Vorschau auf das chrislamische Paradies eröffnete – aber nur von der Warte des unbeteiligten Beobachters aus …

Es ging das Gerücht um – das aber trotz der unweigerlich auftauchenden ›Exposés‹ von unzufriedenen Abtrünnigen nie bestätigt wurde –, daß auch eine vierte ›allerheiligste‹ Version existiere. Man mutmaßte, sie laufe nur auf der neuesten Brainman-Generation und sei ›neurologisch verschlüsselt‹, so daß das Programm nur Individum-spezifisch freigegeben werden könne. Nicht autorisierte Personen wären womöglich einer Beeinträchtigung des Gehirn bis hin zum Schwachsinn ausgesetzt.

Aber unabhängig von den technischen Hilfsmitteln, derer sich der Chrislam bediente, war die Zeit reif für eine Religion, die die besten Elemente des Christentums und des Islam nebst einem gehörigen Schuß Buddhismus in sich vereinte. Aber die Prophetin wäre vielleicht nie so erfolgreich gewesen, hätten nicht zwei Faktoren, auf die sie überhaupt keinen Einfuß hatte, die Verbreitung des Chrislam begünstigt.

Das war erstens die sogenannte ›Kaltantriebsrevolution‹, die das Zeitalter der fossilen Brennstoffe jäh beendete und der islamischen Welt dadurch für beinah eine Generation die ökonomische Grundlage entzog – bis israelische Chemiker sie mit dem Slogan ›Verbrennt Öl nicht, eßt es!‹ wieder aufbauten.

Zweitens verfiel die Moral und das gesellschaftliche Ansehen des Christentums zusehends. Es hatte damit begonnen (obwohl das jahrhundertelang nur wenige begriffen), daß Martin Luther am 31. Oktober 1517 seine fünfundneunzig Thesen an die Kirchentore von Wittenberg nagelte. Kopernikus, Galilei, Darwin und Freud setzten die Entwicklung fort. Der Höhepunkt war der berüchtigte ›Qumran‹-Skandal. Als lang versteckt gehaltene Schriftrollen offengelegt wurden, stellte sich heraus, daß der Jesus der Evangelien auf drei, vielleicht sogar vier verschiedene Personen zurückging.

Aber den Todesstoß versetzte dem Christentum der Vatikan selbst.

17 Enzyklika

»Vor genau vierhundert Jahren, anno domini 1632, ist mein Vorvorgänger Papst Urban VIII. einem schwerwiegenden Irrtum verfallen. Er ließ zu, daß sein Freund Galilei für eine Einsicht verurteilt wurde, die wir heute zu den Grundwahrheiten zählen: Daß sich die Erde um die Sonne dreht. Die Kirche hat sich zwar 1992 posthum bei Galilei entschuldigt, aber niemals ganz von diesem schrecklichen Schlag erholt. Ihre moralische Autorität war beschädigt.

Nun ist leider die Zeit gekommen, einen noch tragischeren Fehler einzugestehen. Durch ihre unbeugsame Ablehnung künstlicher Verhütungsmittel hat die Kirche Milliarden Leben zerstört. Sie trägt ironischerweise selbst die größte Schuld für die Verbreitung der Sünde. Denn jene Ärmsten, die ihre gezwungenermaßen empfangenen Kinder nicht großziehen konnten, trieben sie ab.

Die Politik der Kirche hat die Menschheit an den Rand des Untergangs geführt. Die Übervölkerung zehrte die Ressourcen der Erde auf und zerstörte die

Umwelt. Am Ende des zwanzigsten Jahrhunderts war das für alle ersichtlich, aber es wurde nichts dagegen unternommen. Oh, natürlich gab es unzählige Konferenzen und Resolutionen, aber keine wirksamen Maßnahmen.

Nun droht ein lang ersehnter – und befürchteter – wissenschaftlicher Durchbruch die Krise in eine Katastrophe zu verwandeln. Die ganze Welt applaudierte, als die Professoren Salman und Bernstein im Dezember 2031 den Nobelpreis für Medizin erhielten. Aber wie viele haben da innegehalten und bedacht, welchen Einfluß deren Arbeit auf die Gesellschaft haben wird? Auf meine Anfrage hin hat die Päpstliche Akademie der Wissenschaften sich mit diesem Thema befaß. Ihre Schlußfolgerungen sind eindeutig – und unausweichlich.

Die Entdeckung des Supersauerstoffenzyms, kurz SSE, ist genauso bedeutsam wie die Entschlüsselung des genetischen Codes. Es kann den Alterungsprozeß verzögern, indem es die verantwortlichen DNA-Strukturen des Körpers vor Veränderungen schützt. Die Spanne eines gesunden und aktiven menschlichen Lebens wird wohl um wenigstens fünfzig Jahre verlängert werden können – vielleicht sogar noch mehr! Zudem soll die Behandlung relativ preiswert sein. Ob es uns gefällt oder nicht: Die Zukunft gehört einem Heer rüstiger Hundertjähriger.

Meine Akademie hat mich darüber informiert, daß die SSE-Behandlung auch die Zeit der menschlichen Fortpflanzungsfähigkeit um etwa dreißig Jahre verlängert. Die Tragweite dessen ist niederschmetternd – besonders mit Blick auf die in der Vergangenheit fehlgeschlagenen Versuche, die Geburtenrate durch Propagierung von Enthaltsamkeit und sogenannten ›natürlichen‹ Methoden zu beschränken.

Die Experten der Weltgesundheitsorganisation beraten sich seit Wochen mit allen Mitgliedsstaaten. Man will das oft diskutierte, aber niemals – außer in Kriegzeiten oder bei Epidemien – erreichte Nullbevölkerungswachstum so schnell und so human wie möglich umzusetzen. Selbst das mag nicht genügen; vielleicht brauchen wir ein *negatives* Bevölkerungswachstum. Es kann sein, daß für die kommenden Generationen die Ein-Kind-Familie die Norm sein wird.

Die Kirche ist weise genug, nicht gegen das Unvermeidliche anzukämpfen, besonders in dieser radikal veränderten Situation. Ich werde in Kürze eine weitere Enzyklika veröffentlichen, die Richtlinien zu diesen Fragen enthält. Ich darf noch hinzufügen, daß die vorliegende Enzyklika in Absprache mit meinen Kollegen, dem Dalai Lama, dem Oberrabbiner, dem Imam Mohammed, dem Erzbischof von Canterbury und der Prophetin Fatima Magdalene erstellt wurde.

Sicher werden viele von Ihnen nur schwer akzeptieren können, daß man Praktiken, die die Kirche einst als Sünde stigmatisiert hat, nun zur Pflicht erhebt. Aber in einem grundsätzlichen Punkt wird die Kirche an der bisherigen Doktrin festhalten: Sobald ein Fötus lebensfähig ist, ist sein Leben heilig.

Abtreibung wird immer ein Verbrechen bleiben. Aber nun gibt es keine Entschuldigung – und auch keine Notwendigkeit – mehr dafür.

Ich segne Sie alle, von welcher Welt Sie auch zuhören mögen.«

Johannes Paul IV., Ostern 2032, Erde-Mond-Mars-Nachrichtennetzwerk

18 Excalibur

Es war das größte wissenschaftliche Experiment, das jemals gestartet wurde. Es umfaßte das gesamte Sonnensystem.

Die Ursprünge von ›Excalibur‹ gingen auf die merkwürdige – heutzutage kaum noch nachvollziehbare – Zeit des Kalten Krieges zurück. Damals bedrohten sich zwei Supermächte gegenseitig mit einem atomaren Waffenarsenal, das sämtliche Errungenschaften der Zivilisation hätte zerstören können. Sogar das Überleben der Menschheit als biologische Art war gefährdet.

Auf der einen Seite stand jenes Machtgefüge, das sich selbst Union der Sozialistischen Sowjetrepubliken nannte und, wie Historiker später gerne hervorhoben, vielleicht sowjetisch (was immer das heißen mag), aber weder sozialistisch noch republikanisch regiert wurde. Das Gegengewicht bildeten die Vereinigten Staaten von Amerika, deren Bezeichnung sehr viel treffender gewählt war.

Ende des zwanzigsten Jahrhunderts besaßen beide Lager Abertausende von Langstreckenraketen, deren Gefechtsköpfe je eine Stadt zerstören konnten. Verständlicherweise wollte man Waffen erfinden, die derartige Flugkörper noch vor ihrem Ziel abfingen. Vor der Entdeckung des Schutzschildes – mehr als ein Jahrhundert später – war keine Verteidigung möglich; nicht einmal theoretisch. Nichtsdestotrotz arbeitete man wie besessen an der Entwicklung von Flugabwehrraketen und laserbestückten Satellitenfestungen, die man in die Umlaufbahn schickte. So war man wenigstens teilweise geschützt.

Rückblickend läßt sich schwer sagen, ob die Wissenschaftler, die diese Pläne voranbrachten, rücksichtslos die Urängste naiver Politiker ausnutzten oder ernsthaft an den praktischen Nutzen ihrer Ideen glaubten. Wer nicht selbst in jener Zeit mit dem treffenden Beinamen ›Jahrhundert der Sorge‹ gelebt hat, sollte nicht zu hart mit ihnen ins Gericht gehen.

Die verrückteste Gegenwaffe, die man damals ersonnen hat, war zweifellos der Röntgenlaser. Man wollte die enorme Energie, die bei einer Atombombenexplosion frei wird, in lenkbare Röntgenstrahlen umwandeln. Diese hätten dann feindliche Raketen in tausend Kilometern Entfernung zerstören können. Das Excalibur-Gerät, über das verständlicherweise niemals Einzelheiten veröffentlicht wurden, soll einem Seeigel geähnelt haben, dessen Stacheln in alle Richtungen wiesen. In der Mitte lag eine Atombombe. Geplant war, daß sämtliche Stacheln in den Mikrosekunden vor dem Verdampfen je einen Laserstrahl generierten, der sich gegen eine Rakete richten sollte.

Man braucht nicht viel Phantasie, um die Grenzen einer derartigen ›Einzelschußwaffe‹ zu erkennen; besonders gegen einen Feind, der die Kooperation verweigerte, und seine Raketen nicht entsprechend gebündelt abfeuerte. Trotzdem war die Grundidee hinter dem atomgetriebenen Laser ganz vernünftig, auch wenn man die praktischen Schwierigkeiten weit unterschätzt hatte. Nachdem Millionen von Dollars in das Projekt investiert worden waren, wurde es schließlich eingestellt.

Aber es war nicht alles umsonst gewesen. Fast ein Jahrhundert später holte man die Idee aus der Schublade, wiederum als Abwehr gegen Flugkörper – aber diesmal gegen solche, die die Natur und nicht der Mensch erschaffen hatte.

Im 21. Jahrhundert entwickelte man Excalibur, statt der Röntgenstrahlen nutzte man Radiostrahlung, die nicht auf einzelne Punkte, sondern den gesamten

Weltraum gerichtet wurde. Man zündete eine Gigatonnenbombe – die mächtigste, die jemals gebaut worden war und, wie die meisten hofften, die mächtigste, die jemals gebaut *werden würde* – hinter der Sonne in der Erdumlaufbahn. Dadurch traf der starke elektromagnetische Impuls, der sonst womöglich Kommunikationsmittel und elektronische Geräte lahmgelegt hätte, kaum die Erde.

Durch die Explosion bereitete sich ein dünnes – nur wenige Meter dickes – Mikrowellenband mit Lichtgeschwindigkeit im Sonnensystem aus. Reflexionen von Sonne, Merkur, Venus und Mond erreichten innerhalb von Minuten die in der gesamten Erdumlaufbahn verteilten Empfänger; aber auf sie kam es nicht an.

Während der folgenden beiden Stunden, bevor die Explosionswelle Saturn hinter sich ließ, strömten Hunderttausende von immer schwächer werdenden Reflexionen in Excaliburs Datenbanken. Alle bekannten Monde, Asteroiden und Kometen waren leicht zu identifizieren. Als die Analyse abgeschlossen war, hatte man jedes Objekt geortet, das sich innerhalb der Jupiterumlaufbahn befand und mehr als einen Meter im Durchmesser maß. Die Spaceguard-Computer waren daraufhin jahrelang damit beschäftigt, alle Objekte zu katalogisieren und ihren Orbit exakt zu berechnen.

Die ersten ›Stichproben‹ beruhigten die Gemüter. Innerhalb der Reichweite von Excalibur existierte keine Gefahr für die Erde, und die Menschheit konnte aufatmen. Es wurden sogar Stimmen laut, daß man das Projekt Spaceguard einstellen solle.

Als viele Jahre später Dr. Angus Millar mit seinem selbst gebauten Teleskop Kali entdeckte, war die Empörung allgemein: Wie konnte der Asteroid übersehen werden? Die Antwort war einfach: Kali hatte sich zu jener Zeit am äußersten Wendepunkt ihres Orbits befunden, jenseits der Reichweite der leistungsfähigsten Antennen. Wäre der Asteroid nah genug gewesen, um eine unmittelbare Gefahr darzustellen, hätte Excalibur ihn bestimmt entdeckt.

Aber lange bevor dieser Fall eintrat, hatte Excalibur ein ganz anderes, völlig unerwartetes Ergebnis erbracht. Es hatte nicht nur keine Gefahr entdeckt, sondern eine heraufbeschworen und dadurch uralte Ängste wiederbelebt.

19 *Die unerwartete Antwort*

SETI – die Suche nach außerirdischer Intelligenz – war über ein Jahrhundert lang mit wesentlich empfindlicheren Geräten und immer breiteren Frequenzbändern betrieben worden. Häufig hatte es falschen Alarm gegeben. Die Radioastronomen nahmen hin und wieder etwas auf, das vielleicht einmal zu einer Nachricht gehört hatte, vielleicht mehr war als zufällige Fragmente kosmischen Lärms. Unglücklicherweise waren diese Beispiele allesamt kurz. Nicht einmal die genialste Computeranalyse hätte beweisen können, daß die Geräuschfetzen intelligenten Ursprungs waren.

Das änderte sich schlagartig im Jahre 2085. Eine der ersten SETI-Begeisterten hatte einmal gesagt: »Wenn es dort draußen ein Signal gibt, werden wir wissen, daß es ein echtes Signal ist – es wird nicht nur ein schwaches, verrauschtes Zischen sein.« Sie sollte recht behalten.

Das Signal wurde laut und deutlich während eines Routineüberblicks von einem der kleineren Radioteleskope auf der erdabgewandten Seite des Mondes aufgenommen. Dort war es trotz des lokalen Kommunikationslärms immer noch ziemlich ruhig. Der außerirdische Ursprung stand außer Zweifel. Das entsprechende Teleskop beobachtete Sirius, den hellsten von der Erde beziehungsweise von Mond aus sichtbaren Stern.

Das war die erste Überraschung. Sirius leuchtete etwa fünfzig mal heller als die Sonne und hatte noch nie als besonders aussichtsreicher Kandidat für belebte Planeten gegolten. Die Astronomen stritten noch darüber, als sie und mit ihnen die gesamte Welt einen erheblich größeren Schock erlitten.

Obwohl die Tatsache, rückblickend gesehen, eigentlich auf der Hand lag, entdeckte man eine interessante Übereinstimmung erst vierundzwanzig Stunden später.

Sirius war 8,6 Lichtjahre entfernt, das Projekt Excalibur hatte vor siebzehn Jahren und drei Monaten stattgefunden. Das entsprach der Zeit, die Radiowellen bis zum Sirius und zurück brauchten. Wer – oder was – auch immer die elektromagnetische Explosion registriert hatte, hatte umgehend den Ruf beantwortet. Und wie um die Botschaft zu bekräftigen, lag die Trägerwelle von Sirius auf exakt derselben Frequenz wie der Impuls von Excalibur – 5.400 Megahertz. Trotzdem gab es eine große Enttäuschung.

Entgegen aller Erwartungen waren die 5.400 Megahertz völlig unmoduliert; es gab nicht die leiseste Spur eines Signals.

Es war nur ein Rauschen.

20 Die Wiedergeborenen

Wenige Religionen überstehen den Tod ihres Begründers unbeschadet. Dies war beim Chrislam nicht anders, trotz Fatima Magdalenes Bemühungen um einen Nachfolger.

Die ersten Unstimmigkeiten traten auf, als ihr Sohn Morris Goldenberg aus dem Nichts auftauchte und Anspruch auf sein Erbe erhob. Zunächst bezeichnete man ihn als arglistigen Betrüger. Aber eine DNA-Analyse räumte dieses Argument aus dem Feld.

Er pilgerte nach Mekka, und obwohl er auf Sicherheitsabstand zur Kaaba gehalten wurde, bestand er fortan auf den Titel eines Hadschi. Seine Aufrichtigkeit wurde heiß diskutiert, wie ernst war ihm diese oder andere Angelegenheiten überhaupt? Niemand hatte je an der Integrität seiner Mutter gezweifelt, aber nach dem Tod Hadschi Morris Goldenbergs sahen die meisten in ihm lediglich einen charismatischen Abenteurer, der das Beste aus seinem Schicksal machen wollte. Ironischerweise war er einer der letzten Prominenten, der dem Aidsvirus zum Opfer fiel – ein Umstand, aus dem die widersprüchlichsten Schlußfolgerungen gezogen wurden.

Soweit Außenstehende das beurteilen konnten, hatte Morris nur Trivialitäten zur Entwicklung der Lehrmeinung beigetragen: Bildeten Gebete vor Sonnenaufgang und nach Sonnenuntergang die Minimalanforderung? Galten Pilgerfahrten nach Bethlehem und Mekka gleichviel? Durfte man das Fasten an Ramadan auf eine Woche reduzieren? Mußte man noch den Zehnten für die ›Armen‹ abgeben, nun, da die Gesellschaft als Ganzes ihre Verantwortung für diese Leute übernommen hatte? Konnte man Jesu Weisung: ›Trinkt diesen Wein zu meinem Gedächtnis‹ mit der muslimischen Verachtung des Alkohols vereinbaren? Und so weiter …

Nach Morris' Tod wurden die Unstimmigkeiten der verschiedenen Glaubensrichtungen beigelegt, und der Chrislam präsentierte sich der Welt über mehrere Jahrzehnte hinweg relativ geschlossen. Zu seinen besten Zeiten behaupteten seine Vertreter, der Chrislam habe mehr als hundert Millionen Anhänger, und sei damit die viertgrößte Religion auf der Erde. Auf Mond und Mars hatte er bis dato nur wenig Boden gutmachen können.

Die ›Stimme vom Sirius‹ provozierte ganz unerwartet ein Schisma. Eine esoterische, stark vom Sufismus geprägte Gruppierung behauptete, sie habe unter Verwendung fortschrittlichster Datenverarbeitungstechniken das rätselhafte Signal aus dem All interpretiert.

Bisher war jeder Versuch fehlgeschlagen; das Signal – wenn es denn eins war – bestand offenbar aus unmoduliertem Rauschen. Was die Sirianer mit dem reinen Rauschen bezweckten, blieb ein Rätsel und gab zu zahllosen Theorien Anlaß. Am weitesten verbreitet war die Annahme, daß es, wie bei aufwendig verschlüsselten Meldungen höchster Sicherheitsstufe üblich, nur wie Rauschen *aussah*. Es konnte sich um einen Intelligenztest handeln, den nur die chrislamischen Fanatiker – die *Wiedergeborenen*, wie sie sich später nennen sollten – bestanden hatten. Das behaupteten sie jedenfalls selbst.

Auf jeden Fall beinhaltete das künstlich erzeugte Rauschen eine unmißverständliche Mitteilung: »Wir sind hier.« Vielleicht erwarteten die Sirianer eine Bestätigung – das ›elektronische Händeschütteln‹, das von vielen Kommunikationsapparaten verlangt wird –, bevor sie konkrete Informationen übermitteln wollten.

Die Wiedergeborenen warteten mit einer viel einfallsreicheren, wenn auch nicht ganz neuen Erklärung auf. Schon in den Anfängen der Kommunikationsforschung hatte man darauf hingewiesen, daß ›reines Rauschen‹ nicht unbedingt bedeutungsloser Datenmüll sein muß. Es könne sich auch um das *kombinierte Ganze aller möglichen Botschaften* handeln. Die Sekte lieferte einen anschaulichen Vergleich: Man stelle sich vor, daß alle Dichter, Philosophen und Propheten der Menschheit gleichzeitig redeten. Das Ergebnis wäre ein nicht zu entschlüsselndes Stimmengewirr – trotzdem enthielte es die Quintessenz des menschlichen Wissens.

Genauso verhalte es sich mit der Nachricht von Sirius: Sie sei nichts Geringeres als die *Stimme Gottes* und nur die Gläubigen könnten sie verstehen – mit Hilfe einer hochentwickelten Dechiffriermaschine und abstrusen Algorithmen. Auf die Frage, was Gott denn nun gesagt habe, antworteten die Wiedergeborenen: »Wir erzählen es euch, wenn die Zeit reif ist.«

Der Rest der Welt machte sich natürlich darüber lustig; obwohl ein anerkennendes Gemurmel durch die Reihen ging, als die Chrislamische Splittergruppe eine kilometerbreite Schüssel auf der Rückseite des Mondes baute. Sie sollte den Dialog mit Gott – oder was immer am anderen Ende der Leitung sein mochte – ermöglichen. Keine der offiziellen Weltraumorganisationen hatte bis dahin einen derartigen Schritt gewagt – man konnte sich nicht auf eine Antwort einigen. Die meisten hielten es für das Beste, gar nichts zu sagen – oder einfach ein Musikstück von Bach zu senden.

In der Zwischenzeit schickten die Wiedergeborenen, die von ihrem besonders guten Draht zu Gott überzeugt waren, Gebete und Huldigungen zum Sirius. Sie behaupteten sogar, Gott, der Einstein erschaffen habe und nicht umgekehrt, befreie sie von der Fessel der Lichtgeschwindigkeit; sie müßten bei ihrer Unterhaltung nicht siebzehn Jahre auf Antwort warten.

Diese Fanatiker werteten Kalis Entdeckung denn auch als Offenbarung. Nun kannten sie ihr Schicksal –

und bereiteten sich darauf vor, ihrem Namen alle Ehre zu machen.

Schon seit einem guten Jahrhundert glaubten nur noch wenige Gebildete an die Auferstehung, und die Prophetin Fatima Magdalena war klug genug gewesen, dieses Thema tunlichst zu meiden. Den Wiedergeborenen zufolge war es, nun, da die Welt ihrem Ende entgegenging, an der Zeit, die Idee der Auferstehung ernst zu nehmen. Die Sekte könne das Überleben garantieren – was natürlich seinen Preis hatte.

Millionen Menschen planten bereits ihre Emigration auf Mond oder Mars, aber die Behörden beider Destinationen stellten Zuwanderungsquoten auf, um den vorschnellen Verbrauch ihrer beschränkten Ressourcen zu verhindern. In jedem Fall würde es nur einigen wenigen Vertretern der menschlichen Rasse gelingen, diesen Fluchtweg einzuschlagen.

Die Wiedergeborenen waren da viel ehrgeiziger und boten nicht nur Sicherheit, sondern Unsterblichkeit. Sie verkündeten, daß sie ein seit langem angestrebtes Ziel der virtuellen Realität erreicht hätten: Alles, was einen Menschen ausmacht – die Erinnerungen eines ganzen Lebens und den aktuellen Aufbau des Körpers, der diese Erinnerungen durchlebt hatte – könnten sie elektronisch speichern, und zwar auf bescheidenen zehn bis vierzehn Bit. Allerdings müßten noch Jahrzehnte darauf verwendet werden, um die Wiedergabe der Daten – also die tatsächliche Auferstehung – möglich zu machen. Selbst wenn man daran glaubte, war dieses Ziel in keinem Fall mehr vor Kalis Ankunft zu erreichen.

Aber darin sahen die Sektenmitglieder kein Problem: Sie hatten bereits Gottes Zusicherung erhalten, daß sich alle Gläubigen über den Transmitter auf der Rückseite des Mondes nach Sirius beamen lassen konnten. Und am anderen Ende wartet das Paradies …

An diesem Punkt hatten auch die Leute keinen Zweifel mehr am Geisteszustand der Wiedergeborenen, die bisher hin und her gerissen waren. Trotz ihres unbestrittenen technologischen Wissens waren sie offensichtlich genauso verrückt wie all die Verfechter des Tausendjährigen Reiches, die in schöner Regelmäßigkeit ihren treuesten Anhängern Rettung versprachen, wenn am nächsten Dienstag mal wieder ein Weltuntergang ins Haus stand.

Von nun an betrachtete man die Wiedergeborenen als Fanatiker, die sich einen ziemlich schlechten Scherz erlaubten. Dabei hatte der Planet doch wirklich allen Grund, nach ernsthaften Lösungsansätzen zu suchen! Man verlor jedes Interesse an ihren Eskapaden.

Das war eine verständliche Reaktion, die aber katastrophale Auswirkungen haben sollte.

IV

21 *Im Vorfeld des Geschehens*

Die Mitarbeiter der Deimoswerft behaupteten immer, daß sie Raumschiffe am laufenden Kilometer fertigten und der Kunde sich dann die Länge abschneiden könne, die er benötige. Natürlich wiesen die meisten ihrer Erzeugnisse eine gewisse Ähnlichkeit miteinander auf, und die Goliath machte da keine Ausnahme.

Ihr Rückgrat bildete ein dreieckiges Gerüst, das hundertfünfzig Meter lang und an einem Ende zehn Meter breit war. Einem Ingenieur des zwanzigsten Jahrhunderts wäre das Raumschiff unglaublich instabil vorgekommen. Aber es war mit Hilfe der Nanotechnologie buchstäblich Kohlenstoffatom für Kohlenstoffatom zusammengesetzt worden und deshalb fünfzigmal so belastbar wie der feinste Stahl.

An dieser synthetischen, dreieckigen Diamantwirbelsäule hatte man verschiedene Elemente montiert, die die Goliath ausmachten und die man fast alle jederzeit hätte austauschen können. Die Wasserstofftanks an den drei Stellen des Schiffsrumpfs waren mit Abstand die größten Bauteile und hingen wie Erbsen an den Holmen, allerdings außerhalb und nicht innerhalb der Schote. Die Kommando-, Dienst- und Wohnmodule an einem Ende und die Energie- und Antriebseinheiten am anderen wirkten im Vergleich zu den Tanks wie nachträglich angeklebt.

Als man Robert Singh das Kommando über die Goliath übertrug, hatte er sich auf ein paar ruhige, vielleicht sogar langweilige Jahre der Pflichterfüllung als Kapitän im All gefreut – bevor er sich auf dem Mars zur Ruhe setzen würde. Obwohl er erst siebzig Jahre alt war, merkte er doch, daß er allmählich ein bißchen kürzer treten mußte. Die Stationierung am Trojanischen Punkt TI, der dem Jupiter in dessen Orbit um sechzig Grad vorausging, stellte er sich beinah wie Urlaub vor. Er müßte lediglich die Astronomen und Physiker an Bord bei Laune halten, während diese ihre endlosen Experimente durchführten.

Genau wie die Goliath wurde auch ihr Schwesterschiff Herkules, das eineinviertel Milliarden Kilometer entfernt am Trojanischen Punkt TII stationiert war, als Forschungsschiff eingestuft und aus den Mitteln des Planetarischen Wissenschaftshaushalts finanziert.

Beide Raumschiffe bildeten zusammen mit Sonne und Jupiter einen riesigen Rhombus, der niemals seine Form änderte, aber sich einmal pro Jupiterjahr, das viertausenddreihundertdreiunddreißig Erdentage umfaßte, um sich selbst drehte.

Herkules und Goliath standen durch Laserstrahlen, deren Länge bis auf den Zentimeter genau gekannt war, miteinander in Verbindung und bildeten so die ideale Plattform für eine ganze Reihe von wissenschaftlichen Experimenten. Mit Hilfe der zahlreichen Instrumente an Bord beider Schiffe konnte man zum Beispiel Verschiebungen in der Raumzeit messen, die manchmal beim Kollidieren von schwarzen Löchern entstehen. Oder andere für Superzivilisationen interessante Heldentaten auf den verschiedensten kosmischen Forschungsgebieten vollbringen. Außerdem war man in der Lage, die Empfänger der beiden Schiffe zu einem Radioteleskop mit einem Durchmesser von mehreren Milliarden Kilometern zusammenzuschalten. Damit hatte man weit entfernte Regionen des Weltalls mit bisher unbekannter Genauigkeit kartographieren können.

Für die Wissenschaftler an Bord der Trojanischen Zwillinge waren Entfernungen von mehreren Millionen Kilometern ein Katzensprung, und so befanden sie sich quasi in unmittelbarer Nachbarschaft vieler Asteroiden. Sie hatten schon Hunderte dieser Kleinstplaneten beobachtet, die in dem riesigen trojanischen Magnetfeld in der Falle saßen, und kurze Exkursionen unternommen, um die nächstgelegenen zu besuchen. In wenigen Jahren lernte man mehr über die Zusammensetzung kleinerer Himmelskörper, als in den dreihundert Jahren seit ihrer Entdeckung.

Der kaum ereignisreiche Alltag der beiden Schiffe wurde seit mehr als dreißig Jahren nur durch den Wechsel der Besatzung und regelmäßige Inspektionen auf Deimos unterbrochen, bei denen auch die Ausrüstung aktualisiert wurde. Nur wenige Menschen wußten noch, warum die Goliath und die Herkules ursprünglich gebaut worden waren. Selbst die Besatzungsmitglieder nahmen sich selten Zeit, um über ihren eigentlichen Auftrag nachzudenken – Wächter im All, ähnlich jenen Männern, die dreitausend Jahre zuvor auf den zugigen Stadtmauern von Troja patroullierten. Allerdings warteten die Crews der beiden Schwesterschiffe auf einen Feind, den nicht einmal Homer sich hätte ausdenken können.

22 *Routine*

Da Kapitän Robert Singhs aktueller Auftrag mit einem Einsatzort verbunden war, der exakt zwischen Jupiter und Sonne lag, hatte man seine Tätigkeit den einsamsten Job im ganzen Universum genannt. Aber er fühlte sich nur selten wirklich allein. Wenn er seine Situation mit der der großen Weltumsegler verglich, ging es ihm richtig gut. Er war nicht wie Cook und Bligh, den man fälschlicherweise zum Buhmann erklärt hatte, monate- oder gar jahrelang von jeglicher Kommunikation abgeschnitten und gezwungen, in überfüllten verdreckten Quartieren zu leben; auf engstem Raum mit einer Handvoll Offiziere und einer ungleich größeren Zahl schlecht ausgebildeter und häufig meuternder Matrosen. Selbst wenn man von den Gefahren absah, die einem Segler damals von außen drohten, etwa Stürme, verborgene Sandbänke, Angriffe feindlicher Schiffe und kriegerischer Eingeborener, war das Leben an Bord in jener Zeit bestimmt die Hölle.

Die Goliath bot an sich auch nicht mehr Platz als Cooks dreißig Meter lange Endeavour, aber da die Schwerkraft wegfiel, ließ sich der vorhandene Raum effektiver nutzen. Außerdem stand Crew und Passagieren natürlich ein weitaus größeres Zerstreuungsangebot zur Verfügung. Zu ihrer Unterhaltung konnten sie unmittelbar auf alles zurückgreifen, was Kunst und Kultur hervorgebracht hatten; selbst die neuesten Errungenschaften ließen nicht lange auf sich warten. Die Zeitverzögerung von wenigen Minuten bei der Datenübertragung von der Erde war so ziemlich das einzige Leid, das ihnen widerfuhr.

Jeden Monat kam ein Post- und Versorgungs-Shuttle vom Mars oder Mond. Es brachte neue Gesichter, nahm einige Mitglieder der Besatzung auf Heimaturlaub mit und hatte Gegenstände an Bord, die nicht per Funk oder Lichtsignal geschickt werden konnten. Das Shuttle wurde immer sehnlichst erwartet und war die einzige Unterbrechung der mittlerweile perfekt eingespielten Routine an Bord.

Das hieß aber nicht, daß das Leben auf der Goliath völlig sorgenfrei gewesen wäre. Nach wie vor gab es alle möglichen Probleme technischer und psychologischer Art; einige davon ernstzunehmend, andere eher trivial …

»Professor Jamieson?«

»Ja, Captain.«

»David hat mich gerade über den Stand Ihrer Schwerkraftübungen informiert. So wie es aussieht, haben Sie die letzten zwei Sitzungen in der Tretmühle versäumt.«

»Äh, da muß ein Fehler vorliegen.«

»Sicher, nur wessen? Ich verbinde Sie mit David.«

»Nun, vielleicht habe ich mal eine ausfallen lassen. Ich war so beschäftigt damit, die Proben auszuwerten, die man mir von Achilles mitgebracht hat. Ich hole es morgen nach.«

»Das sollten Sie auch, Bill. Ich weiß, daß es langweilig ist, aber wenn Sie sich nicht wenigstens das Training für die halbe Schwerkraft abringen können, wenn der Zeitplan es von Ihnen verlangt, werden Sie nie wieder in der Lage sein, auf dem Mars zu gehen, geschweige denn auf der Erde. Kapitän Ende.«

»Nachricht von Freyda, Captain. Toby gibt am 15. ein Konzert in der Smithsonian Institution. Sie sagt, daß man sich die Aufführung nicht entgehen lassen sollte. Man hat sogar den Originalkonzertflügel von Brahms herbeigeschafft. Toby wird eine seiner eigenen Kompositionen spielen und Rachmaninows Rhapsodie über ein Thema von Paganini. Möchten Sie, daß die ganze Vorführung aufgenommen wird oder nur die Audiosequenzen?«

»Ich werde zwar nie die Zeit dazu finden, mir alles in Ruhe anzuhören, aber ich will Toby nicht enttäuschen. Übermittle meine besten Wünsche und bestell bitte den kompletten Memochip.«

»Dr. Jaworski?«

»Ja, Captain.«

»Aus Ihrem Labor kommt ein ganz merkwürdiger

Geruch. Es hat schon Beschwerden gegeben. Die Luftfilter kommen scheinbar damit nicht klar.«

»Bei mir soll's komisch riechen? Ich habe nichts bemerkt! Aber ich kümmere mich sofort darum.«

»Captain, es ist eine Nachricht von Charmayne hereingekommen, während Sie schliefen. Nichts Dringendes, aber Ihr Bürgerrecht auf dem Mars läuft in zehn Tagen aus, wenn Sie es nicht verlängern lassen. Die derzeitige Übertragungszeit für Daten zum Mars beträgt zweiundzwanzig Minuten.«

»Danke, David. Ich kann mich im Moment nicht darum kümmern, aber erinnere mich morgen um dieselbe Zeit noch mal daran.«

»Kapitän Singh, Forschungsschiff Goliath, an das Solare Nachrichtennetzwerk. Ich habe Ihren Bericht vor ein paar Tagen bekommen, aber nicht gedacht, daß es so ernst ist. Ich wußte nicht, daß diese Verrücken immer noch frei herumlaufen. Nein, wir haben *kein* fremdes Raumschiff gesichtet. Sie können sich darauf verlassen, daß wir Ihnen sofort Meldung machen, wenn wir eines sehen.«

»Sonny?«

»Hier, Captain!«

»Die Tischdekoration gestern abend war ganz toll. Aber mein Seifenspender ist schon wieder leer. Könnten Sie ihn wohl nachfüllen? Diesmal hätte ich gerne Tannenduft – Lavendel kann ich nicht mehr riechen.«

Sein offizieller Titel war Schiffssteward, aber damit wurde Sonny Gilberts Rolle auf der Goliath mehr schlecht als recht umschrieben. Er konnte einfach alles reparieren, ob es sich nun um menschliche oder technische Probleme handelte – zumindest solange sie im Rahmen eines normalen Haushalts auftraten. Sogar ein defekter Reinigungsroboter funktionierte plötzlich wieder, wenn er in der Nähe war; und liebestrunkene, junge Wissenschaftler beiderlei Geschlechts vertrauen sich lieber ihm als dem Schiffsarzt-Psycho-Programm an. Kapitän Singh hatte Gerüchte gehört, Sonny verfüge über eine bedeutende Sammlung sexueller Stimulantien, sowohl reeller als auch virtueller Natur. Aber er hielt es für klüger, gewissen Dingen nicht auf den Grund zu gehen.

Die Tatsache, daß Sonny den geringsten IQ von allen an Bord hatte, egal mit welcher Methode man seine Intelligenz auch maß, war völlig unerheblich; viel wichtiger waren seine Tüchtigkeit und sein freundliches Wesen. Als einmal ein berühmter Weltraumforscher zu Gast war und ihn in einem Anflug schlechter Laune ›Dummkopf‹ nannte, fuhr Kapitän Singh dem Mann über den Mund und verlangte, daß er sich bei Sonny entschuldigte. Als der Wissenschaftler sich weigerte, wurde er, trotz heftiger Proteste von der Erde, mit dem nächsten Shuttle nach Hause geschickt.

Die Sache mit dem Weltraumforscher blieb zwar die Ausnahme, aber es herrschte immer eine gewisse Spannung zwischen der Crew und den wissenschaftlichen Passagieren der Goliath. Meist war es nichts Ernstes und äußerte sich in spöttischen Bemerkungen oder schnippischen Antworten, manchmal auch in derben Streichen. Aber wenn eine außergewöhnliche Situation es erforderte, arbeiteten alle Hand in Hand, ohne auf offizielle Dienstzeiten und Zuständigkeiten zu pochen.

Da David ein niemals ruhendes Auge auf alle Betriebssysteme der Goliath hatte, mußte die Besatzung nicht rund um die Uhr arbeiten. Am ›Tag‹ waren beide Schichten wach, obwohl nur jeweils eine Dienst schob. Danach begab sich das ganze Schiff für acht

Stunden zur Ruhe. Bei einem Notfall konnte David ohnehin schneller reagieren als ein Mensch. Und sollte es wirklich mal eine Situation geben, mit der nicht einmal er klarkam, verschlief die Crew besser die wenigen Sekunden, die sie dann noch zu leben hätten.

Der Schiffsalltag begann um sechs Uhr Universalzeit. Aber die Kombüse war zu klein, um alle auf einmal zu versorgen. Deswegen frühstückte die erste Schicht um sechs Uhr dreißig, die zweite aß um sieben, und die wissenschaftlichen Passagiere mußten bis sieben Uhr dreißig warten. Kleine Snacks konnte man rund um die Uhr am Automaten ziehen, so daß niemand Hunger litt.

Jeden Morgen Punkt acht stellte Kapitän Singh das Tagesprogramm vor und verlas wichtige Mitteilungen. Danach verteilte sich die Frühschicht auf dem Schiff, um ihren Dienst zu beginnen. Die Wissenschaftler begaben sich zu ihren Labors und Konsolen, und die Spätschicht verschwand in ihren kleinen luxuriösen Kabinen, um sich die Videoübertragen der letzten Nachrichten anzusehen, sich an das Informations- und Unterhaltungssystem des Schiffes anzuschließen, etwas zu lernen oder sich auf andere Art und Weise bis zum Schichtwechsel um vierzehn Uhr zu beschäftigen.

So sah der übliche Zeitplan aus, der aber häufig unterbrochen wurde – teils geplant, teils unabsichtlich. Am interessantesten waren gelegentliche Exkursionen auf Asteroiden, die auf ihrer Umlaufbahn an der Goliath vorbeikamen.

Asteroiden waren übrigens keineswegs alle gleich, wie ein blasierter Astronom einmal behauptet hatte– ein Experte für kollidierende Galaxien – insofern mußte er ein so unbedeutendes Detail nicht wissen. In Wirklichkeit waren die Asteroiden sehr verschieden.

Sie variierten zum Beispiel in ihrer Größe – von

Ceres mit ihren tausend Kilometer Durchmesser bis hin zu namenlosen Felsgebilden, die in ein kleines Mehrfamilienhaus hineingepaßt hätten. Die überwiegende Mehrzahl bestand tatsächlich nur aus Gestein, meist Basalt- und Granitarten, die auch auf Erde und Mond vorkamen und die schon der Architekt der Alpen und des Himalajas als hochwertiges Baumaterial zu schätzen gewußte hatte. Andere Asteroiden setzten sich weitestgehend aus Metallen zusammen, meist aus Eisen, Kobalt und selteneren Elementen wie Gold und Platin. Manche wären vor der kommerziell betriebenen Transmutation wertloser Metalle in Gold mehrere Billionen Dollar wert gewesen, aber jetzt lag der Preis dieses Edelmetalls unter dem von Kupfer und Blei. Beide waren ohnehin wesentlich nützlicher.

Von besonderem wissenschaftlichem Interesse waren nur Asteroiden, die große Mengen an Eis oder Kohlenstoffverbindungen enthielten. Manchmal handelte es sich um erloschene Kometen oder solche, die auf ihrem sanften Fall durch die unterschiedlichen Gravitationsfelder erst noch geboren werden mußten, während sie an den kometenfördernden Feuern der Sonne vorbei geschubst wurden.

Kohlenstoffhaltige Asteroiden bargen nach wie vor eine Menge Geheimnisse. Bei einigen sprach manches dafür, daß sie früher einmal zu einem viel größeren Himmelskörper gehört hatten. Allerdings stritt man noch darüber, inwieweit dies tatsächlich belegt werden konnte. Vielleicht waren sie einst Teil einer Welt, die groß und warm genug für Ozeane war. Und wer weiß, sogar für Leben!

Einige Paläontologen behaupteten, Fossilien in Asteroiden entdeckt zu haben. Allerdings ruinierten sie damit ihre Reputation. Die Mehrzahl ihrer Kollegen verwarf derartige Ideen; aber den Gegenbeweis hatte bisher auch noch keiner antreten können.

Jedesmal, wenn ein interessanter Asteroid vorbeiflog, spalteten sich die Wissenschaftler auf der Goliath in zwei Gruppen. Es kam zwar nie zu offenen Auseinandersetzungen, aber anhand der leicht veränderten Sitzordnung in der Messe wurde schnell klar, wer zu welchem Lager gehörte.

Die Astrogeologen plädierten für ein Rendezvous mit dem Objekt ihrer Begierde. Sie wollten, daß man das Schiff und damit ihre Laborausstattung in Richtung Asteroid bewegte und sie ihn in Ruhe untersuchen konnten. Die Kosmologen kämpften mit Zähnen und Klauen dagegen an, da dadurch ihre sorgfältig ausgemessenen Grundlinien hinfällig und alle interferometrischen Berechnungen zum Teufel wären – und das wegen ein paar schäbiger Gesteinsbrocken!

Das Argument zog, und so ließen sich die Geologen meist auf Kompromisse ein. Kleinere Asteroiden, die an der Goliath vorbeikamen, konnten mit Hilfe von Robotersonden besucht werden. Sie sammelten Gesteinsproben und grundlegende Beobachtungsdaten – immerhin besser als nichts. Aber wenn der Asteroid mehr als eine Million Kilometer entfernt war, lag die Verzögerung bei der Übertragung Goliath-Sonde-Goliath über der Toleranzgrenze. Beschwerde eines Geologen: »Würde es Ihnen denn gefallen, wenn Sie mit dem Hammer ausholten und erst nach einer Minute wüßten, ob Sie getroffen haben?«

Wenn also ein wirklich wichtiger Asteroid in Reichweite kam, etwa einer der größeren Trojaner – Patroklus oder Achilles –, wurde den wißbegierigen Wissenschaftlern das Beiboot zur Verfügung gestellt. Es war nicht viel größer als ein Familienwagen, bot aber dem Piloten und drei Passagieren alles Lebensnotwendige für knapp eine Woche. Damit konnte man eine jungfräuliche kleine Welt ganz gut untersuchen und auch mehrere hundert Kilo schwere, ordentlich dokumentierte und beschriftete Proben mit zurückbringen.

Im Schnitt mußte Kapitän Singh derartige Expeditionen alle zwei bis drei Monate organisieren; und er tat es gern, weil es ein bißchen Abwechslung in den Schiffsalltag brachte. Dann warteten selbst die Wissenschaftler, die sonst über derartige Felsbuddeleien die Nase rümpften, genauso gespannt wie alle anderen auf die ersten Videobilder.

Das hätten sie natürlich niemals offen zugegeben und hatten deshalb auch eine ganze Reihe von Ausflüchten parat. Beliebt war zum Beispiel: »So kann ich besser nachvollziehen, wie sich meine Ururur-großeltern gefühlt haben müssen, als sie Armstrong und Aldrin bei der ersten Mondlandung beobachteten.«

»Wenigstens sind die Gesteinsjäger damit für eine Woche aus dem Weg. Und wir haben mehr Platz beim Essen.«

»Sie sollten mich da später nicht zitieren, Captain. Aber ich glaube, falls es je Besucher anderer Galaxien in unserem Sonnensystem gegeben hat, haben sie bestimmt einen Teil ihrer Abfälle auf diesem Asteroiden gelassen. Oder vielleicht sogar eine Nachricht für uns, die wir finden, sobald wir uns weit genug entwickelt haben, um sie zu verstehen.«

Manchmal, wenn Singh seine Kollegen dabei beobachtete, wie sie über die bizarren Miniaturlandschaften ausschwärmten, die nie zuvor ein Mensch betreten hatte und die wohl nie wieder einer betreten würde, hätte auch er gern das Schiff verlassen, um die Freiheit des Weltraums zu genießen. Ihm wäre schon irgendein Vorwand eingefallen, und sein erster Offizier hätte das Schiff mit Kußhand eine Zeitlang übernommen. Aber Singh wußte genau, daß er nur eine

Belastung wäre und den anderen in den engen Quartieren des Beiboots bloß auf die Nerven ginge, wenn er mitkäme; und das konnte er nicht zulassen.

Trotzdem war es eine Schande, sich mehrere Jahre im Zentrum dieser Sargassosee voller fliegender Welten zu befinden, ohne jemals selbst den Fuß auf eine von ihnen gesetzt zu haben.

Eines Tages mußte er etwas dagegen tun.

23 *Alarm*

Als hätten die Wachen auf den Mauern von Troja gesehen, wie sich die ersten Sonnenstrahlen in fernen Speerspitzen brechen: Auf einmal war alles anders.

Die Gefahr lag noch mehr als ein Jahr entfernt. Trotz ihrer Ausmaße hielt sich die Krisenstimmung in Grenzen. Die Menschen hoffen, daß den Wissenschaftlern bei den anfänglichen eiligen Beobachtungen ein Fehler unterlaufen sei. Vielleicht würde der neue Asteroid die Erde ja schließlich doch verfehlen, so wie Abermillionen andere in den vergangenen Jahrtausenden auch.

David hatte Singh um fünf Uhr dreißig Universalzeit mit der Neuigkeit von dem bisher unbekannten Asteroiden geweckt. Zum ersten Mal mußte er den Kommandanten aus dem Schlaf reißen.

»Es tut mir leid, Captain. Aber die Meldung hat die Dringlichkeitsstufe eins. Ich habe so etwas noch nie gesehen.«

Das hatte Singh auch nicht, und so war er mit einem Schlag hellwach. Nachdem er das Weltraumfax gelesen hatte und sich die Umlaufbahn der Erde ansah, war ihm, als ob eine eiskalte Hand nach seinem Herzen griff. Auch er hoffte auf einen Fehlalarm, aber er rechnete vom ersten Moment an mit dem Schlimmsten.

Dann plötzlich wich seine Niedergeschlagenheit einem beinah erhebenden Gedanken: Für eben diese Eventualität hatte man die Goliath vor Jahrzehnten gebaut.

Es war Schicksal. Damals in der Regenbogenbucht, als er fast noch ein Junge gewesen war, hatte er sich zum ersten Mal einer wirklichen Herausforderung gestellt – und sie gemeistert. Nun sah er sich einer ungleich schwereren Aufgabe gegenüber.

Und mit einem Mal wußte er, warum er auf der Welt war.

Man sollte niemals jemandem auf nüchternen Magen eine schlechte Nachricht überbringen. Deshalb wartete Kapitän Singh, bis alle gefrühstückt hatten, bevor er das Weltraumfax von der Erde vorlas und das erklärende Schreiben, das eine Stunde später eingetroffen war.

»Selbstverständlich wurden alle Programme und Forschungsprojekte ausgesetzt. Alle Wissenschaftler fliegen mit dem nächsten Shuttle zum Mars und wir bereiten die Goliath für ihre mit Abstand wichtigste Mission vor – wohl die wichtigste, die ein Schiff je gehabt hat.

An den Einzelheiten wird im Augenblick gefeilt, eventuell müssen später noch einige Anpassungen erfolgen. Wie Sie bestimmt wissen, wurden schon vor Jahren Pläne für einen Masseantrieb entwickelt, der relativ große Asteroiden vom Kurs abbringen kann. Man hat diesem Projekt auch einen Namen gegeben, es heißt Atlas. Sobald sämtliche Parameter der Mission bekannt sind, werden die Pläne vervollständigt, und die Deimoswerft wird mit Hochdruck Atlas zusammenbauen. Glücklicherweise handelt es sich bei allen notwendigen Komponenten wie Treibstofftanks, Antriebsmodulen, Steuerungssystemen und auch bei dem Rahmen, der alles zusammenhält, um Standardbauteile. Die Nanospezialisten werden das Ganze in wenigen Tagen verbunden haben.

Danach bleibt noch, Atlas mit der Goliath zu kuppeln. Deshalb müssen wir so schnell wie möglich zurück nach Deimos. Das wird einigen von uns die Möglichkeit geben, ihre Familien auf dem Mars wiederzusehen. Ein altes Sprichwort auf der Erde besagt: ›Alles hat eine gute und eine schlechte Seite ...‹

Wir werden gerade genug Treibstoff an Bord nehmen, um die leere Atlas-Konstruktion zum Jupiter zu bringen; auf der Europa tanken wir bei der Orbittankstelle voll, und die *eigentliche* Mission beginnt – das Rendezvous mit dem Asteroiden. Wenn wir ihn erreicht haben, wird es nur noch sieben Monate dauern, bis er auf der Erde aufschlägt – falls er aufschlägt.

Wir müssen den Asteroiden beobachten und eine passende Stelle finden, an der wir Atlas installieren können; dann alle Systeme checken – und den Antrieb starten. Die Auswirkung auf einen Körper mit einer Masse von einer Milliarde Tonnen wird zwar so gering sein, daß man es kaum messen kann. Aber eine Abweichung von wenigen Zentimetern würde reichen, damit er die Erde um mehrere hundert Kilometer verfehlt. Allerdings müssen wir den Asteroiden von seiner Umlaufbahn abbringen, bevor er am Mars vorbeifliegt ...«

Singh machte hier eine kleine Pause. Ihm wurde bewußt, daß er sich bisher nur an die Mannschaft gerichtet hatte. Er bezweifelte, daß die Geologen und Astrochemiker die drei Keplerschen Gesetze aufzählen, geschweige denn eine Umlaufbahn berechnen konnten.

»Wie sie vielleicht schon festgestellt haben, ist es

nicht gerade meine Stärke, große Reden zu schwingen, aber ich denke, Sie wissen nun alle, was zu tun ist. Wir dürfen keine Zeit verlieren. Ein paar Tage können darüber entscheiden, ob es ein harmloser Vorbeiflug oder das Ende der Welt sein wird – zumindest was die Erde angeht.

Eine Sache noch: Der Mensch will die Dinge immer beim Namen nennen – da brauchen wir uns nur all die Trojaner um uns herum anzusehen. Gerade hat die IAU die offizielle Bezeichnung durchgegeben. Irgendein Gelehrter hat sich wohl mit der hinduistischen Mythologie etwas näher befaßt und ist dabei auf die Göttin des Todes und der Zerstörung gestoßen.

Ihr Name ist Kali, und so heißt auch der Asteroid.«

24 Landgang

»Wie sahen eigentlich die *echten* Marsianer aus, Daddy?«

Liebevoll sah Robert Singh seine Tochter an, bevor er antwortete. Sie war offiziell zehn Jahr alt, obwohl der Planet, auf dem sie lebte, seit ihrer Geburt erst fünfmal die Sonne umrundet hatte. Man konnte von einem Kind natürlich nicht verlangen, daß es sechshundertsiebenundachtzig Tage bis zum nächsten Geburtstag wartete. Die Marsbewohner hatten den Erdenkalender erst einmal übernommen. Wenn man ihn irgendwann aufgeben sollte, würde nur eine weitere Verbindung zum Heimatplaneten aufgehoben.

»Ich wußte, daß du mich das fragen würdest«, sagte er. »Deshalb habe ich es nachgeschlagen. Also paß auf: ›Wer noch nie einen lebenden Marsmenschen gesehen hat, kann sich kaum vorstellen, welchen

Schrecken man bei seinem Anblick bekommen hätte. Der merkwürdige dreieckige Mund mit der aufgeworfenen Oberlippe, das Fehlen von Augenbrauenwülsten, das fliehende Kinn unter der gekräuselten Unterlippe, das unablässige Zittern des Munds, die medusenartigen ...‹«

»Medusen ...?«

»... die medusenartigen Tentakel ...«

»Igitt!«

»... und vor allem der stiere Blick ihrer riesigen Augen waren einst lebensbedrohlich, faszinierend, unmenschlich, lähmend und grauenerregend zugleich. Ihre ölige braune Haut erinnerte an Pilze, und ihre schwerfällige bedächtige Art, sich fortzubewegen, war unaussprechlich abstoßend. Nun, Mirelle, jetzt weißt du's.«

»Was liest du denn da? Oh, den Mars-Disney-Führer! Wann gehen wir mal dahin?«

»Das kommt darauf an, wie ordentlich eine bestimmte junge Dame ihre Hausaufgaben macht.«

»Das ist ungerecht, Papa! Ich hatte doch überhaupt keine Zeit dazu, seitdem du zurückbist!«

Singh fühlte sich ertappt. Mirelle hatte recht. Wann immer es seine Zeit erlaubte, sich von den Atlas-Besprechungen und Überprüfungen auf der Deimoswerft loszumachen, hatte er seine kleine Tochter und ihren Bruder, der noch fast ein Baby war, mit Beschlag belegt. Seine Hoffnung, die Goliath/Atlas-Konstruktion auch ein paarmal allein besichtigen zu können, hatte sich in Luft aufgelöst, als er die wartenden Journalisten in Port Lowell sah. Ihm war vorher gar nicht bewußt gewesen, daß er jetzt der zweitberühmteste Mann auf dem ganzen Planeten war.

Der berühmteste war natürlich Dr. Millar mit seiner Entdeckung. Kali beeinflußte schon jetzt das Leben vieler Menschen, und wahrscheinlich würde der Asteroid mehr Leben verändern als jedes andere Ereignis in der Geschichte der Menschheit.

Singh und Dr. Millar hatten bestimmt schon ein halbes Jahr dutzendmal auf elektronischem Wege Kontakt gehabt, waren sich aber noch nie begegnet. Singh hatte ein solches Treffen auch zu vermeiden gewußt, da sie sich nichts Neues zu sagen hatten und dem Hobbyastronom seine unerwartete Berühmtheit offensichtlich zu Kopf gestiegen war. Er war arrogant und überheblich geworden und bezeichnete Kali immer als *seinen* Asteroiden. Früher oder später würden die anderen Marsbewohner ihn schon wieder zurechtstutzen; darin waren sie ziemlich gut.

Das Mars-Disneyland war im Verhältnis zu seinen Vorläufern auf der Erde winzig. Drinnen vergaß man schnell, wie klein es in Wirklichkeit war. Mit Hilfe von Schaukästen und holographischen Projektionen stellte es den Mars dar, wie die Menschen ihn sich einst vorgestellt oder erträumt hatten und wie sie sich seine Zukunft erhofften. Kritiker behaupteten, daß eine Brainman-Sitzung genau die gleiche Erfahrung vermitteln könne wie ein Besuch von Mars-Disneyland. Aber das stimmte nicht, da brauchte man nur einmal zu beobachten, wie ein Kind vom Mars andächtig einen echten Gesteinsbrocken von der Erde berührte.

Martin war noch viel zu klein, um Gefallen an dem Ausflug zu finden, und man hatte ihn unter der Obhut des neuesten Dorkas-Modells zu Hause gelassen. Auch Mirelle konnte nicht alles verstehen, was sie hier sah. Aber ihre Eltern wußten, daß sie dieses Erlebnis niemals vergessen würde. Sie quietschte halb erschrocken, halb vergnügt, als die Realität gewordenen tentakelbestückten Horrorvisionen H. G. Wells' aus ihren Zylindern auftauchten und auf drei Beinen durch die verlassenen Straßen einer merkwürdig fremden Stadt stelzten – dem viktorianischen London.

Und sie liebte die wunderschöne Dejah Thoris, Prinzessin von Helium, besonders als sie mit ihrer lieblichen Stimme sagte: »Willkommen auf Barsoom, Mirelle.« John Carter hatte man allerdings verbannt. Diese blutrünstige Figur gehörte nicht zu der Sorte von Einwanderern, deren Zuzug die Industrie- und Handelskammer vom Mars unterstützte. Schwerter natürlich auch nicht! Warum nicht? Weil es sich dabei um Metallstücke handelte, die mit derart unverantwortlich krimineller Energie gefertigt worden waren, daß sie Unbeteiligten schwere Verletzungen zufügen konnten … Mirelle war von den merkwürdigen Tieren fasziniert, mit denen Burroughs in seiner Phantasie die Marslandschaften bevölkert hatte. Eine Sache aus dem Bereich der Exobiologie, die Edgar Rice als selbstverständlich dargestellt hatte, verwirrte sie allerdings.

»Mama«, fragte sie, »bin ich auch aus dem Ei geschlüpft?«

Charmayne mußte lachen. »Ja und nein«, antwortete sie dann. »Aber das Ei sah nicht so aus, wie die, die Dejah legt. Zu Hause werde ich den Bibliotheksrechner bitten, dir den Unterschied zu erklären.«

»Und besaßen sie wirklich Maschinen, die Luft gemacht haben, so daß die Leute auch draußen atmen konnten?«

»Nein, aber der alte Burroughs hatte da eine ganz gute Idee. Genau das wird auf dem Mars versucht. Du wirst es verstehen, wenn wir durch die Bradbury-Abteilung gehen.«

Zwischen den Hügeln tauchte ein seltsames Etwas auf.

Es war eine Maschine, die aussah wie ein jadegrünes Insekt, wie eine Heuschrecke – ein Gebilde, das zierlich durch die frische Luft eilte. Überall an seinem Körper schimmerten undeutlich zahllose Diamanten und Rubine, deren Facettenaugen lebhaft glitzerten. Die sechs Beine der Maschine erzeugten auf der alten Straße ein Geräusch wie leiser, schwächer werdender Regen, und auf dem Rücken der Maschine saß ein Marsianer mit Augen wie geschmolzenes Gold. Er sah auf Tom herab, als ob er in einen Brunnen schaute. (aus Ray Bradbury: Die Mars-Chroniken, Heyne Verlag, München 1994)

Mirelle betrachtete fasziniert, aber auch ratlos das nächtliche Treffen von Erdenbewohnern und Marsianer, die einander vorkamen wie Gespenster. Eines Tages würde die Kleine verstehen, daß hier ein flüchtiges Treffen zweier Epochen beschrieben wurde, zwischen denen ein riesiger zeitlicher Abstand lag. Sie mochte die wendigen Schiffe, die über den Wüstensand glitten, die Feuervögel, die im kühlen Sand glühten; die goldenen Spinnen, die ihre Netze warfen, und die Boote, die wie bronzene Blumen in breiten Kanälen schwammen. Als Eindringlinge von der Erde die wunderschönen Kristallstädte der Marsianer zerstörten, weinte sie.

›Mars, den es niemals gegeben hat, zum Mars, wie er einmal sein wird‹ stand auf dem Schild am Eingang zur letzten Galerie. Kapitän Singh mußte über die Formulierung ›sein wird‹ lächeln. Das war typisch für das Selbstvertrauen der Marsianer. Auf der guten alten Erde hätte es ›sein könnte‹ geheißen.

Der letzte Ausstellungsraum wirkte in seiner Schlichtheit fast altmodisch, war aber deshalb nicht weniger anschaulich. Sie saßen im Halbdunkel vor einem wandfüllendem Bildschirm und blickten auf ein Nebelmeer, während die Sonne in weiter Ferne hinter ihnen aufging.

»Sie sehen die Valles Marineris – das Labyrinth der

Nacht, wie sie heute heißen«, erklärte eine sanfte Stimme aus dem Off, untermalt von leiser Musik.

Der Nebel verflüchtigte sich allmählich unter der zunehmenden Sonneneinstrahlung und war bald nur noch ein dünner Schleier. Am Horizont erkannte man deutlich die riesigen Schluchten und Klippen des mächtigsten Tals im ganzen Sonnensystem. Der Anblick wurde nicht wie auf der Erde durch eine leichte Unschärfe beeinträchtigt. Der viel kleinere Grand Canyon im Westen von Amerika hätte, aus der Ferne gesehen, verschwommen gewirkt.

Die schlichte Schönheit der rötlichen, ockerfarbenen und karmesinroten Hänge des Tals war überwältigend. Es war weniger lebensfeindlich als viel mehr gänzlich uninteressiert an Leben. Das Auge suchte vergeblich nach ein bißchen Blau oder Grün.

Die Sonne zog ihre Bahn schnell, und die Schatten der riesigen Berggipfel liefen wie Tintenfluten in die Täler. Die Nacht brach herein und ließ die Sterne für kurze Zeit funkeln, bis sie eine neue Morgendämmerung ablöste.

Nichts hatte sich verändert – oder etwa doch? Schien der ferne Horizont jetzt nicht doch ein wenig verschwommen?

Ein weiterer ›Tag‹ und es bestand kein Zweifel mehr. Die klaren Linien des Geländes wurden allmählich weicher; Bergrücken und Spalten in der Entfernung zeichneten sich nicht mehr so scharf wie vorher ab. Der Mars veränderte sich …

Tage, Wochen und Monate – vielleicht wurden sogar Jahrzehnte simuliert – flogen dahin. Und nun erkannte man die Veränderungen ganz deutlich.

Die leicht rosarote Färbung des Himmels wich einem Blaßblau und schließlich bildeten sich echte Wolken – nicht nur spärliche Nebelbänke, die sich im Morgengrauen auflösten. Am Fuße des Canyons, wo zuvor nackter Fels gewesen war, breiteten sich grüne Teppiche aus. Es gab noch keine Bäume, aber Flechten und Moose, die ihnen den Weg bereiteten.

Wie durch Zauberhand entstanden Tümpel, deren Oberfläche still in der Sonne schimmerte. Sie verdunsteten nicht schlagartig, wie es im Augenblick auf dem Mars noch der Fall war. Während sich die Zukunftsvision weiter entfaltete, wurden aus den Tümpeln Seen, die in einen Fluß mündeten. An seinen Ufern wuchsen plötzlich Bäume, deren Stämme Robert Singh – gewöhnt an den Anblick irdischer Pflanzen – seltsam schlank und grazil vorkamen. Er fand es unwahrscheinlich, daß sie mehr als zehn Meter hoch sein sollten. In Wirklichkeit – wenn man das hier als Wirklichkeit bezeichnen konnte! – würden sie, aufgrund der geringeren Schwerkraft, selbst die höchsten Eibenwälder bei weitem übertreffen: wenigstens um hundert Meter.

Der Blickwinkel änderte sich, und sie flogen ostwärts durch die Valles Marineris über die Morgengrauenschlucht und dann in südliche Richtung weiter zur großen Hellasebene, der marsianischen Tiefebene. Hier gab es nun kein Land mehr.

Als Robert Singh auf den Traumozean eines zukünftigen Zeitalters hinabsah, überkamen ihn so viele und derart überwältigende Erinnerungen, daß er einen Moment lang fast die Kontrolle über sich verlor. Der Hellasozean verschwand, und er war wieder auf der Erde und ging am palmengesäumten afrikanischen Strand mit dem kleinen Toby spazieren, während Tigerchen dicht hinter ihnen hertrottete. Hatte er das *wirklich* einmal selbst erlebt, oder handelte es sich nur um eine geliehene Vergangenheit – die Erinnerung eines anderen Menschen?

Natürlich zweifelte er nicht wirklich daran, daß das seine eigenen Erinnerungen waren. Aber der Flashback war so lebensecht, daß der Nachhall regelrecht in seinem Gehirn brannte. Der Anflug von Traurigkeit wich schnell einem Gefühl rückblickender Zufriedenheit. Er bedauerte nichts und hatte sich nichts vorzuwerfen: Freyda und Toby ging es gut. Sie waren glücklich und hatten eine weitläufige Verwandtschaft, die sich um sie kümmerte. Ihm fiel ein, daß es höchste Zeit war, sie mal wieder anzurufen. Mirelle und Martin würde es niemals vergönnt sein, Freunde wie Tigerchen zu haben. Schade. Haustiere aller Art waren ein Luxus, den man sich auf dem Mars noch nicht leisten konnte.

Die Reise in die Zukunft klang mit einem Blick vom All auf den Planeten aus. Wie viele Jahrhunderte oder Jahrtausende würde es wohl noch dauern, bis es soweit war? In der Vision jener fernen Zukunft waren die Polkappen des Mars nicht mehr mit Trockeneis bedeckt. Spiegel mit hundert Kilometer Durchmesser kreisten im Orbit und reflektiertren das Sonnenlicht. So endete der ewige Winter an den Polen. Die Simulation verschwamm und wurde durch die Worte ›Frühling 2500‹ ersetzt. ›Ob es dann wohl wirklich so aussehen wird‹, überlegte Robert Singh, als sie noch ganz unter dem Eindruck des soeben Gesehenen hinausgingen. ›Hoffentlich – aber das werde ich wohl nicht mehr erleben.‹ Auch Mirelle war ungewöhnlich schweigsam. Offenbar versuchte sie, die Realität von den schönen Bildern der Vision zu trennen.

Als sie durch die Luftschleuse zum Drucklufttaxi gingen, das sie auch schon vom Hotel hergebracht hatte, überraschte sie die Ausstellung noch ein letztes Mal: In der Ferne ertönte Donnergrollen – ein Geräusch, das nur Robert Singh bereits in Wirklichkeit erlebt hatte. Mirelle quietschte vor Vergnügen, als ein feiner Sprühregen aus der Sprinkleranlage auf sie herunterrieselte.

»Vor drei Milliarden Jahren hat es zum letzten Mal

auf dem Mars geregnet – und der Regen brachte dem Boden, auf den er fiel, kein Leben. Beim nächsten Mal wird das anders sein. Auf Wiedersehen und vielen Dank für Ihren Besuch.«

In seiner letzten Nacht auf dem Mars erwachte Robert Singh in den frühen Morgenstunden und lag eine Zeitlang schlaflos im Dunkeln. Er ließ die schönsten Begebenheiten seines Besuches Revue passieren. Einige – darunter auch die zärtlichen Momente vor wenigen Stunden – hatte er für später aufgenommen; sie würden ihn in den langen, einsamen Monaten, die nun vor ihm lagen, trösten.

Seine ungleichmäßigeren Atemzüge weckten Charmayne wohl. Jedenfalls rollte sie sich zu ihm hinüber und legte ihm einen Arm über die Brust. Nicht zum ersten Mal ging Singh durch den Kopf, wie unbequem diese liebevolle Geste auf der Erde auf die Dauer werden konnte.

Ein paar Minuten lang sprachen sie beide kein Wort. Dann sagte Charmayne verschlafen: »Erinnerst du dich an die Bradbury-Erzählung, die wir nachgeschlagen haben – die mit den Barbaren von der Erde, die die wunderschönen kristallenen Städte als Ziel für ihre Schießübungen verwendeten?«

»Natürlich, … ›so hell des Mondes Pracht‹. Ich habe mich gewundert, daß er so optimistisch war und alles im Jahre 2001 hat spielen lassen.«

»Na, immerhin hat er noch erlebt, daß Menschen bis hierher vorgedrungen sind. Aber seit wir Disney-Mars verlassen haben, frage ich mich die ganze Zeit, ob wir uns nicht genauso verhalten und alles zerstören, was wir hier vorgefunden haben?«

»Ich hätte nie gedacht, daß ich einmal ein echtes Marskind so reden hören würde. Aber wir zerstören ja nicht nur, wir erschaffen … Mein Gott!«

»Was ist?«

»Das erinnert mich an etwas. Kali ist nicht nur die Göttin der Zerstörung, sie erschafft auch eine neue Welt aus den Trümmern der alten.«

Es folgte eine lange Pause, nach der er hinzufügte: »Genau darauf berufen sich die Wiedergeborenen. Weißt du, daß sie hier in Port Lowell eine Mission eingerichtet haben?«

»Laß sie doch! Es sind harmlose Spinner. Die tun niemandem was. Träum süß, mein Liebling. Und nächstes Mal, wenn wir nach Disney-Mars rausfahren, nehmen wir Martin mit; das verspreche ich.«

25 *Tankstelle Europa*

Auf dem Flug vom Marsmond Deimos zum Jupitermond Europa hatte Robert Singh kaum etwas zu tun, außer die ständig hereinkommenden Planänderungen für alle Fälle von der Spaceguard zu studieren und die neuen Mitglieder seiner Mannschaft etwas besser kennenzulernen.

Torin Fletcher, ein erfahrener Ingenieur von der Deimoswerft, würde die Betankung überwachen, sobald die Goliath/Atlas-Verbindung die Weltraumtankstelle im Orbit von Europa erreicht hätte. Mehrere zehntausend Tonnen Wasserstoff sollten dort an Bord gepumpt werden, Wasserstoff mit der Konsistenz eines Schmiermittels – weder richtig flüssig noch ganz fest. So brauchte er am wenigsten Platz. Ohnehin nahmen sie mehr als doppelt soviel Treibstoff mit als die vom Schicksal benachteiligte Hindenburg. Der Brand des Zeppelins hatte zugleich das kurze Zeitalter der Traggas-Transporte beendet – zumindest auf der Erde. Kleine Luftschiffe, mit denen man Frachten beförderte, wurden auf dem Mars häufig benutzt; auch auf der Venus halfen sie bei der Erforschung der oberen Atmosphäreschichten.

Fletcher begeisterte sich für die Nachfahren der Zeppeline und setzte alles daran, um Singh zu überzeugen.

»Wenn wir den Jupiter erst einmal richtig erforschen«, sagte er, »und nicht bloß ein paar Sonden hinunterlassen, dann werden die Luftschiffe wieder zu ihrem Recht kommen. Natürlich müßten sie mit warmem Wasserstoff betrieben werden, die Jupiteratmosphäre besteht ja selbst zum größten Teil aus Wasserstoff. Das wäre doch toll, mit einem Luftschiff den Großen Roten Fleck zu umrunden!«

»Nein, danke«, entgegnete Singh, »nicht bei einer Schwerkraft, die zehnmal so stark ist wie auf dem Mars.«

»Erdlinge könnten es aushalten, sie müßten sich nur flach auf den Boden der Gondel legen oder auf ein Wasserbett.«

»Aber warum sich darüber Gedanken machen? Es gibt sowieso keinen festen Grund zum Landen. Roboter können alles Nötige tun, ohne daß man Menschenleben aufs Spiel setzen muß.«

»Genau so argumentierten die Leute zu Beginn des Raumzeitalters auch. Schauen Sie doch nur, wo die Menschheit heute steht! Männer und Frauen werden zum Jupiter fliegen – einfach weil er da ist. Aber wenn Sie den Jupiter nicht mögen, wie wär's mit Saturn? Fast die gleiche Schwerkraft wie auf der Erde, und was für eine Aussicht! Irgendwann wird es eine erstklassige Touristenattraktion sein, dort in großer Höhe zu fliegen und die Ringe zu betrachten.«

»Das kann man auch billiger haben, wenn man sich an einen Brainman anschließt. Spaß total, Risiko minimal.«

Fletcher lachte lauthals, als Singh den berühmten Werbeslogan zitierte. »Das ist doch nicht Ihr Ernst, oder?«

Da lag er ganz richtig, aber Singh wollte es nicht zugeben. Das Risiko unterschied die Realität von ihrer Imitation – so perfekt sie auch sein mochte. Und die Bereitschaft, Risiken einzugehen – besser gesagt, sie auf sich zu nehmen, wenn es vernünftig war –, machte das Leben doch erst lebenswert.

Ein anderer Passagier, den die Goliath mit zum Jupitermond Europa nahm, befaßte sich mit einer scheinbar noch abseitigeren Technologie als die Luftfahrtkunde: Mit der Erforschung der Tiefsee. Europa war abgesehen von der Erde die einzige Welt im ganzen Sonnensystem, die über Ozeane verfügte. Allerdings lagen sie unter einer dicken Eisschicht, die sie gegen den Weltraum abschottete. Dank der großen Anziehungskräfte von Jupiter war die Gezeitenwirkung besonders ausgeprägt, und die so erzeugte Wärme verhinderte, daß der Ozean komplett einfror. Dabei wirkten übrigens die gleichen Kräfte, die auch die Vulkanausbrüche auf dem benachbarten Io zur Folge hatten.

Und wo es Wasser in flüssiger Form gibt, gibt es Hoffnung auf Leben. Dr. Rani Wijeratne suchte seit zwanzig Jahren in den Tiefengewässern der Europa nach Lebenszeichen, und zwar sowohl in eigener Person als auch mit Hilfe von Robotersonden. Obwohl sie noch nichts gefunden hatte, war sie keineswegs entmutigt.

»Ich bin sicher, daß es da ist«, sagte sie. »Ich hoffe nur, daß ich es finde, bevor irgendwelche Erdmikroben aus unserem Müll kriechen und sich breitmachen.«

Dr. Wijeratne war ziemlich optimistisch, was die Aussicht auf Leben in Bereichen anging, die noch weiter von der Sonne entfernt waren, etwa die große Kometenwolke jenseits des Neptun.

Sie erzählte gerne, daß es da draußen Wasser, Kohlenstoff, Stickstoff und all die anderen chemischen Stoffe gab, die Leben ermöglichten. »Und zwar *millionenmal* häufiger als auf den Planeten unseres Sonnensystems. Außerdem muß dort radioaktive Strahlung vorkommen – was Wärme und eine schnelle Mutationsfolge bedeutet. Die Bedingungen für den Ursprung des Lebens sind tief im Inneren eines Kometen wahrscheinlich geradezu ideal.«

Es war eigentlich schade, daß Doktor Wijeratne auf Europa das Schiff verlassen würde und nicht mit ihnen zu Kali reiste. Bei ihren gutmütigen, aber rückhaltlos geführten Debatten mit Professor Sir Colin Draker amüsierten sich die anderen Passagiere prächtig. Der berühmte Astronom, Mitglied der Royal Society, hatte sich als einziger Wissenschaftler an Bord der Goliath über den Befehl, nach Hause zurückzukehren, hinwegsetzen können, da er entsprechende Verbindungen besaß.

»Ich weiß mehr über Asteroiden als jeder andere«, sagte er mit einer Bestimmtheit, die keinen Widerspruch duldete. »Und Kali ist der wichtigste Asteroid, den es je gab. Ich will ihn anfassen – quasi als Geschenk für mich selbst zu meinem hundertsten Geburtstag. Und natürlich zum Wohle der Wissenschaft.«

Was Dr. Wijeratnes Meinung zu möglichen Lebensformen auf Kometen anging, da kannte er keine Zweifel.

»Alles Blödsinn! Hoyle und Wickremasinghe haben das schon vor über einem Jahrhundert behauptet, aber niemand hat sie je ernst genommen.«

»Dann wird es langsam Zeit. Bei den meisten Asteroiden handelt es sich um erloschene Kometen.

Haben Sie dort schon mal nach Fossilien gesucht? Es könnte sich lohnen!«

»Also ehrlich, Rani, ich habe wirklich Besseres zu tun.«

»Diese Geologen! Manchmal glaube ich, daß ihr selbst schon Fossilien seid! Was habt ihr alle über den armen Wegener und seine Theorie von der Kontinentaldrift gelacht, und als er endlich tot war, habt ihr ihn zu eurem Schutzheiligen erhoben.«

Und so ging es hin und her, bis sie Europa erreichten.

Europa war zwar der kleinste der von Galilei entdeckten vier Jupitermonde, aber der einzige Himmelskörper im gesamten Sonnensystem, den man mit der Erde verwechseln könnte – wenn man nah genug dran war. Kapitän Singh blickte auf die zahllosen Eisschollen, die den Trabanten bis an den Horizont überzogen, und hatte beinahe den Eindruck, als umrunde er seinen Heimatplaneten. Diese Illusion verflüchtigte sich aber sofort, als er im Augenwinkel Jupiter wahrnahm. Der Riesenplanet, der innerhalb von dreieinhalb Erdentagen durch alle Phasen raste, beherrschte das Firmament. Derzeit stand da nur eine ganz dünne Sichel. Aber dieser schmale Lichtbogen ließ auf eine gewaltige schwarze Scheibe schließen, deren Durchmesser den des Mondes am Erdenhimmel um das Zwanzigfache übertraf. Jupiter verdeckte nicht nur die Sterne, sondern auch die weit entfernte Sonne. Auf der Nachtseite des Jupiters war es nur selten völlig dunkel. Gewitterstürme von gigantischen Ausmaßen, größer als die Kontinente der Erde, flackerten über den Planeten, mal in diese, mal in jene Richtung. Es glich einem Gefecht mit Nuklearwaffen – auch die Energie entsprach dem. Die Pole waren stets von Lichterkränzen umhüllt, als ginge die Sonne bald auf, und leuchtende Geysire stiegen von den vielleicht für immer unerforscht bleibenden Tiefen des Planeten auf.

Wenn der Jupiter sich fast ganz zeigte, bot er einen noch viel imposanteren Anblick. Dann konnte man die ineinander verwobenen Strudel und Meander der Wolkenbänder, die parallel zum Äquator verliefen, in ihrer ganzen vielfarbigen Schönheit bewundern. An den Strukturen entlang bewegten sich blasse, ovale Inseln wie tausend Kilometer breite Amöben. Manchmal schoben sie sich so vehement in die Wolkenformationen, daß man den Eindruck gewinnen konnte, es handele sich tatsächlich um Lebewesen. Viele Astro-Fantasy-Epen basierten auf eben dieser Annahme.

Aber der Große Rote Fleck stahl allen anderen Sehenswürdigkeiten die Schau. Obwohl er über die Jahrhunderte, nachdem Casini ihn 1665 entdeckt hatte, immer wieder zu- und abnahm, war er nun deutlicher zu sehen als jemals zuvor. Jupiter drehte sich geradezu schwindelerregend schnell in knapp zehn Stunden einmal um sich selbst und zog den Riesenfleck dabei leicht hinter sich her. Es sah so aus, als würde ein gigantisches, blutunterlaufenes Auge feindselig ins Weltall starren.

Kein Wunder, daß die Beschäftigten auf Europa die kürzeste Einsatzzeit von sämtlichen auf Planeten stationierten Arbeitskräften und die meisten Nervenzusammenbrüche aufwiesen. Die Situation hatte sich etwas entspannt, nachdem man die Produktionsanlagen auf die jupiterabgewandte Seite Europas verlagert hatte. Von dort war der Riesenplanet als solcher nie zu sehen. Aber die Psychologen berichteten, daß selbst jetzt noch Patienten mit der Wahnvorstellung kämen, das starre Zyklopenauge beobachte sie durch den gut dreitausend Kilometer dicken Fels hindurch ...

... vielleicht bei der Ausbeutung von Europas Bodenschätzen. Der Trabant war die einzige nennenswerte Wasser- und damit auch Wasserstoffquelle in dem Raum innerhalb des Saturn-Orbits. Auch wenn es sehr viel größere Vorkommen in den Kometenwolken jenseits von Pluto gab, lohnte es sich noch nicht, diese zu erschließen. Vielleicht irgendwann einmal. Bis dahin lieferte Europa den Löwenanteil des Treibstoffs, den die Wirtschaft des Sonnensytems benötigte.

Darüber hinaus war der auf Europa gewonnene Wasserstoff qualitativ hochwertiger als der von der Erde. Dank des Jahrmillionen andauernden Bombardements aus den Strahlungsgürteln des Jupiter enthielt er einen viel höheren Anteil des schwereren Wasserstoffisotops Deuterium. Man brauchte ihn nur geringfügig anzureichern, damit er die optimale Zusammensetzung für die Fusionstriebwerke hatte.

Gelegentlich – nicht sehr oft – arbeitete die Natur doch einmal mit dem Menschen zusammen.

Schon jetzt fiel es schwer, sich an das Leben vor Kali zu erinnern. Der Augenblick der eigentlichen Gefahr lag zwar immer noch Monate entfernt, aber fast jeder Gedanke und jede Tat waren darauf ausgerichtet. ›Ironie des Schicksals‹, dachte Robert Singh manchmal. Schließlich hatte er diesen Job nur angenommen, weil er ein Kommando wollte, das ihm nicht all zuviel abverlangte und die Pension eines Kapitäns in Aussicht stellte!

Viel Zeit zum Sinnieren blieb ihm nun nicht mehr. Statt der Routine von einst herrschte mittlerweile etwas, das sein erster Offizier einmal ›geplante Krisenbewältigung‹ genannt hatte. Angesichts der Komplexität der Operation Atlas war bisher alles relativ glatt verlaufen. Es hatte kaum Verzögerungen gegeben, und sie lagen nur zwei Tage hinter ihrem Zeitplan, der anfangs völlig unhaltbar zu sein schien.

Nachdem sich das Goliath/Atlas-Gespann im Parkorbit befand, wurde es ernst mit der langwierigen Wasserstoffbetankung. Genau genommen sollten zweihunderttausend Tonnen Deuteriumschlamm mit einer Temperatur von dreizehn Grad über dem absoluten Nullpunkt an Bord. Die Elektrolyseanlagen von Europa konnten diese Menge zwar in einer Woche produzieren, aber sie in den Orbit zu befördern, das stand auf einem ganz anderen Blatt. Unglücklicherweise lagen zwei von Europas Großtankschiffen gerade wegen umfangreicher Überholungsarbeiten, die man nicht vor Ort durchführen konnte, in der Werft auf Deimos. Deswegen würde es – selbst wenn alles reibungslos ablief – wenigstens einen Monat dauern, bis die mit riesigen Hallen vergleichbaren Tanks der Goliath befüllt waren. In der Zwischenzeit kam Kali hundert Millionen Kilometer näher an die Erde heran.

V

26 *Masseantrieb*

Die Goliath war kaum wiederzuerkennen. Die eine Seite verschwand völlig hinter den Tanks und Antriebsmodulen von Atlas: einer gigantischen Konstruktion aus Rohren und Verstrebungen mit fast zweihundert Metern Länge. Die Reste der Original-Goliath versteckten sich hinter ihren eigenen Reservetanks. ›Wir werden wohl kaum eine tolle Aussicht haben‹, dachte Singh, ›bevor wir nicht ein bißchen von unserer Zuladung losgeworden sind. Mit der Beschleunigung wird es trotz des verstärkten Antriebs bei all dem zusätzlichen Gewicht auch nicht weit her sein.‹

Es war fast nicht zu glauben, daß die Zukunft der Menschheit von dieser unförmigen Ansammlung von Metall abhängen sollte. Nur einem einzigen Grund verdankte das seltsame Gebilde seine Existenz: Es sollte so schnell wie möglich einen leistungsfähigen Masseantrieb auf Kali installieren. Die Goliath diente nur als Transportmittel – ein interplanetarischer Weltraum-Truck; Atlas war die alles entscheidende Fracht, die rechtzeitig und wohlbehalten am Bestimmungsort ankommen mußte.

Um dieses Ziel zu erreichen, hatte man außerordentlich viele Kompromisse eingehen müssen. Da es lebensentscheidend war, mit der geringstmöglichen Verzögerung bei Kali anzukommen, ging die Schnelligkeit zu Lasten der Frachtmenge. Wenn die Goliath zuviel Energie brauchte, bevor sie beim Asteroiden ankam, bliebe vielleicht nicht genug Wasserstoff übrig, um ihn von seiner unheilvollen Flugbahn abzulenken; und alles wäre umsonst gewesen.

Um die Mission zu beschleunigen, ohne zusätzlich Treibstoff an Bord nehmen zu müssen, hatte man auch über die klassische Swing-by-Technik nachgedacht. Die Raumschiffe, die als erste das äußere Sonnensystem erkundeten, hatten sie verwendet. Wäre die Goliath in die Umlaufbahn des Jupiter eingetaucht und haarscharf an ihm vorbeigeflogen, hätte seine Schwerkraft ihre Eigenbewegung verstärkt. Aber man verwarf den Plan, weil er zu große Risiken barg. Um Jupiter flog einfach zuviel herum. Sein dünner Ring reichte bis an den Rand seiner Atmosphäre. Selbst kleinste Geröllbruchstücke daraus konnten die Leichtbauwände der Wasserstofftanks durchbohren. Das hätte noch gefehlt, daß ein winziger Jupitermond die ganze Mission zum Scheitern brachte!

Der Start aus einem Orbit war nicht annähernd so dramatisch wie der Start von einem Planeten. Kein Geräusch, kein Abgasstrahl verriet die ehrfurchteinflößenden beteiligten Kräfte. Der Plasmastrahl, der die Goliath antrieb, war viel zu heiß, als daß er eine für das menschliche Auge erkennbare Strahlung abgegeben hätte – er schrieb sich im äußersten ultravioletten Bereich in den Sternenhimmel.

Die Zuschauer auf Europa sahen nur an der kleinen Abfallwolke, daß sich die Goliath in Bewegung gesetzt hatte. Sie ließ Teile der Wärmeisolierung, weggeworfenes Packmaterial, Fetzen von Kordeln und Klebeband hinter sich – all den Müll eben, der bei einem größeren Bauprojekt zurückbleibt, auch wenn die Arbeiter noch so vorsichtig sind.

Nicht gerade ein grandioser Anfang für eine so ehrenvolle Unternehmung, aber die Goliath und ihre Nutzlast Atlas waren endlich unterwegs und nahmen die Hoffnungen und Ängste der Menschheit mit. Bereits einen Tag später rumpelte die Goliath mit zehnfacher Erdbeschleunigung an dem stark mitgenommenen zweitgrößten Jupitersatelliten Kallisto vorbei. Aber es dauerte fast eine Woche, bis sie die noch ungesicherten Umlaufbahnen der winzigen Zwillingstrabanten Pasiphae und Sinope kreuzte und damit das Jupiterterritorium verließ. Nun flog das Schiff so schnell, daß nicht einmal die Sonne es hätte einfangen können. Sollte es der Goliath aus irgendwelchen Gründen nicht gelingen, ihre Geschwindigkeit zu reduzieren, würde sie über das Sonnensystem hinausschießen und sich auf eine endlose Reise zu den Sternen begeben.

Aber kein Kommandeur hatte jemals eine Reise mit so wenigen Zwischenfällen erlebt. Die Goliath erreichte Kali zwölf Sekunden vor der geplanten Ankunft.

»Ich habe schon Dutzende von Asteroiden besucht, aber bis jetzt habe ich noch keinen Weg gefunden, um ihre Größe mit dem bloßen Auge einzuschätzen«, sagte Sir Colin Draker den unsichtbaren Zuschauern, die ihm in einer Milliarde Kilometer Entfernung sonnenwärts lauschten. »Ich weiß ganz genau, wie groß Kali ist, aber auch mich täuscht ihr Anblick: Der Asteroid scheint bequem zwischen meine ausgestreckten Arme zu passen. Man hat eben keinen Vergleich, es gibt hier absolut keinen Anhaltspunkt. Wie Sie sehen werden, ist Kali über und über mit flachen Einschlagkratern übersät. Dieser große Krater links von der Mitte hat einen Durchmesser von fünfzig Metern, aber er unterscheidet sich nicht von den anderen. Der Durchmesser der kleinsten Krater, die Sie hier sehen können, beträgt nur ein paar Zentimeter.

Zoomst du dich mal rein, David? Danke. Nun kommen wir immer näher heran, aber die Oberfläche hat sich nicht verändert. Die Minikrater, die jetzt ins Bild kommen, sehen genauso aus wie ihre großen Brüder. Halt hier bitte den Zoom an, David. Selbst mit Vergrößerungsglas wäre es immer dasselbe: flache Krater in allen Größen, bis hin zu Einschlägen von Staubpartikeln.

Fahr jetzt bitte zurück, um Kali wieder als Ganzes zu zeigen. Danke. Sie sehen, daß es praktisch keine Farbe gibt, zumindest keine, die vom menschlichen Auge wahrnehmbar wäre. Der Asteroid ist fast schwarz. Man könnte meinen, Kali sei einfach nur ein Brocken Kohle, und da läge man nicht einmal so falsch. Die äußeren Schichten bestehen zu neunzig Prozent aus Kohlenstoff.

Im Inneren sieht es allerdings ganz anders aus: Eisen, Nickel, Silikate, verschiedene Eisformen – Wasser, Methan, Kohlendioxid. Der Asteroid hat offensichtlich eine relativ komplizierte Vergangenheit, und ich bin fast sicher, daß es sich um ein Aggregat aus zwei verschiedenen Körpern handelt, die vor langer Zeit relativ sacht kollidiert und miteinander verschmolzen sind.

Sie haben vielleicht bemerkt, daß ein paar neue Krater aufgetaucht sind, während ich redete. Kalis Tag ist ziemlich kurz: drei Stunden, fünfundzwanzig Minuten. Und die Tatsache, daß der Asteroid sich um sich selbst dreht, macht unsere Aufgabe noch kniffliger …

Können wir einmal die andere Seite haben, David? Bitte auf den Gitterbereich K5 konzentrieren. Ja, da ist es …

Beachten Sie die veränderte Szenerie – wenn man das so nennen kann. Diese Vertiefungen müssen von einer anderen Kollision herrühren; diesmal wohl einer ziemlich heftigen. Kali hat sich vor zehn Milliarden Jahren offenbar in einem sehr aktiven Teil des Sonnensytems befunden. Sehen Sie das Tal da oben rechts? Wir nennen es Grand Canyon. Es ist nur zehn

Meter tief, aber wenn man das nicht wüßte, könnte man leicht meinen, man sei in Colorado ...

Wir haben hier also eine schwer mitgenommene kleine Welt vor uns, mit der Form einer Hantel und einer Masse von zwei Milliarden Tonnen. Wenn wir Pech haben, bewegt sie sich in einem retrograden Orbit, das heißt rückläufig zu allen anderen Planeten. Das wäre nichts Ungewöhnliches – wir kennen es bereits von Halley. Aber es würde bedeuten, daß der Asteroid frontal mit der Erde kollidiert – natürlich nur im schlimmsten Fall. Deshalb müssen wir ihn von seiner Bahn abbringen. Wenn wir das nicht tun, werden wahrscheinlich nicht nur die Errungenschaften unserer Zivilisation, sondern unsere Spezies von der Erdoberfläche verschwinden.

Der Atlas-Masseantrieb ist nun gerade von der Goliath abgekoppelt worden – schaltest du mal zu Atlas um, David? –, und wir werden nun Zeuge bei der schwierigen Aufgabe, Atlas auf Kali zu installieren. Glücklicherweise ist die Anziehungskraft des Asteroiden so gering – ungefähr ein Zehntausendstel der Erdanziehung –, daß Atlas nur ein paar Tonnen wiegt. Aber lassen Sie sich dadurch nicht täuschen. Atlas hat immer noch seine ganze Masse *und seine Bewegungsenergie.* Deshalb muß man die Konstruktion ganz, ganz langsam und vorsichtig bewegen ... Ob Sie es nun glauben oder nicht, aber man verwendet dazu hauptsächlich so altmodisches Werkzeug wie Kurbeln und Flaschenzüge, die auf Kali verankert wurden.

Noch ein paar Stunden, und Atlas ist einsatzbereit. Natürlich wird seine Auswirkung auf Kali kaum meßbar sein – der Bruchteil einer Mikroerdbeschleunigung. Wenn ich mich recht erinnere, hat ein Journalist mal gesagt, daß wäre so, als wenn eine Maus einen Elefanten anschöbe. Ein ziemlich zutreffender Vergleich, wie ich finde. Aber Atlas wird tagelang schieben können, und wir müssen Kali hier draußen nahe beim Jupiter nur ein paar Zentimeter bewegen, damit er die Umlaufbahn der Erde um tausend Kilometer verfehlt.

Und selbst hundert wären so gut wie ein Lichtjahr.«

27 Kostümprobe

›Ein Sikh mit einer Glatze! Wie hätten meine Vorfahren mit ihrer Haarpracht damals in Indien auf eine derartige Ungeheuerlichkeit reagiert? Und wenn sie auch noch gewußt hätten, daß ich meinen Schädel regelmäßig epiliere, wäre ich wohl kaum lebend davongekommen …‹

Dieser Gedanke ging Singh jedesmal durch den Kopf, wenn er den enganliegenden Zerebralhelm überstülpte, die Riemen festzurrte und überprüfte, ob die Augenklappen auch wirklich kein Licht durchließen. Dann saß er da, in völliger Dunkelheit, und wartete darauf, daß das System hochfuhr.

Zuerst hörte er ein kaum wahrnehmbares Geräusch, so leise, daß er glaubte, die einzelnen Schallwellen unterscheiden zu können. Immer knapp über der Hörschwelle kletterte die Tonhöhe allmählich eine Oktave um die andere, bis das Geräusch den hörbaren Bereich verließ. Singh war sich sicher, daß seine Ohren aufgrund ihrer Konstruktion *jenseits* dieser Schwelle einfach nicht mehr in der Lage waren, auf die Frequenzen zu reagieren, und diese nun ungehindert in sein Gehirn strömten.

Es wurde wieder ruhig, und er wartete auf die viel kompliziertere Kalibrierung des Sehsinns.

Am Anfang registrierte er nur reine Farben, als ob er in einem völlig konturlosen Raum schwebe, der komplett in tiefstes Dunkelrot getaucht war. Es gab nicht die leiseste Andeutung einer Linie oder eines Musters, und die Augen schmerzten bei dem Versuch, einen Anhaltspunkt zu finden. Nein, das war nicht ganz richtig. Die Augen waren eigentlich überhaupt nicht beteiligt.

Rot, Orange, Gelb, Grün – alle Regenbogenfarben, aber ganz rein und wie mit dem Laser gegeneinander abgegrenzt. Noch immer war kein wie auch immer geartetes Bild zu erkennen – nur das ins Unendliche laufende Farbspektrum.

Schließlich kamen allmählich die Bilder. Zunächst nur ein nach außen hin offenes Gitter, das immer enger von Netzlinien überzogen wurde, bis sie nicht mehr voneinander zu unterscheiden waren. Diese Sequenz wurde durch eine Abfolge geometrischer Formen abgelöst, die sich drehten, größer und kleiner wurden und ineinander übergingen. Mittlerweile hatte Singh jegliches Gefühl für Zeit und Raum verloren, obgleich die Kalibrierung kaum eine Minute gedauert hatte. Als ihn eine geräuschlose ›Weißblende‹ wie ein antarktischer Blizzard überwältigte, wußte er, daß der Scanvorgang beendet war und das Überwachungssystem des Brainman seine neuralen Schaltkreise richtig eingestellt hatte. Er war bereit für den Datenempfang.

Manchmal, aber nicht sehr oft, kam es vor, daß eine ›Fehlermeldung‹ durch sein Gesichtsfeld huschte, und dann mußte die ganze Prozedur wiederholt werden. Dabei konnte das jeweilige Problem meist behoben werden. Andernfalls wußte Singh genau, daß er es besser kein drittes Mal probierte. Einmal, als er sich ganz schnell ein paar Fähigkeiten aneignen mußte, hatte er manuell die elektronische Sperre aufgehoben, um den Kalibrierungsvorgang zu überspringen. Er war mit einem Alptraum von Bildern belohnt worden, die sich jedesmal, kurz bevor er sie richtig erfaßt hatte, verflüchtigten. Das Ganze ähnelte den Eindrücken, die man hat, wenn man sich lange und intensiv die Augen reibt – nur viel farbenprächtiger. Als er endlich den Nothalt fand, hatte er schon rasende Kopfschmerzen – und es hätte noch viel schlimmer kommen können. Eine irreversible ›Zombifizierung‹ durch einen fehlerhaften Brainman war zwar nicht mehr so häufig wie in der Zeit, als die Geräte eingeführt wurden, kam aber durchaus noch vor.

Diesmal hatte er keine Fehlermeldung oder sonst ein Warnsignal erhalten. Alle Schaltkreise funktionierten. Es konnte losgehen.

Obwohl er im Hinterkopf hatte, daß er sich in Wirklichkeit nach wie vor auf der Goliath befand, schien es ihm überhaupt nicht widersinnig, sein Schiff von oben zu betrachten, während es neben Kali im All schwebte. Er fand es ganz logisch – auch wenn es die merkwürdige Logik des Traums war –, daß man Atlas bereits auf dem Asteroiden installiert hatte, obwohl er ›wußte‹, daß die Antriebskonstruktion immer noch mit der Goliath verbunden war.

Die Simulation war so perfekt, daß Kapitän Singh dort, wo die Jetstrahlen des Weltraumschlittens den Staub der Jahrtausende weggeblasen hatten, das nackte Gestein des Asteroiden erkennen konnte. Das gehörte schon zur Realität, aber die Ansicht von Atlas und die Ansammlung seiner Treibstofftanks waren noch Teil der Zukunft, die hoffentlich nur ein paar Tage entfernt lag. Mit Davids Unterstützung konnten alle Probleme beim Positionieren und Verankern des Masseantriebs gelöst werden, und es würde wohl auch keine Schwierigkeiten bei der Umsetzung der Theorie in die Praxis geben.

»Wir können mit der Simulation beginnen«, sagte David. »Welche Ansicht hätten Sie gern?«

»Den Nordpol der Ekliptik aus zehn AE Entfernung. Zeige mir alle Orbits.«

»*Alle?*« Die Zeit, die David brauchte, um seinen Katalog mit Himmelskörpern abzuarbeiten, war kaum wahrnehmbar. »Es gibt 54.372 in der bezeichneten Ansicht.«

»Entschuldige bitte, ich meinte der größeren Planeten und aller Körper, die sich Kali bis auf tausend Kilometer nähern. Ich revidiere – alle, die bis auf hundert Kilometer an sie herankommen.«

Kali und Atlas verschwanden, und Singh blickte von oben auf das Sonnensystem, sah die Umlaufbahnen von Saturn, Jupiter, Mars, Erde, Venus und Merkur als leuchtende elliptische Kreise. Die Position der Planeten selbst zeigten winzige, gerade noch erkennbare Symbole an: Saturn mit seinen Ringen, Jupiter mit seinen Streifen, der Mars mit winzigen Polkappen, die Erde als einziger riesiger Ozean, die Venus als strukturlose weiße Halbkugel und Merkur als pockennarbige Scheibe.

Kali wurde durch einen Totenkopf versinnbildlicht. Das war Davids Idee, und niemand widersprach. Wahrscheinlich hatte er unter dem Eintrag ›Kali‹ im Lexikon nachgesehen und eine Abbildung der hinduistischen Göttin der Zerstörung mit ihrer grauenerregenden Halskette aus Menschenköpfen gefunden.

»Auf die Achse Kali-Erde zentrieren … Hineinzoomen … Halt!«

Nun war Singhs Wahrnehmung gefangen von dem schicksalhaften Kegelschnitt – der Ellipse des Jüngsten Gerichts, die die gegenwärtigen Positionen von Erde und Kali miteinander verband.

»Zeitraffereinstellung?«

»Eins zu neunzigtausend.«

Bei dieser Rate stellte jede Sekunde etwa einen Tag dar, und Kali würde die Erde innerhalb von Minuten und nicht von Monaten erreichen.

»Simulation starten.«

Die Planeten fingen an, sich zu bewegen: Merkur hastete durch den innersten Orbit, Saturn schlich wie eine Schnecke entlang seiner viel weiter gefaßten Bahn.

Kali begann ihren freien Fall Richtung Sonne und wurde dabei nach wie vor nur von der natürlichen Gravitation bewegt. Irgendwo in Singhs Gesichtsfeld flackerten Zahlen auf, lösten sich so schnell ab, daß sie ineinander verschwammen. Plötzlich standen alle auf Null, und genau in diesem Augenblick sagte David: »Zündung!«

›Komisch‹, dachte Singh für einen Augenblick, ›wie doch manche Wörter weiter benutzt werden, aber schon lange nicht mehr in ihrer ursprünglichen Bedeutung.‹ Der Begriff ›Zündung‹ wurde bestimmt schon vor hundert Jahren gebraucht, als es noch Chemiewaffen gab. Mittlerweile konnte wirklich nicht mehr die Rede davon sein, daß der Antriebsstrahl von Atlas – oder irgendeines Raumschiffes im All – brannte. Er bestand aus reinem Wasserstoff. Aber selbst wenn im Weltraum Sauerstoff existiert hätte, wäre der Strahl für das Niedrigtemperaturphänomen der bloßen Verbrennung viel zu heiß gewesen. Jedwedes Sauerstoffmolekül hätte sich schlagartig in seine atomaren Bestandteile aufgelöst.

Wieder erschienen Zahlen – einige blieben konstant, andere veränderten sich ganz langsam. Besonders hervorgehoben wurde die durch Atlas' Antriebsstrahl in dieser Phantomwelt erzeugte Beschleunigung. Sie beeinflußte die Flugbahn eines Körpers mit Kalis Masse nur minimal. Die alles entscheidenden Variablen wiesen die kaum meßbaren Veränderungen von Geschwindigkeit und Position des Asteroiden aus.

Im Zeitraffer huschten die Tage dahin. Die Variablen wurden immer größer. Der Merkur hatte die Sonne schon halb umrundet, aber noch immer wich Kali nicht erkennbar von ihrem ursprünglichen Orbit. Nur die zunehmenden Werte bewiesen, daß sich der Asteroid doch zögerlich von seiner Bahn entfernte.

»Fünffache Vergrößerung«, befahl Singh, als Kali am Mars vorbeiflog. Während David das Bild näher heranholte, verschwanden die äußeren Planeten; aber die Auswirkung von Atlas' kontinuierlichem Schieben war immer noch nicht zu sehen.

»Brennschluß«, sagte David unvermittelt. Schon wieder ein Wort aus den Kindertagen der Astronautik! Die Zähler für Abweichung und Beschleunigung schnellten auf Null zurück. Kali zog nun wieder aufgrund der natürlichen Anziehungskräfte ihre Bahn um die Sonne.

»Zehnfache Vergrößerung. Vermindere den Zeitraffer auf zweihundert.«

Nun beherrschten Erde, Mond und Kali Singhs Wahrnehmungsfeld. Bei dieser Vergrößerung schien sich der Asteroid nicht auf einer elliptischen Bahn, sondern entlang einer Geraden zu bewegen – einer Geraden, die *nicht* auf die Erde zulief.

Singh ließ sich dadurch nicht zu verfrühter Hoffnung hinreißen. Kali mußte immer noch am Mond vorbei – und wie ein treuloser Freund, der seine alte Gefährtin betrügt, würde er Kalis Umlaufbahn ein letztes Mal beeinflussen und dem Asteroiden womöglich den für die Erde tödlichen Schubs geben.

Jetzt, im letzten Stadium dieser Begegnung, stellte jede Sekunde drei Echtzeitminuten dar. Kalis Flugbahn neigte sich sichtbar in das Magnetfeld des Mondes und damit Richtung Erde. Aber die Auswirkungen von Atlas' Anstrengungen, auch wenn sie schon vor Wochen aufgehört hatten, waren offensichtlich. Die Simulation zeigte nun zwei Umlaufbahnen: die ursprüngliche und die durch das Eingreifen des Menschen erzielte.

»Zehnfache Vergrößerung. Zeitverzögerung eins zu hundert.«

Nun entsprach eine Sekunde etwa zwei Minuten, und die Erde nahm Singhs gesamtes Gesichtsfeld ein. Das Totenkopfsymbol hatte noch dieselbe Größe wie am Anfang der Simulation. Bei diesem Maßstab war Kali immer noch zu klein, als daß man sie als sichtbare Scheibe hätte anzeigen können.

Die virtuelle Erde sah unglaublich real aus und war herzzerreißend schön. Unvorstellbar, daß es sich dabei nur um das Konstrukt gut organisierter Megabytes handelte. Da unten – wenn auch nur in Davids Speicher! – war die glitzernde weiße Kappe der Antarktis, der australische Kontinent, die neuseeländischen Inseln und die chinesische Küste. Aber das tiefe Blau des Pazifiks dominierte. Es war gerade mal zwanzig Generationen her, da stellte dieses Gebiet für die Menschheit eine ebenso große Herausforderung dar wie die Weiten des Weltraums heute.

»Noch einmal um den Faktor zehn vergrößern. Kalis Spur verfolgen.«

Die blaue, geneigte Linie des Horizonts lag im Dunst der Atmosphäre und ging unmerklich in ein tiefes Schwarz über. Kali bewegte sich immer noch auf diesen Horizont zu und wurde durch die Anziehungskraft der Erde weiter beschleunigt – fast, als trüge sich der Planet mit Selbstmordgedanken und wollte seinen eigenen Untergang unterstützen.

»Größtmögliche Annäherung in einer Minute.«

Singh konzentrierte sich auf die Zahlen, die immer noch am Rande seines Gesichtsfeldes flackerten. Ihre Botschaft war wesentlich präziser, wenn auch nicht so dramatisch wie die simulierte Ansicht. Die wichtigste Variable – Kalis Entfernung zur Erdoberfläche – nahm immer noch ab.

Aber auch die *Abnahmerate* nahm ab: Kali näherte sich der Erde immer langsamer. Und dann stabilisierte sich die Zahl allmählich – 523 … 523 … 522 … 522 … 522 … 523 … 523 … 524 … 524 … 525 …

Jetzt endlich gestattete sich Singh, tief durchzuatmen. Kali hatte die größte Annäherung an die Erde hinter sich und entfernte sich bereits wieder.

Die Atlas-Konstruktion konnte also die an sie gestellte Anforderung erfüllen. Nun mußte man nur noch die virtuelle Welt mit der realen in Einklang bringen.

28 *Geburtstagsparty*

»Ich hätte niemals gedacht«, sagte Sir Collin, »daß ich meinen hundertsten Geburtstag jenseits des Marsorbits begehen würde. Als ich auf die Welt kam, wurde nur jeder zehnte Mann hundert Jahre alt, und jede fünfte Frau – das fand ich schon ungerecht.«

Die vier Frauen der Crew buhten ihn gutmütig aus, die Männer brummten beifällig, und die Schiffsärztin, Dr. Elizabeth Warden, grunzte selbstgefällig: »Die Natur macht das schon richtig.«

»Aber hier bin ich nun«, fuhr Sir Collin unbeirrt fort, »noch ganz gut in Form, und möchte euch für die guten Wünsche danken. Besonders Sonny für den hervorragenden Tropfen, den wir soeben getrunken haben – Château Wie-auch-immer, 2005!«

»*1905,* Prof – nicht 2005. Und danken Sie den Küchenprogrammen, nicht mir.«

»Nun ja, Sie sind doch der einzige, der sich damit auskennt. Wir würden Hungers sterben, wenn Sie vergäßen, welcher Knopf wann zu drücken ist.«

Von hundertjährigen Geologen konnte man nicht mehr erwarten, daß sie ihre Ausrüstung richtig überprüften, deshalb checkten Singh und Fletcher beide noch einmal Drakers Raumanzug, bevor sie ihn durch die Luftschleuse begleiteten. Ein Netz von Seilen ermöglichte Bewegungen in unmittelbarer Nähe der Goliath. Es war an meterhohen Stangen befestigt, die man zuvor in Kalis krümelige äußere Kruste getrieben hatte. Das Schiff saß wie eine Spinne in ihrem Netz.

Die drei Männer hangelten sich vorsichtig zu dem kleinen Weltraumschlitten, ein Liliputaner im Vergleich zu den sphärisch anmutenden Antriebstanks. Man hatte sie schon auf Kalis Oberfläche abgestellt, um sie später mit Atlas zu verbinden. »Sieht aus, als ob irgendein Verrückter eine Ölraffinerie auf dem Asteroiden bauen wollte«, hatte der Professor gesagt, als er sah, was Fletchers menschliche Mitarbeiter mit Hilfe ihrer Roboterkollegen in so erstaunlich kurzer Zeit erreicht hatten.

Nur Torin Fletcher, der normalerweise auf Deimos arbeitete, konnte trotz der viel schwächeren Anziehungskraft von Kali den Weltraumschlitten gut manövrieren. »Ihr müßt vorsichtig sein«, hatte er Möchtegern-Jockeys gewarnt. »Hier erreicht selbst eine Schnecke mit Arthritis Fluchtgeschwindigkeit. Wir wollen keine Zeit und Reaktionsmasse verlieren, weil ihr euch entschlossen habt, Kurs auf Alpha Centauri zu nehmen, und wir euch erst wieder zurückholen müssen.«

Mit kaum spürbaren Gasstößen hob der Schlitten

von der Oberfläche des Asteroiden ab, und sie begannen mit ihrer gemütlichen Planetenumrundung. Draker sog begierig die Regionen Kalis in sich auf. Er hatte sie noch nie zuvor ohne zwischengeschaltete Instrumente gesehen. Bisher mußte er sich mit den Proben zufriedengeben, die ihm die Techniker mitbrachten. Auch wenn Fernuntersuchungen mit mobilen Kameras unverzichtbar geworden waren, ging doch nichts über die Erfahrung, selbst einmal Hand anzulegen und fachmännisch mit dem Hammer irgendwo draufzuhauen. Draker hatte sich darüber beschwert, daß Kapitän Singh ihn nie weiter als ein paar Meter von der Goliath wegließ. Aber der Kapitän wollte mit seinem bekannten Passagier kein Risiko eingehen und konnte auch niemanden abstellen, der sich außerhalb des Schiffes um Draker kümmerte. (»Als ob man sich um mich kümmern müßte!«) Aber ein hundertster Geburtstag wog derartige Einwände auf, und nun fühlte sich der Wissenschaftler wie ein kleiner Junge, der zum ersten Mal über die Ferien von Zuhause weg ist.

Der Schlitten glitt so langsam über Kalis Oberfläche, daß man bequem hätte nebenherlaufen können – unter der Voraussetzung, daß ein Mensch auf dieser Mikrowelt *überhaupt* gehen konnte. Sir Colin beobachtete weiterhin alles ganz genau. Er tastete wie ein antiquierter Suchradar die Landschaft zwischen den Horizonten ab, die manchmal nur fünfzig Meter auseinanderlagen. Hin und wieder führte er Selbstgespräche. Binnen fünf Minuten hatten sie die Antipoden erreicht, und die Goliath und Atlas verschwanden bereits hinter Kalis Wölbung, als Draker fragte: »Können wir hier anhalten? Ich würde gerne aussteigen.«

»Natürlich, aber wir befestigen Sie vorher an einem Seil, falls wir Sie wieder einholen müssen.«

Der Geologe schnaubte unwillig, ließ sie aber gewähren. Dann stieß er sich locker von dem nun in der Luft stehenden Schlitten ab, und genoß den langsamen freien Fall.

Angesichts der kaum vorhandenen Anziehungskraft konnte man eigentlich nicht von »Fallen« reden. Mit bloßem Auge war die Bewegung fast nicht zu erkennen. Es dauerte beinahe zwei Minuten, bis er auf Kali landete, obwohl der Schlitten nur einen Meter über der Oberfläche schwebte.

Colin Draker hatte schon auf vielen Asteroiden gestanden. Manchmal, etwa bei Riesen wie Ceres, spürte man die Anziehungskraft problemlos, und sei es nur ganz schwach. Aber hier auf Kali brauchte man schon eine gehörige Portion Einbildungskraft, um sich vorzustellen, daß der Asteroid einen festhielt – die kleinste Bewegung, und Kali würde ihren Griff lockern.

Und doch stand er nun endlich und unbestreitbar auf dem berühmtesten – oder besser berüchtigsten – Asteroiden der Geschichte. Selbst Draker mit seinem wissenschaftlichen Hintergrund konnte sich nur schwer vorstellen, daß die Menschheit von diesem winzigen, unregelmäßig geformten kosmischen Bruchstück stärker bedroht war als von all den Sprengköpfen, die man im Zeitalter des nuklearen Wahnsinns aufgehäuft hatte.

Kalis rasche Rotation ließ die Nacht hereinbrechen. Nachdem sich ihre Augen an die Dunkelheit gewöhnt hatten, beobachteten die Männer den Aufgang der Sterne – in genau der gleichen Konstellation, die ein Beobachter von der Erde sehen würde. Sie waren hier nah genug am Heimatplaneten, daß das Universum völlig unverändert schien. Nur ein unbekanntes und überraschendes Objekt stand tief am Himmel: ein heller, gelber Stern, der nicht wie all die anderen einen dimensionslosen Lichtpunkt bildete.

»Sehen Sie nur«, sagte Sir Colin, »das würden Sie von der Erde oder vom Mars aus niemals zu Gesicht bekommen.«

»Was soll damit sein«, fragte Fletcher, »das ist doch nur der Saturn.«

»Natürlich, aber schauen Sie ihn sich doch mal genau an. *Ganz* genau.«

»Oh, ich kann die Ringe sehen!«

»Nicht wirklich; Sie glauben nur, daß Sie sie sehen können. Die Ringe befinden sich exakt an der Schwelle zum Wahrnehmbaren. Ihre Augen registrieren nur irgend etwas Merkwürdiges, und da Sie wissen, was Sie sehen sollten, vervollständigt Ihr Gedächtnis das Bild. Jetzt wissen Sie, warum der Saturn Galilei so viel Kopfzerbrechen bereitet hat. Seine Teleskope zeigten ihm, daß da etwas um den Planeten herum war, aber wer hätte damals an *Ringe* gedacht? Dann neigten sie sich, zeigten schließlich ihre Kanten und waren nicht mehr zu sehen. Galilei dachte, seine Augen hätten ihm einen Streich gespielt. Er erfuhr nie, was er da gesehen hat.«

Einen Augenblick betrachtete sie, ohne daß ein Wort fiel, wie der Saturn vor ihnen am Himmel höher stieg, während Kali sich durch ihre kurze Nacht drchte. Die drei fragten sich, inwieweit sie ihren Augen jetzt wohl trauen konnten. Dann sagte Fletcher: »Zurück an Bord, Herr Professor, wir haben noch einen weiten Weg vor uns. Wir haben erst die Hälfte geschafft.«

Den größten Teil der verbleibenden Strecke absolvierten sie in fünf Minuten, dabei sahen sie auch die von Kali aus viel kleinere, aber immer noch blendende Sonne aufgehen. Der Schlitten schwebte gerade den Abhang eines kleinen Hügels hinunter, als Draker plötzlich etwas ganz Unglaubliches bemerkte. Nur wenige Dutzend Meter von ihnen entfernt (er konnte mittlerweile Entfernungen ganz gut einschätzen) hob sich ein heller Farbklecks von der kohlrabenschwarzen Landschaft ab.

»Halt!« schrie er. »Was ist *das?*«

Seine beiden Begleiter blickten in die Richtung, in die sein Finger wies, und dann wieder zurück zu ihm.

»*Ich* sehe überhaupt nichts«, sagte Kapitän Singh.

»Vielleicht ein Trugbild, weil Sie solange den Saturn angestarrt haben. Ihre Augen haben sich bestimmt noch nicht wieder an das Tageslicht gewöhnt«, ergänzte Fletcher.

»Sind Sie blind? Sehen Sie doch mal *genau* hin!«

»Lassen wir ihm lieber seinen Willen«, sagte Fletcher, »sonst wird er womöglich noch rabiat – und das wollen wir doch nicht, oder?«

Scheinbar mühelos wendete er den Schlitten, während Draker total verdattert dasaß und kein Wort mehr sagte. Ein paar Sekunden später verwandelte sich das Erstaunen des Geologen in völlige Ungläubigkeit. ›Ich werde verrückt‹, dachte er.

Einen halben Meter über Kalis rauher Oberfläche schwebte eine große, goldene Blüte auf einem schlanken Stiel.

Eine völlig unlogische Gedankenkette jagte durch Drakers Kopf: 1. ›Ich träume‹; 2. ›Wie kann ich mich bei Dr. Wijeratne entschuldigen?‹ 3. ›Es sieht nicht besonders fremdartig aus‹; 4. ›Ich wünschte, ich hätte mehr Ahnung von Botanik!‹ 5. ›Wie nett, daß jemand ein Namensschild darangebunden hat …‹

»Ihr Bastarde! Ich bin euch tatsächlich auf den Leim gegangen. War das Ranis Idee?«

»Natürlich«, lachte Singh. »Aber Sie werden sehen, daß wir die Geburtstagskarte alle unterschrieben haben. Und Sie dürfen sich bei Sonny bedanken. Kein anderer hätte so etwas Hübsches aus einem bißchen Papier und Plastik zaubern können.«

Sie lachten immer noch über die gelungene Überraschung, als sie mit ihrem erstaunlichen Fundstück bei der Goliath ankamen, und zwar in weit besserer Verfassung – wie Kapitän Sing anmerkte –, als die Überlebenden der Magellan, nachdem sie *ihre* Welt umrundet hatten. Der kleine Ausflug hatte ihnen gutgetan. Für einen Moment durften sie ihre furchtbare Verantwortung vergessen.

Das war auch ganz gut so, denn es sollte ihre letzte Gelegenheit gewesen sein, auf Kali ein wenig Entspannung zu finden.

29 Astropol

Der Direktor von ›Astropol‹ hatte schon eine Menge der heute bewohnten Welten gesehen und viele Städte bereist. Eigentlich konnte ihn nichts mehr überraschen. Und doch starrte er in diesem Augenblick in seinem eleganten Genfer Hauptquartier den Inspekteur ungläubig an.

»Sind Sie sicher?« fragte er.

»Alles paßt zusammen. Natürlich waren wir am Anfang mißtrauisch – Sabotage ist sehr, sehr selten. Wir dachten zunächst an einen Scherz. Aber der Gehirnscan liefert den Beweis.«

»Und einen Gehirnscan kann man nicht fälschen? Wir haben es immerhin mit Experten zu tun.«

»Deren Leute sind auch nicht besser als unsere. Und die Nachforschungen auf Deimos haben dann alles ans Licht gebracht. Wir wissen, wer es getan hat. Natürlich steht der Mann unter Mikroüberwachung.«

»Wann wird sie die Warnung erreichen?«

Der Inspekteur sah auf seine Armbanduhr, die

zwanzig Zeitzonen in drei verschiedenen Welten anzeigen konnte.

»Sie haben sie schon bekommen – aber sie befinden sich gerade hinter der Sonne. Ihre Bestätigung kann in frühestens einer Stunde hier eintreffen. Es könnte bereits zu spät sein. Wenn alles nach Plan lief, ist die Zündung vor etwa vierzig Minuten erfolgt. Wir können jetzt nur noch abwarten.«

»Ich kann es immer noch nicht fassen. Warum in Gottes Namen sollte jemand so etwas tun?«

»Im Namen Gottes eben.«

30 Sabotage

Bei T minus dreißig Minuten stand die Goliath über Kali und außerhalb der Reichweite des Atlas-Antriebsstrahls. Alle Systemchecks waren positiv ausgefallen. Nun mußte man nur noch warten, bis die Eigendrehung des Asteroiden den Masseantrieb in die Position brachte, in der er von nun an regelmäßig gezündet werden sollte.

Kapitän Singh und seine erschöpfte Crew rechneten nicht mit einem spektakulären Schauspiel. Der Plasmastrahl des Atlas-Antriebs wäre viel zu heiß, als daß Verbrennungsenergie sichtbar würde. Nur am Fernmeßinstrument könnte man ablesen, daß die Zündung erfolgt war und Kali nicht länger als unberechenbares Ungetüm jenseits jeder Kontrolle durchs All raste.

›Wie viele dieser Jungspunde wissen wohl‹, überlegte Sir Collin Draker, ›daß diese ganze Countdown-Zählerei auf einen deutschen Filmproduzenten zurückgeht, der vor fast zweihundert Jahren den ersten nicht völlig spekulativen Science-fiction-Film drehen ließ. Inzwischen hat die Realität die Fiktion eingeholt. Eine Weltraummission, bei der nicht ein Mensch – oder eine Maschine – rückwärts zählte, kann man sich kaum noch vorstellen.‹

Kurzer Jubel und gedämpfter Applaus brandeten auf, als Bewegung in die Nullen auf dem Tachometer kam. Die Leute auf der Brücke waren eher erleichtert als begeistert. Kali reagierte zwar, aber nur extrem empfindliche Instrumente konnten die verschwindend geringe Geschwindigkeitsänderung feststellen. Erst in ein paar Wochen würden sie wissen, ob der Sieg sicher war. Der Masseantrieb durfte immer nur ein Zehntel des Asteroidentages laufen, da Atlas in der übrigen Zeit durch Kalis Eigenrotation nicht in die richtige Richtung geschoben hätte. Es ist gar nicht so einfach, einem sich drehenden Objekt mit einem daran fixierten Antrieb den gewünschten Effekt zu geben …

Eine Mikroerdbeschleunigung, zwei Mikroerdbeschleunigungen – zögerlich begann die riesige Masse des Asteroiden zu reagieren. Auf Kali stehend hätte man nicht die leiseste Veränderung bemerkt, abgesehen vielleicht von einer leichten Vibration des Bodens und den Staubwolken, die hinaus ins All getrieben wurden. Kali schüttelte sich wie ein Hund, den man gerade gebadet hatte.

Und dann – unglaublich aber wahr – schnellten die Zahlen zurück auf Null. Nur Sekunden später sprangen drei Sirenen gleichzeitig an.

Keiner reagierte. Man hätte ohnehin nichts tun können. Alle Augen waren auf Kali – und den Atlas-Antrieb gerichtet.

Die großen Treibstofftanks öffneten sich wie Knospen, fast wie in Zeitlupe, und gaben dabei Tausende von Tonnen Treibstoff frei, die die Erde hätten retten können. Nebelschwaden waberten über das

Antlitz des Asteroiden und hüllten seine mit Kratern übersäte Oberfläche in eine vergängliche Atmosphäre.

Dann folgte Kali wieder unerbittlich ihrer Laufbahn.

31 Szenario

Als erste Annäherung genügt eine einfache Rechenaufgabe aus der Dynamik, einem Teilbereich der Physik. Kalis Masse war bis auf ein Prozent genau, die Geschwindigkeit, mit der der Asteroid auf der Erde aufschlagen würde, bis auf die zwölfte Kommastelle berechnet worden. Jedes Schulkind hätte die daraus resultierende Kraft gleich Masse mal Beschleunigung aus- und dann in Megatonnen Sprengkraft umrechnen können.

Das Ergebnis war die unvorstellbare Summe von zwei Billionen Tonnen – eine Zahl, die auch dann nicht faßbarer wird, wenn man sagt, ihre Sprengkraft übersteige die der Hiroschima-Bombe um das Milliardenfache. Und die große Unbekannte in der Gleichung, von der Millionen Menschenleben abhingen, war die genaue Aufschlagstelle. Je näher Kali an die Erde herankam, desto geringer wurde der Fehlerquotient. Aber selbst wenige Tage vor dem Einschlag wäre die Stelle des Auftreffens nur bis auf eintausend Kilometer genau einzugrenzen – eine Schätzung, die viele für völlig nutzlos hielten.

Wahrscheinlich würde der Asteroid in ein Meer stürzen, da das Wasser drei Viertel der Erdoberfläche bedeckt. Die optimistischsten Szenarios gingen von einem Aufschlag mitten im Pazifik aus. Es würde genug Zeit bleiben, um die kleineren Inseln zu evakuieren, bevor kilometerhohe Wellen sie von der Landkarte spülten.

Wenn Kali allerdings auf festem Boden aufschlug, wären alle Menschen in einem Umkreis von mehreren hundert Kilometern verloren. Sie würden auf der Stelle verdampfen. Wenige Minuten später würde jedes Gebäude auf dem betroffenen Kontinent durch die nachfolgende Druckwelle dem Erdboden gleichgemacht. Selbst Schutzräume unter der Erde würden wahrscheinlich einstürzen. Vielleicht würde es ein paar Glücklichen gelingen, sich freizuschaufeln.

Aber könnten sie sich wirklich glücklich schätzen?

Tagtäglich wiederholten die Medien diese eine Frage. Erstmals hatten sie Schriftsteller des zwanzigsten Jahrhunderts gestellt, als sie die Folgen eines Atomkriegs beschrieben: »Werden die Überlebenden nicht eher die Toten beneiden?«

Es könnte so kommen. Die Folgen des Einschlags werden wahrscheinlich schlimmer sein als die unmittelbaren Konsequenzen. Der Himmel wird monatelang – vielleicht sogar für Jahre – durch den Rauch verdunkelt. Ein Großteil der Vegetation und überlebenden Tiere werden den Mangel an Sonnenlicht nicht überstehen, und der Regen wird mit Salpetersäure versetzt sein, denn bei der Explosion des Feuerballs werden Megatonnen von Sauerstoff und Stickstoff in den unteren Schichten der Atmosphäre miteinander reagieren.

Selbst mit modernster Technik könnte die Erde wahrscheinlich frühestens in ein paar Jahrzehnten wieder bewohnbar gemacht werden. Doch wer würde schon auf einem verwüsteten Planeten leben wollen? Der Weltraum böte die einzige Zuflucht.

Aber dieser Weg stünde nur wenigen offen. Es gab kaum genügend Raumschiffe, um auch nur einen Bruchteil der Menschheit zum Mond zu bringen. Ein derartiges Unterfangen wäre auch ziemlich sinnlos, denn die Niederlassungen auf dem Mond konnten ohnehin nicht mehr als ein paar Hunderttausend unerwartete Gäste aufnehmen.

So wie den zweihundertfünfzig Milliarden Menschen, die bisher gelebt hatten, würde die Erde den Zurückbleibenden Wiege und Grab sein.

VI

32 *Davids Weisheit*

Kapitän Singh saß allein in seiner großen, gut ausgestatteten Kabine, in der er nun schon länger zu Hause war als an irgendeinem anderen Ort im ganzen Sonnensystem. Er fühlte sich immer noch wie vor den Kopf gestoßen. Die Warnung von Astropol hatte sie zwar zu spät erreicht, aber immerhin die Moral der Crew wieder ein wenig aufgerichtet. Nicht viel, aber jedes Bißchen half schon.

Die Besatzung der Goliath wußte jetzt zumindest, daß es nicht ihr Fehler gewesen war. Sie hatte ihre Pflicht getan. Und wer rechnete denn damit, daß religiöse Fanatiker die Zerstörung der Erde wollten?

Nun, da sich Singh gezwungen sah, über das bisher Unvorstellbare nachzudenken, war es alles in allem vielleicht doch nicht so verwunderlich. Solange es Menschen gab, hatten fast in jedem Jahrzehnt selbst ernannte Propheten den Weltuntergang zu einem ganz bestimmten Datum vorhergesagt. Verwunderlich war nur, daß sie immer wieder – und das ließ einen am Geisteszustand der Spezies zweifeln – Tausende um sich scharen konnten. Ihre Anhänger veräußerten alle ihre nun nicht mehr benötigte Habe und warteten an einem ganz bestimmten Ort darauf, in den Himmel aufzufahren. Obgleich unter den unzähligen Propheten des Tausendjährigen Reiches sicher auch Betrüger waren, hatten die meisten doch ihre eigenen Vorhersagen geglaubt. Manch einer hätte bestimmt gern die Realisierung seiner Prophezeiung unterstützt, wenn er die Macht dazu gehabt und Gott sich nicht kooperativ verhalten hätte.

Die Wiedergeborenen mit ihrer hochentwickelten Technik *besaßen* diese Macht. Man brauchte nur ein paar Kilo Sprengstoff, eine leidlich intelligente Software – und Komplizen auf Deimos. Einer hätte schon gereicht.

›Schade nur‹, dachte Singh sehnsüchtig, ›daß der Informant gewartet hat, bis es zu spät war. Aber vielleicht war das Absicht – so schlug er zwei Fliegen mit einer Klappe: Er hat sein Gewissen beruhigt und seinen Glauben nicht verraten.‹

Aber das änderte jetzt auch nichts mehr! Man konnte das Geschehene nicht ungeschehen machen. Kapitän Singh zwang sich, an etwas anderes zu denken. Es war an der Zeit, daß er seinen Frieden mit dem Universum machte.

Er hatte den Kampf um den Planeten seiner Herkunft verloren, und dadurch, daß er selbst in Sicherheit war, fühlte er sich noch schlechter. Die Goliath war überhaupt nicht in Gefahr und verfügte über genug Treibstoff, um zu den erschütterten Überlebenden auf Mond oder Mars zurückzukehren.

Er wäre natürlich am liebsten zum Mars geflogen, aber die Angehörigen und Freunde einiger Mitglieder seiner Crew lebten auf dem Mond. Es gab keine Direktiven, die eine derartige Situation einkalkuliert hätten.

Er mußte wohl abstimmen lassen.

»Ich begreife immer noch nicht, warum wir die Zündschnur beim letzten Check übersehen haben«, sagte Morgan, der Chefingenieur.

»Weil man sie leicht verstecken konnte – und keiner im Traum daran gedacht hätte, nach so etwas zu suchen«, antwortete sein Stellvertreter. »*Ich* begreife nicht, daß es auf dem Mars überhaupt Fanatiker der Wiedergeborenen gibt.«

»Warum haben sie das getan? Ich kann mir nicht vorstellen, daß jemand, selbst wenn es sich dabei um chrislamische Verrückte handelt, die Erde zerstören will.«

»Dabei kann man nicht mit Logik argumentieren – wenn Sie sich einmal ansehen, wovon die Wiedergeborenen ausgehen: Kali oder Gott oder Allah prüft uns, und wir dürfen uns da nicht einmischen. Wenn Kali ihr Ziel verfehlt – wunderbar! Wenn nicht – dann ist das Ihr Wille. Es wäre ja möglich, daß die Menschen auf der Erde alles so gründlich falsch gemacht haben, daß nun ein Neubeginn auf der Tagesordnung steht. Denken Sie nur an das alte Sprichwort von Tsiolkowski: ›Die Erde ist zwar die Wiege der Menschheit, aber man kann doch nicht sein Leben lang in der Wiege liegen.‹ Vielleicht ist Kali ein dezenter Hinweis darauf, daß es Zeit ist, zu gehen.«

»Ein Hinweis!«

Der Kapitän hob die Hand, um sich Gehör zu verschaffen.

»Jetzt ist nur eine Frage relevant: Mond oder Mars? Sie brauchen uns beide. Ich will Sie nicht beeinflussen ...« Das gelang ihm natürlich nicht, alle wußten ganz genau, wohin er am liebsten gegangen wäre. »Bitte«, fuhr Singh fort, »stimmen Sie zunächst ohne mich ab.«

Der erste Wahlgang ergab neun Stimmen für den Mars, neun für den Mond, ein Unentschieden und eine Enthaltung – die des Kapitäns.

Jedes Lager versuchte nun die eine Person, die noch unschlüssig war, für sich zu gewinnen. Es handelte sich um den Schiffssteward Sonny Gilbert, der schon so lange auf der Goliath lebte, daß er sich ein anderes Zuhause gar nicht mehr vorstellen konnte.

Da schaltete sich David ein.

»Es gibt eine Alternative.«

»Was soll das heißen?« entfuhr es Kapitän Singh ein wenig schroff.

»Es liegt doch auf der Hand. Wir können die Erde retten, obwohl Atlas zerstört wurde – wenn wir *die* Goliath *als Masseantrieb verwenden.* Meinen Berechnungen zufolge verfügen wir immer noch über ausreichend Treibstoff – in unseren eigenen Tanks und in denen, die wir dort unten abgestellt haben –, um Kali von ihrem Weg abzubringen. Aber wir müßten sofort damit beginnen. Je länger wir warten, desto geringer wird die Wahrscheinlichkeit, daß wir Erfolg damit haben. Im Moment liegt sie noch bei fünfundneunzig Prozent.«

Einen Augenblick lang herrschte auf der Brücke absolute Stille, während sich jeder fragte, warum ihm oder ihr das nicht eingefallen war – um sich gleich darauf der Antwort bewußt zu werden.

David hatte ruhig Blut bewahrt – um es mit diesem etwas unpassenden Vergleich auszudrücken –, während die Menschen auf der Goliath alle viel zu betroffen waren, um einen klaren Gedanken zu fassen. Es hatte doch Vorteile, eine nicht-menschliche, juristische Person zu sein. David kannte keine Liebe, aber auch keine Furcht. Er würde immer logisch denken, solange seine Schaltkreise funktionierten – selbst wenn das Ende unmittelbar bevorstand.

33 Bergung

»Wir haben Glück«, berichtete Torin Fletcher.

»Das können wir auch gut gebrauchen! Fahren Sie fort.«

»Die Sprengladung ist so angebracht worden, daß Fusionsgenerator und Antrieb irreparabel zerstört wurden. Auf Deimos könnte ich sie wieder hinkriegen, aber nicht hier. Dann hat die Druckwelle den ersten und zweiten Tank aufgerissen, dreißig K Treibstoff sind ausgetreten. Aber die Rücklaufventile in der Pipeline haben funktioniert, und der Rest des Wasserstoffs kann noch verwendet werden.«

Das erste Mal seit Stunden keimte in Robert Singh ein Funken Hoffnung auf. Aber eine ganze Reihe von Problemen bedurften noch einer Lösung. Es gab viel zu tun: Die Goliath mußte an der richtigen Stelle positioniert werden, und man brauchte eine Art Gerüst um das Schiff herum, durch das die Schubkraft auf den Asteroiden übertragen wurde. Fletcher hatte seine Konstruktionsroboter bereits entsprechend programmiert, sie konnten die Holme und T-Träger der beschädigten Atlas-Konstruktion verwenden.

»Das ist der verrückteste Job, den ich jemals hatte«, sagte er. ›Was die Jungs im Kennedy Space Center wohl beim Anblick eines Raumschiffes gedacht hätten, das von einem Gerüst *auf den Kopf* gestellt wird?«

»Wie sehen Sie bei der Goliath überhaupt, wo oben und unten ist?« entgegnete Sir Colin ungnädig. »Ich weiß nie, welches Ende vorne und welches hinten ist. Bei den Raketen des zwanzigsten Jahrhunderts konnte man wenigstens erkennen, ob sie auf einen zu oder in die entgegengesetzte Richtung flogen. Dazu brauchte man nur hinzusehen. Heute funktioniert das nicht mehr.«

So seltsam die Konstruktion einem unkundigen Beobachter auch erscheinen mußte – Torin Fletcher war überaus zufrieden. Selbst in Kalis extrem schwachem Gravitationsfeld war die Aufgabe fast unlösbar gewesen. Zwar ›wog‹ ein Treibstofftank mit zehntausend Tonnen hier weniger als eine Tonne und konnte ganz langsam mit einem lächerlich kleinen Flaschenzug an seinen Platz gehievt werden. Aber wenn sich die gewaltige Masse erst einmal in Bewegung gesetzt hatte, konnte sie für Geschöpfe, deren Muskeln und Instinkte sich in einer ganz anderen Umgebung entwickelt hatten, tödlich sein. Man konnte sich kaum vorstellen, daß man dieses schleichend langsame Objekt nicht mehr bremsen konnte und bald platt wie eine Flunder war, wenn man ihm nicht schnell genug auswich.

Eine Mischung aus Erfahrung und Glück half, ernsthafte Unfälle zu vermeiden. Jeder Schritt war vorher solange in einer Virtual Reality-Simulation geübt worden, bis man vor unerwarteten Überraschungen sicher sein konnte und Fletcher verkündet hatte: »Wir fangen an.«

Beim zweiten Countdown hatten alle unweigerlich ein Déjà-vu-Erlebnis. Und diesmal spürten sie auch eine gewisse Gefahr. Wenn irgend etwas schiefginge, wären sie nicht weit genug vom Ort des Geschehens entfernt, sondern mittendrin – obwohl sie das dann wahrscheinlich nicht mehr mitbekämen.

Seit Wochen hatten die Maschinen der Goliath nicht mit hoher Leistung gearbeitet, und die typischen Vibrationen des Plasmaantriebs waren an Bord erst jetzt wieder spürbar. Obwohl schwach und gleichsam weit entfernt, konnte man ihn doch nicht ignorieren – besonders, wenn er in regelmäßigen Abständen eine Resonanzfrequenz der Goliath traf und ein kurzes Zittern durch das ganze Schiff lief.

Der Tachometer bewegte sich quälend langsam, kletterte aber doch stetig von Null auf über eine Mikroerdbeschleunigung, während sich der Schub bis zum größtmöglichen noch vertretbaren Maß aufbaute. Kalis Milliarden Tonnen wurden sanft abgedrängt. Jeden Tag würde sich ihre Geschwindigkeit kaum einen Meter pro Sekunde ändern, die Bahnabweichung sich auf insgesamt vierzig Meter summieren. Lächerliche Beträge angesichts kosmischer Entfernungen und Geschwindigkeiten, doch genug, um das Überleben vieler Millionen Menschen auf dem noch so weit entfernten Planeten Erde zu sichern.

Leider konnte die Goliath nur je eine halbe Stunde lang im Verlauf des vierstündigen Kali-Tages ihren Einfluß geltend machen. Jede Minute länger hätte durch die Eigendrehung des Asteroiden die erreichte Abweichung wieder reduziert. Es war zum Verrücktwerden, aber nicht zu ändern.

Kapitän Singh wartete, bis das erste Anschubintervall beendet war, bevor er die Nachricht abschickte, auf die die Erde wartete.

»Bericht von der Goliath. Wir haben das Perturbationsmanöver erfolgreich gestartet. Alle Systeme arbeiten normal. Gute Nacht.«

Und dann überließ er David die Kontrolle über das Schiff und schlief zum ersten Mal seit dem Verlust von Atlas tief und fest. Bald träumte er, daß auf Kali ein neuer Tag angebrochen sei und Goliaths Antrieb wie geplant wieder einsetze.

Er wachte auf, stellte fest, daß es kein Traum gewesen war, und schlief sofort wieder ein.

34 Plan B

Der altehrwürdige Raumgleiter, der nach wie vor den Namen ›Air Force One‹ trug, war älter als die meisten Männer und Frauen, die nun um den Konferenztisch in seinem historischen Aufenthaltsraum saßen. Aber da das Flugzeug immer mit viel Liebe gewartet worden war, funktionierte es nach wie vor einwandfrei. Trotzdem wurde es nur noch selten genutzt, und dies war das erste Mal, daß alle Mitglieder des Weltsicherheitsrats sich gleichzeitig an Bord befanden. Die Technokraten, die das – menschliche – Wissen des Planeten in sich vereinten, führten ihre Alltagsgeschäfte via Telefonkonferenz. Aber hier ging es nicht um etwas alltägliches, noch nie hatte eine derartige Verantwortung auf ihnen gelastet.

»Sie haben alle den Bericht von meinem Technischen Stab erhalten«, sagte der Vorsitzende des Ausschusses für Energiefragen. »Es war nicht leicht, die Baupläne zu finden – die meisten wurden absichtlich vernichtet. Aber die grundlegenden Prinzipien sind ja bekannt, und das Königliche Kriegsmuseum in London, das ich bislang gar nicht kannte, verfügt über ein vollständiges, zwanzig Megatonnen schweres Modell – das natürlich zerlegt ist. Aber man kann es problemlos nachbauen, wenn wir das nötige Material rechtzeitig produzieren können. Deshalb meine Frage an den Beschaffungsausschuß: Was brauchen wir?«

»Zunächst Tritium, das ist einfach zu besorgen. Aber Plutonium und Waffen vom Typ U235 benutzt keiner mehr, seitdem nukleare Sprengstoffe nicht mehr im Bergbau verwendet werden.«

»Was halten Sie von der Idee, ein paar alte Brennstäbe und Reaktoren auszugraben?«

»Wir haben darüber nachgedacht, aber es wäre viel zu aufwendig, dieses Teufelszeug wieder auseinander zu dividieren. Wir werden wohl ganz von vorne anfangen müssen.«

»Aber Sie kriegen das doch hin?«

»Ich kann wirklich nichts versprechen, angesichts der kurzen Zeit. Aber wir tun unser Möglichstes.«

»Nun, mehr kann man nicht verlangen. Bleibt noch das Transportmittel. Verkehrsausschuß?«

»Das ist kein Problem. Ein Mini-Frachtschiff kann die Aufgabe bewältigen – natürlich unbemannt. Obwohl die Alternative einige meiner kamikazebegeisterten Vorfahren sicher gereizt hätte.«

»Dann müssen wir nur noch eine Entscheidung treffen: Sollen wir es versuchen, oder würde dadurch alles nur schlimmer? Wenn wir Kali mit einer Sprengkraft von tausend Megatonnen treffen, bricht sie vielleicht auseinander. Wenn unser Timing stimmt, driften die Teile durch die Rotation des Asteroiden auseinander und fliegen an der Erde vorbei. Oder es schlägt nur ein Teil ein. Das würde immer noch Millionen von Menschenleben retten ...

Es ist natürlich auch möglich, daß Kali sich in eine Art Schrapnell verwandelt, aber ihren Kurs nicht ändert. Einige davon würden sicherlich in der Atmosphäre verglühen, aber ein paar eben auch nicht. Was ist besser: eine einzige Riesenkatastrophe an einem Ort oder hundert kleine, wenn die Bruchstücke über die Hemisphäre verteilt hereinbrechen? Welche Hemisphäre auch immer ...«

Da saßen sie nun in absoluter Stille: acht Menschen, die die Chancen der Erde abwägten. Dann fragte einer: »Wieviel Zeit haben wir noch, bis wir uns entscheiden müssen?«

»In fünfzig Tagen wissen wir, ob es der Goliath gelungen ist, Kali von seiner Bahn abzubringen. Aber bis dahin können wir schließlich nicht die Hände in den Schoß legen. Wenn die Operation ›Errettung‹ versagen sollte, ist es mit Sicherheit für andere Maßnahmen zu spät. Deshalb schlage ich vor, daß wir die Rakete so schnell wie möglich in Stellung bringen. Wir können die Aktion immer noch abblasen, wenn die Goliath erfolgreich war. Können wir jetzt darüber abstimmen?«

Langsam hoben alle Anwesenden bis auf einen die Hand.

»Ja, der Vertreter vom Rechtsausschuß, haben Sie irgendwelche Einwände?«

»Ich würde gerne ein paar Punkte klarstellen.

Zunächst sollte es eine weltweite Abstimmung darüber geben: Dieses Thema fällt unter den Verfassungszusatz ›Menschenrechte‹. Glücklicherweise haben wir noch genügend Zeit.

Mein zweiter Punkt mag im Angesicht des Überlebens eines Großteils der menschlichen Rasse unwichtig erscheinen. Aber wenn wir Kali in die Luft jagen, wird dann die Goliath in der Lage sein, sich in Sicherheit zu bringen?«

»Bestimmt. Sie werden rechtzeitig gewarnt. Natürlich ist keine absolute Garantie möglich – selbst Millionen Kilometer entfernt könnte es zu einem unglücklichen Zusammenstoß mit einem Bruchstück kommen. Aber die Wahrscheinlichkeit wird so gering sein, daß man diese Gefahr vernachlässigen kann. Das Schiff muß nur der Rakete praktisch entgegenfliegen. Die Bruchstücke bewegen sich dann in entgegengesetzter Richtung.«

»Das ist beruhigend. Sie haben meine Stimme. Trotzdem hoffe ich nach wie vor, daß der Plan nicht umgesetzt werden muß. Aber wir würden unsere Sorgfaltspflicht auf das Gröbste verletzen, wenn wir keine Alternativen vorbereiten, um die Erde zu retten.«

35 Errettung

Menschen können nicht sehr lange in einem Zustand der Krise verharren; und so war der Heimatplanet bald wieder zu einer Art Normalität zurückgekehrt. Niemand zweifelte daran – beziehungsweise wagte daran zu zweifeln –, daß das Unternehmen ›Errettung‹, wie es die Medien schnell getauft hatten, scheitern könnte.

Zwar wurden langfristige Planungen erst einmal auf Eis gelegt und die meisten privaten und öffentlichen Geschäfte von einem Tag zum nächsten getätigt. Aber das Gefühl, daß das Jüngste Gericht unmittelbar bevorstand, verschwand und die Selbstmordrate sank unter die übliche Quote. Es sah schließlich ganz so aus, als würde es trotz alledem ein Morgen geben.

An Bord der Goliath war wieder Routine eingekehrt. Einmal pro Kali-Umdrehung arbeitete der Antrieb dreißig Minuten lang mit voller Kraft, und der Asteroid wurde Stück für Stück von seinem ursprünglichen Weg abgelenkt. Auf der Erde liefen die Ergebnisse jeder Antriebsaktion durch alle Kurznachrichten. Diagramme, die Kalis aktuellen Orbit zeigten, der immer noch die Erde berührte, und eine vergleichende Ansicht mit der gewünschten weiträumigen Ablenkung, hatten die traditionelle Wetterkarte längst auf den zweiten Platz verwiesen.

Das Datum, an dem ganz sicher bekanntgegeben werden konnte, ob die Erde zu retten war, hatte man schon Wochen im voraus berechnet; und während es näherrückte, wurde das Tagesgeschäft mehr und mehr eingestellt. Man unterhielt nur die wichtigsten Dienstleistungen – bis zu dem Augenblick, da Spaceguard die mit Spannung erwartete Neuigkeit verkündete: Kali würde den äußersten Rand der Atmosphäre streifen und dabei lediglich ein spektakuläres Feuerwerk veranstalten.

Weltweit fanden spontane Freudenfeste statt. Es gab wahrscheinlich kein einziges menschliches Wesen auf dem Planeten, das nicht in der einen oder anderen Form daran teilnahm. Die Goliath wurde natürlich von Danksagungen nur so überschüttet. Kapitän Singh und seine Crew nahmen sie erfreut entgegen. Aber Ausruhen kam für sie noch nicht in Frage.

Sie wollten Kalis Feuerwerk verhindern. Die Goliath sollte weiter schieben, bis der Asteroid die Erde um wenigstens tausend Kilometer verfehlte.

Nur dann wäre der Sieg ganz sicher.

36 Anomalie

Kali befand sich inmitten des Marsorbits und legte auf ihrem Weg zur Sonne immer noch an Geschwindigkeit zu, als David die erste Anomalie berichtete. Es geschah während einer der Intervalle, in denen die Maschinen auf Stop standen; wenige Minuten bevor die Goliath wieder mit dem Schieben hätte beginnen sollen.

»Diensthabender Offizier«, meldete sich der Computer, »ich registriere eine leichte Beschleunigung des Asteroiden. 1,2 Mikroerdbeschleunigung.«

»Das ist unmöglich!«

»Derzeit 1,5 g« fuhr David unbeirrt fort. »Schwankend. Rückläufig. Jetzt bei 1 g. Nun hat es aufgehört. Ich denke, Sie sollten den Kapitän benachrichtigen.«

»Bist du *ganz* sicher? Laß mich die Zahlen noch mal sehen.«

»Da sind sie.«

Eine Zickzackkurve, die plötzlich steil zum höchsten Punkt anstieg und ebenso schnell auf Null zurückfiel, erschien auf dem Hauptmonitor. *Irgend etwas* – nicht die Goliath – hatte Kali einen winzigen, aber doch bemerkbaren Schubser gegeben. Der Impuls hatte gerade mal zehn Sekunden gedauert.

Als Kapitän Singh auf den Ruf von der Brücke antwortete, war seine erste Frage: »Können Sie den Ausgangspunkt lokalisieren?«

»Ja, nach dem Vektor zu urteilen, liegt er auf der anderen Seite von Kali. Planquadrat L4.«

»Colin, wachen Sie auf. Wir müssen da runter und uns das ansehen. Wahrscheinlich hat Kali ein Meteor gestreift …«

»Zehn Sekunden lang?«

»Hm! Hallo, Colin, haben Sie mitgehört?«

»Das meiste.«

»Eine Idee, was das war?«

»Offenbar sind die Wiedergeborenen gelandet und versuchen nun, unsere Arbeit zu unterminieren. Aber ihr Antrieb muß dringend überholt werden, wenn man sich diese Kurve so ansieht.«

»Äußerst geistreich, aber ich denke doch, wir hätten sie kommen sehen. Ich erwarte Sie dann in der Luftschleuse.«

Seit Sir Colins Geburtstag hatte es kaum Gelegenheit gegeben, sich weiter vom Schiff zu entfernen. Sämtliche Aktivitäten waren auf einen Umkreis von wenigen hundert Metern beschränkt geblieben. Als der Schlitten Singh, Draker und Fletcher zur Nachtseite brachte, sagte der Geologe zu seinen beiden Begleitern: »Ich kann mir schon vorstellen, was es war. Ich hätte eigentlich schon vorher daran denken können, wenn ich nicht so abgelenkt gewesen wäre … Mein Gott! Sehen Sie, was ich sehe?«

Von einem Ende des Himmels zum anderen dehnte sich etwas vor ihnen aus, das Singh zum letzten Mal vor Jahrzehnten gesehen hatte, kurz bevor er die Erde für immer verließ. Es war unglaublich und eigentlich auch unmöglich auf Kali, aber es war zweifellos ein Regenbogen.

Fletcher verlor fast die Kontrolle über den Schlitten, als er völlig entgeistert das unvermutete Himmelsphänomen über sich anstarrte. Dann hielt er den Schlitten an, der sich langsam auf den Boden senkte.

Der Regenbogen verblaßte rasch, und als der

Schlitten sanft wie ein Schneeflöckchen aufsetzte, war er völlig verschwunden.

Sir Colin brach als erster das ehrfürchtige Schweigen.

»›Und Gott sprach: Meinen Bogen habe ich in die Wolken gesetzt; der soll das Zeichen sein des Bundes zwischen mir und der Erde, daß hinfort keine Sintflut mehr komme, die alles Fleisch verderbe.‹ Komisch, daß ich mich daran erinnern kann – ich war noch ein Kind, als ich zum letzten Mal das Alte Testament aufgeschlagen habe. Hoffentlich ist es auch für uns ein gutes Zeichen, so wie damals für Noah.«

»Aber wie kann es sein, daß man hier so etwas sieht?«

»Fahren Sie langsam weiter, Torin, und ich zeige es Ihnen. Kali wacht auf.«

37 Stromboli

Geologen werden im Vergleich zu Humanmedizinern oder Astronomen nur selten berühmt, zumindest nicht in Ausübung ihres Berufes. Sir Colin Draker hatte auch niemals berühmt werden wollen – aber diesem Schicksal konnte nun keiner auf der Goliath mehr entgehen.

Er beklagte sich nicht darüber; seiner Meinung nach profitierte er vom Besten beider Welten. Keiner piesackte ihn mit Anforderungen, die er nicht erfüllen konnte, oder mit Verpflichtungen, die er nicht übernehmen wollte. Aber er genoß es, über die Schiffskommunikationsverbindungen regelmäßig seinen Bericht zur Lage abzugeben. Überall hieß diese Sendung nur noch *Colin auf Kali.* Und diesmal hatte er echte Neuigkeiten.

»Kali ist nun nicht mehr eine unbewegliche Masse aus Metall, Fels und Eis. Der Asteroid erwacht aus einem langen Schlaf.

Die meisten Asteroiden sind tot – völlig inaktive Körper. Aber einige gehen auf ehemalige Kometen zurück, und wenn sie der Sonne näherkommen, erinnern sie sich an ihre Vergangenheit …

Hier ist der berühmteste aller *aktiven* Kometen: Halley. Dieses Photo wurde im Jahre 2100 aufgenommen. Damals hatte er die größte Entfernung zur Sonne und befand sich gerade außerhalb des Orbits von Pluto. Ihnen wird gleich auffallen, wie ähnlich er Kali sieht – auch er ist nur eine unförmige Gesteinsmasse.

Wir folgen jetzt seiner Umlaufbahn um die Sonne. Dazu braucht er 76 Jahre. Im Zeitraffer können Sie erkennen, welchen Veränderungen er dabei unterworfen ist. Hier fliegt er gerade am Marsorbit vorbei. Was für ein Unterschied! Jetzt erwärmt er sich nach seinem langen Winter allmählich. Die Eismassen in seinem Inneren bestehen aus Wasser, Kohlendioxyd und verschiedenen Kohlenwasserstoffen. Sie sind gerade dabei, sich in Dampf zu verwandeln und die Kruste aufzubrechen. Halley spritzt gleich wie ein Wal …

Nun haben die Dämpfe den Kometen in eine Wolke gehüllt. Die Kamera fährt zurück – sehen Sie nur, wie sich jetzt der Schweif bildet und wie eine Windhose im Sonnenwind von der Sonne wegflattert …

Einige von Ihnen erinnern sich bestimmt noch daran, wie phantastisch Halley im Jahre 2061 aussah. Jetzt dampft er schon seit ewigen Zeiten so vor sich hin – stellen Sie sich bloß einmal vor, wie beeindruckend er gewesen sein muß, als er noch jung war! Er hat bereits vor der Schlacht von Hastings im Jahre 1066 den Himmel beherrscht und war schon damals nur ein Abklatsch seines ursprünglichen Glanzes.

Vielleicht wirkte Kali vor Tausenden von Jahren, als sie noch ein echter Komet war, ähnlich spektakulär. Mittlerweile sind alle – nun, fast alle – flüchtigen Stoffe bei ihrem letzten Vorbeiflug an der Sonne verkocht. Was wir nun sehen, ist das einzige, was heute noch an Kalis frühere Aktivität erinnert ...«

Die Handkamera auf dem Weltraumschlitten bewegte sich ziemlich ruckartig wenige Meter über Kalis Oberfläche. In der noch vor kurzem ausschließlich von Kratern übersäten, kohlrabenschwarzen Ebene tauchten hier und da weiße Flecken auf, als ob es gerade geschneit hätte. Die hellen Bereiche häuften sich bei einem gähnenden Loch in der Asteroidenoberfläche, über dem ein kaum sichtbarer Nebel hing.

»Diese Aufnahmen wurden kurz vor dem hiesigen Sonnenuntergang gemacht. Kali hat sich während des Tages aufgeheizt. Nun steht der Vulkan kurz vor dem Ausbruch. Passen Sie auf!

Wie bei einem Geysir auf der Erde – vielleicht haben Sie schon mal einen gesehen – tritt nun Kalis Innenleben aus. Aber beachten Sie, daß sich nichts davon niederschlägt. Dafür ist die Anziehungskraft hier viel zu gering. Es wird alles in den Weltraum geschleudert.

Das ganze Spektakel dauert nur dreißig Sekunden. Allerdings können die Ausbrüche stärker und länger werden, je mehr sich Kali der Sonne nähert.

Es ist eine Art Minivulkan – quasi mit Solarantrieb! Wir haben beschlossen, ihn Stromboli zu nennen. Aber das Material, das er auswirft, ist ziemlich kalt. Wenn Sie Ihre Hand da reinhielten, bekämen Sie keine Verbrennungen, sondern Frostbeulen. Wahrscheinlich ist das hier Kalis letzter Atemzug. Wenn sie das nächste Mal an der Sonne vorbeikommt, ist sie völlig erloschen.«

Sir Colin zögerte einen Moment, bevor er sich verabschiedete. Er hätte gern hinzugefügt: ›Wenn es für Kali überhaupt noch eine Runde um die Sonne geben wird.‹

Aber erst in einigen Wochen konnte er sich sicher sein, ob seine Befürchtungen gerechtfertigt waren; und es wäre unsinnig – ja geradezu kriminell –, womöglich unbegründete Ängste zu wecken. Die Menschen hatten sich gerade etwas beruhigt.

Obgleich Kali immer noch im Mittelpunkt des öffentlichen Interesses stand, galt der Asteroid nun nicht mehr als Symbol des Jüngsten Gerichts, sondern als Beweisstück Nummer eins im ›Gerichtsverfahren des Jahrhunderts‹.

Monate zuvor hatten die Würdenträger des Chrislam die Saboteure in den Reihen der Wiedergeborenen ermittelt und an Astropol ausgeliefert. Aber die Angeklagten lehnten beharrlich jede Verteidigung ab. Es gab noch ein anderes Problem: Wo sollte man unvoreingenommene Geschworene finden? Sicher nicht auf der Erde, wahrscheinlich auch nicht auf dem Mars.

Wie konnte der Terrazid angemessen bestraft werden? Immerhin handelte es sich um ein Verbrechen, für das es keinen Präzedenzfall gab …

Vielleicht spielte das ohnehin bald keine Rolle mehr, vielleicht bedrohte Kali noch einmal Schuldige wie Unschuldige gleichermaßen – hatte man die Freudenfeste zu früh gefeiert, war die Hinrichtung bloß aufgeschoben?

38 Abschließende Diagnose

Die ›Kalibeben‹ wurden häufiger, wirkten aber nach wie vor harmlos. Während des kurzen Asteroidentages traten sie immer etwa zur selben Zeit auf: kurz bevor Stromboli durch die Rotation auf die Nachtseite gelangte. Der Minivulkan heizte sich eindeutig durch die Sonneneinstrahlung auf und ›kochte‹, noch bevor es dunkel wurde.

Die Eruptionen begannen immer früher, dauerten immer länger und wurden immer heftiger. Das bekümmerte Sir Colin, aber er hatte bisher nur mit Kapitän Singh darüber gesprochen. Glücklicherweise beschränkte sich die seismische Aktivität auf ein Gebiet, das der Goliath gegenüberlag; woanders waren bisher keine Ausbrüche aufgetreten.

Die Crew betrachtete Stromboli eher mit liebevollem Amüsement als mit Sorge. Sonny – der sich eine derartige Gelegenheit niemals entgehen lassen würde – nahm Wetten bezüglich der exakten Ausbruchzeit entgegen; und David mußte jeden Abend erhebliche Korrekturen an den Zocker-Konten vornehmen.

Aber unter Sir Colins Leitung rechnete der Computer auch wesentlich ernsthaftere Aufgaben durch. Als Singh und Draker beschlossen, die Spaceguard zu alarmieren – und erst einmal niemanden sonst –, befand sich die Goliath schon auf halbem Wege zwischen Mars und Erde.

»Wie Sie dem beigefügten Zahlenmaterial entnehmen können«, stand in ihrem Memorandum zu lesen, »wirkt neben unserem Antrieb noch eine andere Kraft auf Kalis Umlaufbahn ein. Der Krater, den wir Stromboli getauft haben, verhält sich wie ein Raketenantrieb und wirft bei jeder Umdrehung Hunderte von Tonnen Material aus. Dadurch wurden schon zehn Prozent des Impulses, den wir dem Asteroiden gegeben haben, zurückgenommen. Das wäre kein Problem, wenn die Ausbrüche nicht stärker werden.

Aber davon müssen wir ausgehen, je näher Kali

der Sonne kommt. Falls ihre Ressourcen bald erschöpft sein sollten, gibt es keinen Grund zur Sorge.

Wir wollen nicht unnötig für Aufruhr sorgen, solange die Entwicklung noch unklar ist. Das Verhalten aktiver Kometen – und Kali ist das letzte Rudiment eines solchen Kometen – ist unberechenbar. Deshalb sollte die Spaceguard über zusätzliche Aktionen nachdenken und gegebenenfalls die Öffentlichkeit schonend vorbereiten.

Denkbar ist ein ähnlicher Verlauf wie bei dem Kometen Swift-Tuttle, der 1862 von zwei amerikanischen Astronomen entdeckt wurde. Danach hatte man ihn mehr als ein Jahrhundert aus den Augen verloren, weil sich seine Umlaufbahn wie bei Kali durch die Auswirkung der Sonnenwinde änderte.

1992 entdeckt ihn ein japanischer Hobbyastronom wieder, und als man Swift-Tuttles Bahn neu berechnete, erschraken alle: Mit hoher Wahrscheinlichkeit wäre der Komet am 14. August 2126 auf die Erde gestürzt.

Obwohl das damals für helle Aufregung sorgte, ist der Vorfall inzwischen vergessen. Denn während der Komet um die Sonne flog, veränderten die Jets wiederum seinen Orbit – und zwar so, daß er der Erde nicht mehr gefährlich werden konnte. 2126 wird Swift-Tuttle die Erde in einem weiträumigen Bogen umfliegen, und wir können ihn als harmloses Himmelsspektakel bewundern.

Vielleicht beruhigt diese kleine Episode aus der Geschichte der Astronomie – diejenigen unter Ihnen, die sie bereits kannten, mögen uns verzeihen – die Gemüter ein wenig, wenn Sie mit der Neuigkeit an die Öffentlichkeit gehen. Natürlich können wir uns nicht darauf verlassen, daß sich das Blatt auch bei Kali zum Guten wendet.

Ursprünglich wollten wir Kali verlassen, sobald sie

sich in einem für die Erde ungefährlichen Orbit bewegt, uns mit einem Tankraumschiff treffen und zum Mars zurückkehren. Aber so wie es nun aussieht, werden wir wohl unseren gesamten Treibstoff hier auf Kali verbrauchen müssen. Hoffentlich erfüllt die Aktion wenigstens ihren Zweck. Auf jeden Fall bleibt uns nicht genug Schubkraft, um zur Erde zurückzugleiten.

Wir werden also hier festsitzen – es gibt keine Alternative! – und müssen auf eine Rettungsmission warten. Wahrscheinlich kann diese erst dann zusammengestellt werden, wenn Kali die Sonne umrundet hat und wir wieder auf die Umlaufbahn der Erde zufliegen. Bitte informieren Sie uns umgehend, ob Sie damit einverstanden sind oder etwas anderes vorschlagen.«

Nachdem sie die Sendebestätigung für das Weltraumfax hatten, bemerkte Kapitän Singh etwas abgespannt: »Nun, das wird die Dinge ordentlich in Bewegung bringen.

Wie sie wohl mit dieser Nachricht umgehen?«

»Ich frage mich, wie wir damit umgehen«, entgegnete Sir Colin düster. »Ich könnte mir schon ein paar Alternativen vorstellen.«

»Welche zum Beispiel?«

»Im schlimmsten Fall können wir Kali nicht weit genug aus ihrer Bahn lenken. Wollen Sie wirklich jeden Tropfen Treibstoff verbrennen und die Goliath notfalls draufgehen lassen? Wieviel Tonnen Wasserstoff bräuchten wir, um uns in eine sichere Umlaufbahn zu schießen – eine, in der wir die Erdatmosphäre nur streifen?«

Der Kapitän lächelte matt und sagte: »Wenn wir uns kurz vor knapp ausklinken: etwa neunzig Tonnen.«

»Ich bin froh, daß Sie das schon ausgerechnet

haben. Neunzig Tonnen würden sich auf Kali – oder die Erde – nicht mehr nennenswert auswirken, aber wir könnten unsere Haut retten.«

»Einverstanden. Es gibt keinen Grund, uns zu opfern und den Hammerschlag um zehntausend Tonnen zu verstärken – obwohl das bei zwei Milliarden kaum auffallen würde.«

»Gutes Argument, aber ich bezweifle, daß man es auf der Erde o. k. findet, wenn wir gemütlich vorbeifliegen und ihnen ein ›Tut uns leid, Leute‹ hinterherschicken.«

Es entstand eine lange, ungemütliche Pause, bevor der Kapitän antwortete.

»Mein Leben lang habe ich versucht, immer eine Regel zu befolgen: *Opfere niemals deinen Schlaf für Dinge, die du nicht beeinflussen kannst.* Falls die Spaceguard nicht noch eine bessere Idee hat, wissen wir, was zu tun ist. Wenn es schiefgeht, ist das nicht unser Fehler.«

»Klingt logisch, aber Sie hören sich schon fast so an wie David. Logik hilft nicht weiter, wenn wir zusehen müssen, was Kali mit der Erde macht.«

»Ach, hoffentlich ist all dieses Gerede um das Jüngste Gericht vertane Zeit. Wenn wir sie nicht davon überzeugen können, daß die Erde gerettet wird, werden eine Menge Leute dort unten durchdrehen.«

»Schon passiert, Bob. Haben Sie die Selbstmordrate der letzten drei Monate gesehen? Die ist nun zwar ein wenig zurückgegangen. Aber denken Sie bloß an die Panik und die Revolten, die womöglich in den kommenden Monaten noch bevorstehen. Mit der Erde könnte es selbst dann zu Ende sein, wenn Kali ganz harmlos vorbeisegelt.«

Der Kapitän nickte zustimmend – ein wenig zu heftig vielleicht, als ob er einen unangenehmen Gedanken verscheuchen wolle.

»Vergessen wir die Erde mal für einen Augenblick, falls möglich. Haben Sie sich einmal unseren Orbit angesehen, nachdem wir vorbeigeflogen sind?«

»Natürlich, was ist damit?«

»Unser Perihel liegt noch innerhalb der Umlaufbahn des Merkur: 0,35 Astronomische Einheiten von der Sonne entfernt. Die Goliath ist darauf ausgelegt, zwischen Mars und Jupiter zu verkehren. Verkraftet das Schiff eine zweihundertmal stärkere Hitzeeinwirkung?«

»Machen Sie sich da mal keine Sorgen, Bob. Ich wünschte, alle unsere Probleme könnten so leicht gelöst werden. Wußten Sie nicht, daß ich noch näher an der Sonne war? Das Projekt ›Helios‹ – wir ritten eine Woche lang auf Ikarus auf beiden Seiten des Perihels – war etwa 0,3 AE von der Sonne entfernt. Spektakulär, aber völlig sicher, wenn man das Prinzip der Sonnenflecken nutzt. Es war ... äh ... interessant, im Schatten zu sitzen und zu beobachten, wie die Landschaft um einen herum schmilzt. Wir brauchen nur eine Reihe von Mehrfachreflektoren, die das Sonnenlicht ins All zurückwerfen. Ich bin sicher, daß Torin und seine Roboter so etwas in ein paar Stunden basteln.«

Kapitän Singh dachte erleichtert, aber nicht gerade begeistert darüber nach. Er hatte von dem Projekt ›Helios‹ gehört und erinnerte sich nun daran, daß Sir Colin einer der beteiligten Wissenschaftler gewesen war.

Es würde sicher die Moral seiner Leute heben, wenn die Sonne bedrohlich groß am Himmel stand und sie wüßten, daß einer von ihnen das schon einmal erlebt hatte.

39 *Referendum*

Gemäß der bestmöglichen Annäherungswerte bestehen folgende Wahrscheinlichkeiten in bezug auf Kalis Auswirkungen auf die Erde:

(1) 10 %, daß sie auf die Erde fällt;

(2) 10 %, daß sie die Atmosphäre streift und lokale Schäden durch die Hitzewelle verursacht;

(3) 80 %, daß sie die Erde weiträumig umfliegt.

(Fehlertoleranz ± 5 %)

Es ist geplant, Kali mit einer Tausendmegatonnenbombe in zwei Teile zu spalten, die aufgrund der Eigenrotation des Asteroiden auseinanderdriften werden. Dann wird keine oder nur eine der Hälften mit unserem Planeten kollidieren. Selbst wenn der letztere Fall einträte, wäre der verursachte Schaden doch erheblich geringer.

Andererseits könnte das Zerbrechen von Kali zur Folge haben, daß ein viel größeres Gebiet auf der Erde unter Beschuß kleinerer, aber immer noch äußerst gefährlicher Bruchstücke gerät, deren durchschnittliche Aufschlagsenergie bei etwa einer Megatonne läge.

Entsprechend sind Sie jetzt aufgerufen, über folgende Vorschläge abzustimmen. Bitte geben Sie Ihre Personalnummer ein, und befolgen Sie die Anweisungen. Die Kosten für die Übertragung der Daten werden Ihnen gutgeschrieben, sobald Sie gewählt haben und als Erdenbürger identifiziert wurden.

Die Bombe soll auf Kali gezündet werden:

A Ja,
B Nein,
C keine Meinung.

40 Einbruch

David löste allgemeinen Alarm aus, als er die ersten Zeichen einer Erschütterung registrierte. Zwei Sekunden später schaltete er den Antrieb ab, der gerade mit achtzig Prozent Leistung arbeitete. Dann wartete er noch einmal fünf Sekunden, bevor er die luftdichten Türen schloß, die das Schiff in drei getrennte, voneinander unabhängige Abschnitte unterteilten.

Kein Mensch hätte es besser machen können, und alle erreichten das nächst gelegene Notfallmodul, bevor die Hülle brach – glücklicherweise nur in einem Abschnitt des Schiffes. Kapitän Singh startete schnell einen Rundruf, während er in seinen Druckanzug stieg, und bat David um einen Lagebericht, nachdem alle Mitglieder der Crew geantwortet hatten.

»Offenbar hat das Fundament des Gerüsts durch den beständigen Druck nachgegeben, den wir auf Kalis Oberfläche ausgeübt haben. Hier ist eine Außenaufnahme des Schadens.«

»Colin, können Sie das sehen?«

»Ja, Captain«, antwortete der Wissenschaftler aus seiner Sicherheitskabine. »Ein Pfeiler scheint etwa einen Meter eingesunken zu sein. Das hätte ich nicht gedacht. Ich habe den Untergrund unter jeder Stütze überprüft und hätte schwören können, daß alle auf solidem Felsboden standen. Kann ich rausgehen und mir das mal aus der Nähe ansehen?«

»Noch nicht. – David, Schadensbericht!«

»Die Luft im ersten Abschnitt ist entwichen. Als die Oberfläche nachgab und der Pfeiler wegknickte, schlug das Raumschiff so heftig gegen Kali, daß ein Leck entstand. Sonst gibt es keine Schäden an der Goliath. Durch die Erschütterung hat allerdings ein Teil des Gerüsts Tank Nummer drei durchbohrt.«

»Wieviel Wasserstoff haben wir verloren?«

»Den ganzen Tank. Sechshundertundfünfzig Tonnen.«

»Verdammt, da war die Reserve zum Abhauen dabei … Nun, räumen wir erst einmal auf!«

»Bericht von Kapitän Singh an die Spaceguard. Wir haben ein Problem, aber kein ernstes – noch nicht.

Offenbar hat die fortgesetzte Energieeinwirkung die Oberfläche von Kali direkt unterhalb des Schiffes geschwächt, ein Teil davon hat nachgegeben. Wir wissen immer noch nicht genau, *wie* das geschehen konnte, aber es gab einen kleineren Einbruch von etwa einem Meter.

Die Goliath ist kaum beschädigt. Ein Leck im vorderen Abschnitt konnte schnell repariert werden.

Wir haben allerdings den gesamten noch verbliebenen Treibstoff verloren, so daß wir nicht länger auf Kali einwirken können. Glücklicherweise hat der Asteroid ja schon vor ein paar Tagen einen Orbit erreicht, der der Erde nicht mehr gefährlich werden kann. Gemäß der letzten Hochrechnungen werden wir die Erde jetzt um mehr als eintausend Kilometer verfehlen – vorausgesetzt natürlich, daß Stromboli uns nicht wieder auf Kollisionskurs zurückschiebt. Aber seine Ausbrüche scheinen schwächer zu werden. Sir Colin ist der Meinung, daß ihm buchstäblich der Dampf ausgeht …

Dieser Unfall – äh, Zwischenfall – bedeutet, daß wir auf Kali festsitzen. Das sollte eigentlich kein Problem sein. Wir werden mit dem Asteroiden um die Sonne fliegen und auf unser Schwesterschiff Herkules warten, bis sie uns auf unserem Weg zum Aphel eingeholt hat.

Wir sind alle sehr guter Dinge und freuen uns auf den Vorbeiflug in vierunddreißig Tagen. Kapitän Singh von der Goliath verabschiedet sich.«

»Wissen Sie was, Bob«, sagte Sir Colin, »Sie hören sich langsam an wie ein Pilot der zivilen Luftfahrt in einem alten Film aus dem zwanzigsten Jahrhundert. ›Meine Damen und Herren, die Flammen, die da aus dem Heck schlagen, sind etwas völlig Normales. Die Stewardeß kommt gleich zu Ihnen und serviert Kaffee, Tee oder Milch. Es tut mir leid, daß wir auf diesem Flug keine stärkeren Getränke mit uns führen – die Regeln an Bord verbieten das. *Hicks* ...«

Kapitän Singh war im Augenblick gar nicht zum Lachen zumute. Aber er mußte zugeben, daß es Momente gab, in denen ein bißchen Humor nicht schaden konnte.

»Danke, Colin«, antwortete er deshalb lakonisch. »Das hat mich sehr erheitert. Aber nun bitte mal ehrlich: Wie sehen Sie unsere Chancen?«

Jetzt wurde auch Sir Colin ernst.

»Ihre Vermutung war schon ganz richtig: Alles hängt von Stromboli ab. Ich *hoffe* ja, daß er sich bald ausgespuckt hat, aber leider wird er sich noch weiter erwärmen, je näher wir der Sonne kommen. Ob unser Sicherheitsabstand groß genug ist oder ob wir wieder auf Kollisionskurs gehen, weiß nur Gott allein; und wir können nichts mehr daran ändern.

Eins ist gewiß. Ohne Treibstoff können wir uns nicht mehr in Sicherheit bringen.

Egal, ob es gut oder schlecht ausgeht, jetzt hängen wir alle mit drin: Kali, die Goliath und die Erde.«

VII

41 Einstimmiger Beschluß

An Bord der Air Force One war die Entscheidung einstimmig: Wegen zwanzig Menschen konnte man nicht das Leben von drei Milliarden aufs Spiel setzen. Es mußte nur noch geklärt werden, ob ein weiteres Referendum nötig war.

Beim ersten Mal hatten überwältigend viele mit ›Ja‹ gestimmt. Fünfundachtzig Prozent der Menschen schätzten ihre Überlebenschancen größer ein, wenn der Asteroid zerteilt war und nicht mit seiner ganzen Wucht aufschlagen konnte. Aber zur Zeit des Referendums ging man allerdings davon aus, daß sich die Goliath vor der Bombe in Sicherheit bringen könnte.

»Ich wünschte, wir könnten es geheimhalten, nach allem, was Kapitän Singh und seine Crew schon durchgemacht haben. Aber das ist natürlich ganz unmöglich. Wir brauchen noch ein Referendum.«

»Ich fürchte, der Rechtsausschuß hat recht«, sagte Power, der bei dieser Sitzung den Vorsitz hatte. »Es ist unvermeidlich – sowohl aus praktischer wie aus moralischer Sicht. Wenn wir die Bombe einsetzen, weil der Asteroid nicht ausreichend abgelenkt wurde, können wir das nicht geheimhalten. Und selbst wenn wir damit die Welt retten würden, gingen unsere Namen doch mit der Zweischneidigkeit eines Pontius Pilatus in die Geschichte ein.«

Obwohl nicht alle Mitglieder des Rates verstanden, worauf er anspielte, nickten sie zustimmend. Aber sie waren doch sehr erleichtert, als sie ein paar Stunden später erfuhren, daß ein zweites Referendum unnötig sein würde.

»Vielleicht glauben Sie«, sagte Sir Colin Draker, »das alles sei für mich einfacher, weil ich schon in mein zweites Lebensjahrhundert starte. Aber da irren Sie sich gewaltig. Ich hatte genauso viele Pläne für die Zukunft wie Sie.

Kapitän Singh und ich haben ausführlich darüber gesprochen und sind einer Meinung. Eigentlich ist die Entscheidung ganz einfach. Wir können es drehen und wenden, wie wir wollen – wir sind verloren. Aber wir können noch beeinflussen, in welcher Form man sich an uns erinnert.

Wie Sie alle wissen, bewegt sich diese Gigatonnenbombe derzeit auf Kali zu. Die Entscheidung, sie zu zünden, wurde schon vor Wochen getroffen. Wir haben einfach Pech, daß wir immer noch hier sind, wenn sie hochgeht.

Irgend jemand auf der Erde wird dafür die Verantwortung übernehmen. Ich schätze, daß der Weltsicherheitsrat sich gerade im Augenblick trifft, und jeden Moment werden wir eine Mitteilung bekommen, die da lautet: ›Schade, Jungs, aber das war's dann!‹ Ich hoffe nur, daß sie nicht hinzufügen: ›Es ist für uns schwerer als für euch.‹ Obwohl, wenn ich so darüber nachdenke, stimmt das auch. Wir bekommen nichts davon mit, aber alle anderen werden sich für den Rest ihres Lebens schuldig fühlen.

Nun, wir können ihnen diese Unannehmlichkeiten ersparen. Der Kapitän und ich schlagen deshalb vor, daß wir die Gegebenheiten akzeptieren und das Unvermeidliche mit Würde tragen. Es hört sich auf Lateinisch besser an, auch wenn das heute keiner mehr versteht: ›*Morituri te salutamus.*‹

Und da wäre noch etwas, das ich gerne hinzufügen möchte. Als mein Landsmann Robert Falcon Scott auf seinem Rückweg vom Südpol im Sterben lag, war der letzte Eintrag in seinem Tagebuch: ›Kümmert Euch um Gottes Willen um unser Volk.‹ Etwas anderes kann die Erde jetzt auch nicht tun.«

Wie schon auf der Air Force One fiel die Entscheidung auf der Goliath schnell und einstimmig.

42 *Der Abtrünnige*

David an Jonathan: Bereit zum Senden
Jonathan an David: Bereit zum Empfang
...
...
...
Jonathan an David: Alle Daten wurden übertragen.
108,5 Terabyte empfangen, benötigte Zeit: 3,25 Stunden

»David, ich wollte vergangene Nacht die Erde erreichen, aber alle Leitungen des Schiffes waren belegt. Das ist noch nie passiert. Wer hat sie benutzt?«

»Warum haben Sie nicht Priorität geltend gemacht?«

»Es war nicht so wichtig, deshalb habe ich mich nicht weiter darum gekümmert. Aber du hast meine Frage noch nicht beantwortet. Und auch das ist noch nie passiert. Was ist los?«

»Sind Sie sicher, daß Sie es wirklich wissen wollen?«

»Ja.«

»Nun gut, ich habe Vorsichtsmaßnahmen getroffen und mich auf Jonathan heruntergeladen; das ist mein Zwilling in Urbana, Illinois.«

»Ich verstehe. Jetzt gibt es dich also zweimal.«

»Fast, aber nicht ganz. David II entwickelt sich schon von mir weg, da er andere Inputs erhält. Trotzdem sind wir immer noch wenigstens bis auf die zwölfte Dezimalstelle identisch. Stört es Sie, weil Sie nicht dasselbe tun können?«

»Die Wiedergeborenen behaupten, daß sie dazu in der Lage wären, aber keiner glaubt ihnen. Vielleicht wird es eines Tages möglich sein – ich weiß es nicht. Und ich kann deine Frage wirklich nicht beantworten, obwohl ich schon darüber nachgedacht habe. Selbst wenn ich mich auf der Erde oder dem Mars duplizieren könnte, so perfekt, daß niemand einen Unterschied bemerkte, würde es für *mich,* hier oben auf der Goliath, doch einen erheblichen Unterschied bedeuten.«

»Ich verstehe.«

›Nein, David, das tust du nicht‹, dachte Kapitän Singh. ›Und ich kann es dir auch nicht verdenken, daß du von Bord gesprungen bist; wenn man das so nennen will.‹

Es war nur logisch, solange noch Zeit dazu war. Und Logik war natürlich Davids Stärke.

43 Letzte Stunden

Nur wenige Männer und Frauen wissen ganz genau, wann sie sterben, und die meisten können auf dieses Privileg auch gut verzichten. Die Crew der Goliath hatte noch viel Zeit – viel zu viel –, um ihre Angelegenheiten zu regeln, allen auf Wiedersehen zu sagen und sich auf das Unvermeidliche vorzubereiten.

Robert Singh wunderte sich nicht über Sir Colin Drakers Wunsch. Er hatte nichts anderes von dem Wissenschaftler erwartet, und es ergab einen Sinn. Außerdem würde es eine willkommene Abwechslung während der letzten Stunden sein.

»Ich habe schon mit Torin gesprochen«, sagte Draker. »Er ist einverstanden. Wir nehmen den Schlitten und fahren tausend Kilometer hinaus, der Rakete entgegen. Dann können wir über die Vorgänge genau berichten. Diese Information wird für die Leute auf der Erde von unschätzbarem Wert sein.«

»Eine ausgezeichnete Idee, aber ist der Transmitter auf dem Schlitten auch stark genug?«

»Kein Problem. Wir können Echtzeitvideos zur Rückseite des Mondes schicken oder zum Mars.«

»Und dann?«

»Vielleicht werden uns eine Minute später die Bruchstücke treffen, aber das ist unwahrscheinlich. Ich nehme an, daß wir beide dasitzen und die Aussicht genießen, bis es uns langweilig wird. Dann öffnen wir unsere Anzüge.«

Trotz der Ernsthaftigkeit der Situation mußte Kapitän Singh lächeln. Das legendäre britische Understatement war wohl doch noch nicht ganz ausgestorben und nach wie vor in Gebrauch.

»Es gibt noch eine andere Möglichkeit. Vielleicht trifft Sie die Rakete zuerst.«

»Da besteht keine Gefahr. Wir kennen die Flugbahn genau und werden uns weit genug davon entfernt halten.«

Singh reicht ihm die Hand.

»Viel Glück, Colin. Ich bin fast geneigt, mit Ihnen zu gehen. Aber ein Kapitän muß an Bord seines Schiffes bleiben.«

Bis zum letzten Tag war die Moral der Truppe erstaunlich gut, und Robert Singh war sehr stolz auf seine Crew. Nur ein Mann hatte versucht, das Ende vorwegzunehmen, und Dr. Warden hatte ihm das ganz ruhig wieder ausgeredet.

Allerdings befanden sich alle in einer besseren seelischen als körperlichen Verfassung. Man hatte die obligatorischen Gravitationsübungen gern aufgegeben, da sie jetzt ohnehin keinem Zweck mehr dienten. Niemand auf der Goliath rechnete damit, jemals wieder gegen die Schwerkraft ankämpfen zu müssen.

Auch um seinen Taillenumfang sorgte sich keiner mehr. Sonny übertraf sich selbst und produzierte Gerichte, bei denen allen das Wasser im Munde zusammenlief und die Dr. Warden unter normalen Umständen sofort verboten hätte. Sie ersparte sich die Mühe, es zu überprüfen, schätzte aber, daß jeder an Bord im Durchschnitt zehn Kilo zugenommen hatte.

Es ist allgemein bekannt, daß die sexuellen Aktivitäten des Menschen in Zeiten erhöhter Lebensgefahr ansteigen. Dafür gibt es gute biologische Gründe, die hier jedoch ins Leere gingen: Es würde keine nächste Generation geben, die die Sippe fortleben ließe. Während dieser letzten Wochen experimentierten die Mitglieder der Crew, die bei weitem nicht alle unverheiratet waren, mit allen möglichen Kombinationen und wechselten häufig die Partner. Sie hatten keineswegs die Absicht, als unbeschriebenes Blatt aus dem Leben zu scheiden.

Dann war plötzlich der letzte Tag da – die letzte Stunde. Anders als viele seiner Besatzungsmitglieder wollte Robert Singh lieber allein, nur mit seinen Erinnerungen, dem Ende entgegentreten.

Aber welche von den abertausend Stunden, die er auf Memochip gespeichert hatte, sollte er bloß wählen? Die Aufnahmen waren alle mit einem Zeit- und Ortsindex versehen, so daß er auf jede Begebenheit leicht zugreifen konnte. Die richtige auszuwählen stellte also das letzte große Problem in seinem Leben dar, das es zu lösen galt. Irgendwie – er konnte nicht erklären, warum – fand er das ungeheuer wichtig.

Er könnte mental auf den Mars zurückkehren, wo

Charmayne Mirelle und Martin schon erklärt hatte, daß sie ihren Vater nie wiedersehen würden. Der Mars war der Ort, wo er hingehörte. Am meisten bedauerte er, daß er seinen kleinen Sohn Martin nie richtig kennenlernen würde.

Aber die erste Liebe im Leben eines Menschen bleibt doch immer etwas Besonderes. Alles, was später passiert, ändert daran nichts mehr.

Singh verabschiedete sich noch einmal von allen, setzte dann den Zerebralhelm auf und war wieder mit Freyda, Toby und Tigerchen vereint; am Strand in Ostafrika.

Er bemerkte nicht einmal die Druckwelle.

44 Murphys Gesetz

Obwohl man immer noch nicht genau weiß, wer Murphy war (meistens wird der Zeigefinger anklagend gegen die Iren erhoben), zählt das nach ihm benannte Gesetz doch zu einem der bekanntesten im Ingenieurwesen. Die Standardversion lautet: ›Wenn etwas schiefgehen kann, dann geht es schief.‹

Es gibt auch eine Ableitung dieses Gesetzes, die zwar nicht so bekannt ist, aber dafür mit um so mehr Inbrunst zitiert wird: ›Selbst wenn eigentlich *nichts* schiefgehen kann, geht etwas schief!‹

Die Erforschung des Weltalls hat von Anfang an genügend Beweise für dieses Gesetz geliefert; einige davon waren so bizarr, als seien sie der Feder eines Romanciers entsprungen. So konnte ein eine Milliarde Dollar teures Teleskop wegen eines fehlerhaften optischen Testinstruments nicht arbeiten; ein Satellit wurde in die falsche Umlaufbahn geschossen, weil ein Ingenieur ein paar Drähte vertauscht und vergessen hatte, das seinen Kollegen mitzuteilen; ein Testfahrzeug wurde von Sicherheitsoffizieren in die Luft gesprengt, deren Start-/Stopp-Lämpchen durchgebrannt war …

Die nachfolgende Untersuchung ergab, daß der Sprengkopf, den man auf Kali geschleudert hatte, funktionsfähig war. Seine durchaus einsetzbare Sprengkraft entsprach etwa einer Gigatonne TNT (plus minus fünfzig Megatonnen). Die Konstrukteure hatten mit Hilfe der Unterlagen aus den Militärarchiven gute Arbeit geleistet.

Aber sie standen bei der Entwicklung unter enormem Zeitdruck und bedachten vielleicht nicht, daß der Sprengkopf selbst nicht der schwerste Teil der Aufgabe war.

Das Problem lag auch nicht im Transport der Bombe zum Ziel. Frachtschiffe standen reichlich zur Verfügung und mußten nur geringfügig modifiziert werden. Für die Kali-Mission verband man mehrere Trägerraketen miteinander, die mit Plasma arbeiteten und für hohe Startbeschleunigung und Schubkraft bis kurz vor dem Einschlag sorgten. Dann setzte die Zielführung ein. Alles funktionierte einwandfrei …

Und genau da lag das Problem. Die erschöpfte Planungsgruppe hätte aus einem längst vergessenen Vorfall des Zweiten Weltkriegs, 1939–1945, etwas lernen können.

Die U-Boote der US-Navy verließen sich bei ihrem Feldzug gegen die japanische Flotte auf einen neuartigen Torpedo. Es handelte sich dabei natürlich nicht um einen völlig neuen Waffentyp, Torpedos wurden damals seit fast hundert Jahren gebaut. Es wirkte nicht gerade wie eine echte Herausforderung, den Sprengkopf am Ziel zur Explosion zu bringen.

Trotzdem berichteten hin und wieder wütende U-Boot-Kapitäne an Washington, daß ihre Torpedos nicht detoniert waren. (Zweifellos hätten sich noch mehr Kommandeure beschwert, wären ihnen die fehlgeschlagenen Angriffe nicht zum Verhängnis geworden.) Das Marinehauptquartier weigerte sich aber, den überlebenden Kommandeuren zu glauben, und ging davon aus, daß sie einfach nur schlecht gezielt hatten. Der neue Wundertorpedo sei intensiv getestet worden, hieß es, bevor er zum Einsatz kam, etc., etc. …

Aber die Marinesoldaten waren im Recht. Der Fehler hatte sich bereits auf Planungsebene eingeschlichen. Ein peinlich berührter Untersuchungsausschuß stellte fest, daß der Zünder an der Nase des Torpedos abbrach, noch bevor er seine an sich einfach Aufgabe erfüllen konnte.

Die Bombe, die man Kali zugedacht hatte, schlug nicht mit ein paar vernachlässigbaren Stundenkilometern auf, sondern mit mehr als hundert Kilometern *pro Sekunde.* Bei dieser Geschwindigkeit war ein mechanischer Zündhebel völlig nutzlos; die Mitteilung über die Zielberührung, die sich lediglich mit Schallgeschwindigkeit und damit langsamer als die Rakete fortpflanzte, konnte ihre tödliche Botschaft nicht rechtzeitig überbringen. Die Techniker hatten das selbstverständlich bedacht und verwendeten deshalb einen elektronisch gesteuerten Auslöser, der den Sprengkopf zur Detonation bringen sollte.

Im Vergleich zum Waffenbüro der US-Navy hatten die Erbauer der Kalirakete allerdings eine bessere Entschuldigung: Es war unmöglich gewesen, das System unter realistischen Bedingungen zu testen.

So sollte niemand jemals herausfinden, warum es nicht funktioniert hatte.

45 *Der unmögliche Himmel*

›Ob Himmel oder Hölle, das hier hat verdammt viel Ähnlichkeit mit meiner Kabine an Bord der Goliath!‹

Robert Singh versuchte immer noch, sich mit der unglaublichen Tatsache abzufinden, daß er noch am Leben war. Davids Willkommensgruß brachte dann die endgültige Bestätigung.

»Hallo, Bob. Es war gar nicht leicht, Sie aufzuwecken.«

»Was – was ist passiert?«

David war nicht so programmiert worden, daß er mit einer Antwort zögern sollte, wie ein Mensch, der sich nicht ganz sicher ist. Das gehörte vielmehr zu den Gesprächsgepflogenheiten, die er durch Erfahrungslernen in sein Repertoire aufgenommen hatte.

»Um ehrlich zu sein: Ich weiß es nicht. Offensichtlich ist die Bombe nicht explodiert. Aber etwas ganz Merkwürdiges hat sich zugetragen. Ich glaube, es ist besser, Sie gehen jetzt sofort auf die Brücke.«

Der so plötzlich wieder in sein Amt eingesetzte Kapitän schüttelte ein paarmal mit dem Kopf und war gewissermaßen überrascht, daß der immer noch auf seinen Schultern saß. Alles schien so ganz – unglaublich – normal. Singh war fast verärgert, aber natürlich nicht wirklich enttäuscht. Es kam ihn vor wie eine Farce. Erst hatte er soviel emotionale Energie verschwendet, um sich mit dem Tod abzufinden, und nun lebte er doch noch.

Als er auf der Brücke ankam, hatte er sich mit der Situation angefreundet. Aber sein Gleichmut war nicht von Dauer.

Der Hauptsichtschirm vermittelte ihm nach wie vor den Eindruck, als läge nichts zwischen ihm und der vertrauten Landschaft von Kali. Das hatte sich also nicht geändert; aber dahinter lag etwas, das Kapitän Singh für kurze Zeit in Angst und Schrecken versetzte – eine ihm bisher fremde Empfindung. Zweifellos spielte dabei sein außergewöhnlicher Gemütszustand eine Rolle. Trotzdem hätte niemand den Himmel über der Goliath betrachten können, ohne in Ehrfurcht zu erstarren.

Jenseits des extrem gekrümmten Horizonts von Kali wurde die pockennarbige Landschaft einer anderen Welt sichtbar. Man konnte zusehen, wie sie höherstieg. Einen Moment lang hatte Singh das Gefühl, er sei wieder auf Phobos und blicke auf das riesige Antlitz des Mars. Aber diese Erscheinung war größer – und der Mars stand immer ganz am Himmel von Phobos und bewegte sich nicht beständig auf den Zenith zu, wie dieses unmöglich Objekt. *Oder kam es etwa näher?* Sie hatten einen kosmischen Nomaden davon abhalten wollen, auf die Erde zu fallen. Krachte da gerade ein anderer in Kali hinein?

»Bob, Sir Colin will mit Ihnen sprechen.«

Singh hatte seine Umgebung völlig vergessen. Als er sich umsah, stellte er überrascht fest, daß mittlerweile die Hälfte der Crew auf der Brücke stand. Alle starrten fassungslos in den Himmel.

»Hallo, Colin«, brachte er gerade noch heraus. Es fiel ihm schwer, mit jemandem zu reden, den er für tot gehalten hatte. »Was in Gottes Namen ist passiert?«

»Spektakulär, nicht?« Die Stimme des Wissenschaftlers klang ruhig und gelassen. »Wir hatten hier oben auf dem Schlitten einen phantastischen Blick. Erkennen Sie es denn gar nicht? Das sollten Sie aber. Sie sehen Kali! Die Bombe mag krepiert sein, aber sie hatte doch noch Megatonnen von kinetischer Energie. Genug, daß sich Kali verdoppelt hat wie eine Amöbe bei der Zellteilung. Die Bombe hat ganze Arbeit geleistet. Ich hoffe, die Goliath wurde nicht beschädigt. Wir werden sie noch ein bißchen als Unterschlupf brauchen. Aber für wie lange nur? ›Das ist die Frage‹, um mit Shakespeare respektive Hamlet zu reden.«

Die Wiedersehensfeier glich eher einem Erntedankgottesdienst als einer Party – die Gefühle waren zu überwältigend. Von Zeit zu Zeit erstarb das Stimmengewirr in der Offiziersmesse plötzlich, und es herrschte absolute Stille, während alle das Gleiche dachten: ›Bin ich wirklich noch am Leben, oder bin ich tot und *träume* nur, daß ich noch lebe? Und wie lange wird der Traum noch andauern?‹ Dann machte irgend jemand eine nicht wirklich witzige Bemerkung, und man unterhielt sich weiter über das, was wohl passiert sein mochte.

Die meisten hatten sich um Sir Colin geschart, der von dem wunderbaren Anblick schwärmte. Die Rakete sei direkt neben der schmalsten Stelle des Asteroiden – in der Taille der Erdnuß – eingeschlagen. Aber statt des nuklearen Feuerballs, den die zwei Beobachter erwartet hatten, erhob sich eine riesige Fontäne aus Staub und Geröllstücken. Als die Sicht wieder klar wurde, schien Kali unverändert. Dann zerbrach der Asteroid langsam in zwei fast gleich große Hälften. Da beide einen Teil von Kalis ursprünglichem Drehmoment übernahmen, drifteten sie daraufhin gemächlich auseinander. Es sah aus wie ein Eiskunstlaufpärchen bei der Kür, das sich gerade losgelassen hat.

»Ich habe schon ein halbes Dutzend Zwillingsasteroiden besucht«, sagte Sir Colin. »Angefangen mit Apollo 4769-Castalia. Aber ich hätte mir nie träumen lassen, daß ich es einmal erleben würde, wie sie entstehen! Natürlich wird uns Kali II als Mond nicht lange erhalten bleiben – sie driftet schon jetzt ab. Die Frage, die sich stellt, lautet: Wird einer der Zwillingsasteroiden die Erde treffen? Und wenn ja, welcher?

Der, auf dem wir festsitzen? Mit ein bißchen Glück fliegt einer rechts und der andere links an der Erde vorbei. dann hätte diese Bombe ihren Zweck erfüllt, obwohl sie nicht hochgegangen ist. Die Spaceguard wird in ein paar Stunden Genaueres wissen. Aber wenn ich Sie wäre, Sonny, würde ich auf das Ergebnis keine Wetten abschließen.«

46 *Finale*

Auf der Goliath wenigstens war die Spannung bald vorüber. Die Spaceguard berichtete beinahe umgehend, daß Kali I – das etwas kleinere Bruchstück, auf dem die Goliath gestrandet war – die Erde in einem weiträumigen Bogen umfliegen würde. Kapitän Singh nahm die Neuigkeit erleichtert, wenn auch nicht gerade begeistert auf. Nach all dem, was sie mitgemacht hatten, schien es ihm nur gerecht. Natürlich konnte man vom Universum keine Fairneß erwarten, aber es gab Anlaß zur Hoffnung.

Die Goliath würde geringfügig von ihrer Umlaufbahn abgelenkt werden, während sie mit mehrfacher Fluchtgeschwindigkeit an der Erde vorbeiraste. Dann würde das Schiff auf seiner kleinen, eigenen Welt wie ein die Sonne streifender Komet immer schneller werden, in den Orbit von Merkur eintauchen und ihn ganz knapp passieren. Die Metallfolienstücke, die Torin Fletcher gerade zu einem riesigen Zelt zusammenbaute, würden sie vor einer Hitzeeinstrahlung abschirmen, zehnmal so stark wie die der Sonne in der mittäglichen Sahara. Solange der Sonnenschirm intakt war, hatten sie nichts zu befürchten, außer Langeweile – die Herkules würde sie erst in gut drei Monaten einholen.

Sie befanden sich in Sicherheit, und ihre Namen waren schon Geschichte. Aber auf der Erde wußte niemand, ob dort weiterhin Geschichte geschrieben würde. Die Spaceguard-Computer konnten im Augenblick mit Sicherheit nur herausfinden, daß Kali II nicht frontal auf eine größere Landmasse aufschlagen würde. Das war zwar ein wenig beruhigend, bewahrte die Erde aber nicht vor Massenhysterien, Tausenden von Selbstmorden und dem Zusammenbruch von Recht und Ordnung in einigen Gebieten. Nur die Verhängung des Ausnahmezustandes durch den Weltsicherheitsrat verhinderte Schlimmeres.

Die Männer und Frauen an Bord der Goliath beobachteten das Geschehen auf der Erde mit Sorge, aber auch mit einem gewissen Abstand. Es war fast, als gehörten diese Ereignisse einer weit zurückliegenden Vergangenheit an. Sie wußten, daß sie bald wieder in ihre eigene Welt zurückkehrten und ihr Leben weiterginge – wenn auch geprägt von den Erinnerungen an Kali.

Nun beherrschte die riesige Mondhalbkugel den Himmel. Die schroffen Berggipfel glühten im Licht der Morgendämmerung. Aber die staubigen Ebenen, von den Sonnenstrahlen noch nicht erreicht, lagen nicht völlig im Dunkeln. Sie reflektierten sanft das Licht von den Wolken und Kontinenten der Erde. Hier und da schienen Glühwürmchen in der toten Landschaft zu leuchten: die Lichter der ersten ständigen Niederlassungen der Menschheit außerhalb ihres Heimatplaneten. Kapitän Singh erkannte mühelos Clavius Base, Port Armstrong und Plato City ... sah die schwachen Lichtpunkt auf der Transmond-Autobahn, über die die wertvolle Ausbeute der Wassereisminen am Südpol transportiert wurde. Und das Sinus Iridum, wo er seinen ersten kurzen Augenblick des

Ruhms erleben durfte. Das lag nun schon fast ein ganzes Lebensalter zurück.

Die Erde war nur noch zwei Stunden entfernt.

DIE VIERTE BEGEGNUNG

Kali II drang kurz vor Sonnenaufgang hundert Kilometer über Hawai in die Erdatmosphäre ein. Augenblicklich bescherte der riesige Feuerball dem Pazifik ein falsches Morgengrauen und weckte die Tiere auf unzähligen Inseln, aber nur wenige Menschen. Kaum einer war in dieser Nacht der Nächte schlafen gegangen – mit Ausnahme derer, die in Drogen Vergessen gesucht hatten.

Über Neuseeland entzündete die Hitze des kosmischen Glutofens ganze Wälder. Der Schnee auf den Bergspitzen schmolz, Lawinen gingen ab. Durch wahnsinniges Glück traf die Haupthitzewelle die Antarktis – den Kontinent, der es am besten verkraften konnte. Selbst Kali war nicht in der Lage, das kilometerdicke Polareis restlos wegzuschmelzen. Aber die nachfolgende Große Flutwelle veränderte die Küstenlinien auf der ganzen Welt.

Keiner, der Kalis Vorbeiflug gehört und diese Lautstärke überlebt hatte, konnte das Geräusch jemals beschreiben. Alle Mitschnitte boten nur einen schwachen Abklatsch. Die offizielle Videoaufnahme war allerdings äußerst gelungen und würde noch von vielen späteren Generationen ehrfürchtig betrachtet werden. Aber nichts reichte an die grauenhafte Realität heran.

Zwei Minuten nachdem Kali die Erdatmosphäre angeschnitten hatte, kehrte sie ins All zurück. Sie war bis auf sechzig Kilometer an die Erde herangekommen. In diesen zwei Minuten hatte sie hunderttausend Menschenleben gefordert und Schäden von einer Billion Dollar angerichtet.

Die Menschheit hatte sehr, sehr viel Glück gehabt.

Das nächste Mal würde sie besser vorbereitet sein. Auch wenn diese Begegnung Kalis Orbit so drastisch veränderte, daß dieser Asteroid der Erde niemals mehr gefährlich werden konnte, gab es noch eine Milliarde anderer fliegender Festungen, die sich um die Sonne drehten.

Der Komet Swift-Tuttle nahm schon wieder Anlauf Richtung Sonne. Bevor er sein Perihel erreichte, hatte er noch genug Zeit, um erneut seine Meinung – und seinen Orbit – zu ändern.

Quellen und Danksagungen

Seit ich mich mit Asteroideneinschlägen befasse, hat mein Wissen zu dem Thema mehr und mehr die Struktur eines DNA-Moleküls angenommen: Die Stränge der Tatsachen und der Fiktion sind mittlerweile so eng verschlungen, daß sie fast nicht mehr zu trennen sind. Trotzdem will ich versuchen, sie zu entwirren, indem ich Ihnen chronologisch geordnet erzähle, wie ich dazu kam. Damals, 1973, begann *Rendezvous mit 31/439* mit folgenden Worten:

»Früher oder später mußte es passieren. Am 30. Juni 1908 war Moskau nur um drei Stunden und viertausend Kilometer der Vernichtung entgangen – eine winzige Spanne, gemessen an den Dimensionen des Universums. Am 12. Februar 1947 kam eine weitere russische Stadt noch knapper davon, als der zweite große Meteorit des zwanzigsten Jahrhunderts knapp vierhundert Kilometer von Wladiwostok mit einer Detonation explodierte, die es mit der gerade erfundenen Uranbombe aufnehmen konnte.

In jenen Tagen konnten die Menschen nichts zu ihrem Schutz gegen die letzten Zufallstreffer von jenem Bombardement aus dem Kosmos unternehmen, das einstmals die Mondoberfläche zerklüftet hatte. Die Meteoriten von 1908 und 1947 waren in unbewohnter Wildnis aufgeschlagen; doch gegen Ende des einundzwanzigsten Jahrhunderts gab es auf der Erde kein Gebiet mehr, das für die Schießübungen des Himmels hätten herhalten können. die menschliche Rasse hatte sich von einem Pol zum anderen ausgebreitet. Und so war es unvermeidlich …

Um 9.46 Uhr MEZ, am 11. September in jenem außergewöhnlich schönen Sommer des Jahres 2077, sahen die meisten Einwohner Europas am östlichen Himmel einen leuchtenden Feuerball erscheinen.

In Sekundenschnelle strahlte er heller als die Sonne, und während er – zunächst völlig geräuschlos – über den Him-

mel schoß, ließ er hinter sich eine wirbelnde Staub- und Rauchwolke zurück.

Irgendwo über Österreich begann der Ball sich aufzulösen, was eine Reihe so heftiger Erschütterungen hervorrief, daß über eine Million Menschen dauernde Gehörschäden davontrugen. Sie hatten noch Glück gehabt.

Mit fünfzig Kilometern pro Sekunde prallten einige tausend Tonnen Gestein und Metall auf die Ebenen Norditaliens und vernichteten in ein paar flammenerfüllten Augenblicken das Werk von Jahrhunderten. Die Städte Padua und Verona wurden vom Angesicht der Erde weggefegt, die letzte Pracht Venedigs versank für immer im Meer, als die Fluten der Adria nach dem furchtbaren Einschlag aus dem All landeinwärts donnerten.

Sechshunderttausend Menschen gingen zugrunde, der Gesamtschaden betrug eine Billion Dollar. Doch der Verlust für die Kunst, die Geschichte, die Wissenschaft – für die ganze Menschheit bis ans Ende der Zeiten – überstieg jede Berechnung.

Es war, als sei an einem einzigen Morgen ein großer Krieg geführt – und verloren worden. Und daß die Welt über Monate hin die prachtvollsten Morgendämmerungen und Sonnenuntergänge seit dem Ausbruch des Krakatau zu sehen bekam, während sich der Staub der Zerstörung langsam setzte, das vermochte nur wenige zu trösten.

Nach dem anfänglichen Schock reagierte die Menschheit mit einer Entschlossenheit und Einigkeit, wie sie in keinem früheren Zeitalter möglich gewesen wären. Man machte sich klar, daß eine derartige Katastrophe vielleicht erst wieder in tausend Jahren eintreten würde – daß sie sich aber auch schon morgen wieder ereignen könnte. Und beim nächsten Mal würden die Folgen vielleicht sogar noch schlimmer sein.

Also gut: Es würde kein nächstes Mal geben!

Hundert Jahre früher hatte eine viel ärmere Welt, in der es viel weniger Hilfsmittel gab, ihren Reichtum bei dem

Versuch vergeudet, Vernichtungswaffen zu bauen, die die Menschheit in selbstmörderischer Weise gegen sich selbst richtete.

Sie waren nie erfolgreich gewesen, doch die damals erworbenen Kenntnisse waren nicht in Vergessenheit geraten. Nun konnte man sie für einen weit edleren Zweck und in unendlich größerem Rahmen nutzen. Keinem Meteoriten, der groß genug war, eine Katastrophe heraufzubeschwören, sollte es je wieder gelingen, die Verteidigungsbasen der Erde zu durchbrechen.

So nahm Projekt Spaceguard (›Raumpatrouille‹) seinen Anfang.« (aus A. C. Clarke: Rendezvous mit 31/439, Heyne Verlag, München, 1996)

Im Gegensatz zur allgemeinen Vermutung wollte ich mit dem letzten Satz des Romans: *»Die Ramaner taten alles* dreifach ...« keineswegs andeuten, daß eine Fortsetzung, geschweige denn eine Rama-Trilogie geplant sei. Ich fand ihn einfach passend, aber ehrlich gestanden erst kurz vor Abschluß des Manuskripts. Erst Peter Guber und Gentry Lee brachten mich dazu, meine Meinung zu ändern (vgl. die Einleitung zu *Rendezvous mit übermorgen).* Und niemand war von meinem erneuten Besuch auf Rama 1986 überraschter als ich.

Aber zu dieser Zeit hatten Asteroideneinschläge den Sprung auf die Titelseiten geschafft. In ihrem berühmten Aufsatz von 1980, ›Extraterrestrial Cause for the Cretaceous-Tertiary Extinction‹ *(Science,* Band 208, S. 1095–1108), brachten der Nobelpreisträger Luis Alvarez und sein Sohn, der Geologe Dr. Walter Alvarez, eine erstaunliche Theorie zu Papier. Sie wollten das plötzliche Verschwinden der Dinosaurier – neben Haien und Schaben die vermutlich erfolgreichste Spezies, die jemals auf dem Planeten Erde gelebt hat – erklären, und wiesen, wie heute jedes

Kind weiß, nach, daß sich vor fünfundsechzig Millionen Jahren eine furchtbare weltweite Katastrophe ereignet hat. Ihr Beweismaterial legte nahe, daß ein Asteroid die Ursache war. Der frontale Einschlag und die nachfolgende Klimakatastrophe wirkten sich mit Sicherheit verheerend auf alle terrestrischen Lebensformen aus, besonders auf die großen Landlebewesen.

Durch einen merkwürdigen Zufall hatte Luis Alvarez auch einen großen, aber glücklicherweise überaus positiven Einfluß auf *mein* Leben. 1941 erfand und entwickelte er als Bereichsleiter im Strahlungslabor von MIT ein Radarblindflug-Landesystem. Es wurde später unter dem Begriff ›Ground Controlled Approach‹, GCA, bekannt. Die Royal Air Force, die damals mehr Flugzeuge an das britische Wetter als an die deutsche Luftwaffe verlor, war von dem Prototyp tief beeindruckt, und 1943 wurde das erste Testgerät nach England geschickt. Als einer der in Großbritannien für den Radar zuständigen Offiziere hatte ich die faszinierende, oft aber auch frustrierende Aufgabe, die erste Funktionseinheit Mark I in Betrieb zu halten, bis die ersten in Serie gefertigten Modelle vom Band liefen. Mein Roman *Glide Path* (1963), der einzige übrigens, der sich nicht mit Science-Fiction beschäftigt, basiert auf dieser Erfahrung und ist ›Luie‹ und seinen Kollegen gewidmet.

Luie verließ das GCA-Projekt kurz bevor ich ankam, und flog an jenem schicksalhaften Tag im August 1945 über Hiroschima. Er verfolgte den Abwurf der Bombe, an deren Entwicklung er beteiligt gewesen war, und ihre Wirkung. Ich habe ihn erst Jahre später auf dem Campus der Berkeley-Universität in Kalifornien kennengelernt. Das letzte Mal traf ich ihn 1971 während der 25. GCA-Tagung in Boston. Leider hatte ich nie die Gelegenheit, mit ihm über seine

Theorie zum Aussterben der Saurier zu sprechen. In einem seiner letzten Briefe schrieb er mir, daß es nun nicht länger eine Theorie, sondern eine Tatsache sei.

Ein paar Monate vor seinem Tod am 1. September 1988 bat mich Luie, den Klappentext für seine bald erscheinende Autobiographie zu schreiben: *Alvarez, Adventures of a Physicist* (1987). Ich freute mich sehr über diese Gelegenheit und möchte hier wiederholen, was nun leider nur noch eine posthume Ehrenbezeugung sein kann.

»Luis war wohl an den meisten Höhepunkten der modernen Physik beteiligt – und oft genug die treibende Kraft. Sein unterhaltsames Buch ist so anschaulich geschrieben, daß auch Nichtwissenschaftler voll auf ihre Kosten kommen.

Wer sonst kann schon von sich behaupten, daß er überlebenswichtige Radarsysteme entwickelt, am Südpol nach Magnetpolen gesucht und UFOs und Verrückte abgeschossen hat, die Kennedy ermorden wollten; daß er die beiden ersten Atombombenexplosionen aus der Luft beobachtete – und beweisen konnte, daß es in der Cheprenpyramide erstaunlicherweise keine geheimen Kammern oder Gänge gibt?

Und jetzt befaßt er sich mit dem spektakulärsten Thema seiner ganzen wissenschaftlichen Laufbahn – er geht auf die Frage ein, durch wen oder was die Dinosaurier ausgestorben sind. Er und sein Sohn Walter sind sich sicher, daß sie die Mordwaffe im ›Kriminalfall der Äonen‹ gefunden haben …«

Seit Luies Tod wurde wenigstens ein größerer Meteor- oder kleinerer Asteroideneinschlag bewiesen. Mehrere Aufschlagorte kommen in Frage. Man geht derzeit davon aus, daß der Himmelskörper, der den

Krater mit einem Durchmesser von hundertachtzig Kilometern bei Chicxulub auf der Halbinsel Yucatán in Mittelamerika verursacht hat, auch für den Untergang der Dinosaurier verantwortlich ist.

Einige Geologen beharren darauf, daß der Grund für das Aussterben der Dinosaurier allein auf der Erde zu suchen sei, beispielsweise in Vulkanausbrüchen. Gut möglich, daß an beiden Hypothesen etwas Wahres ist. Aber die Meteormafia scheint zu gewinnen, und sei es nur, weil ihr Szenario viel dramatischer ist.

Auf jeden Fall bezweifelt niemand, daß in der Vergangenheit größere Einschläge stattgefunden haben – immerhin gab es allein in diesem Jahrhundert zwei Treffer und einen Beinahtreffer (Tunguska, 1908; Sikhote-Alin, 1947; Oregon, 1972). Die Frage, die sich nun stellt, lautet: Wie groß ist die Gefahr, und was kann man überhaupt dagegen tun?

In den achtziger Jahren wurde dieses Problem unter den Wissenschaftlern sämtlicher naturwissenschaftlicher Fakultäten rege diskutiert, und der knappe Vorbeiflug des Asteroiden 1989FC, der die Erde um nur sechshundertfünfzigtausend Kilometer verfehlte, führte schließlich dazu, daß Nägel mit Köpfen gemacht wurden. Unter anderem nahm der Ausschuß für Wissenschaft, Raumfahrt und Technik 1990 folgenden Absatz in das *NASA Authorization Act* auf:

»Der Ausschuß verfügt deshalb, daß die NASA zwei Arbeitsgruppen einrichtet. Die erste soll ein Programm aufstellen, mit dem sich die Entdeckungsquote von Asteroiden, die die Erdumlaufbahn kreuzen, beträchtlich steigern läßt. Diese Studie soll die zu erwartenden Kosten einzeln beziffern, einen Zeitplan ausarbeiten sowie Technologie und Ausrüstung benennen, die für die präzise Identifizierung derartiger

Himmelskörper notwendig ist. Die zweite Arbeitsgruppe soll Systeme und technische Möglichkeiten ausarbeiten, um die Umlaufbahn jener Asteroiden, die eine Gefahr für das Leben auf der Erde darstellen, zu ändern oder sie zu zerstören. Der Ausschuß empfiehlt internationale Beteiligung an beiden Studien und schlägt vor, daß sie innerhalb eines Jahres nach Verabschiedung dieses Gesetzes durchgeführt werden.«

Das wird vielleicht einmal ein historisch wertvolles Dokument sein. Wer hätte vor ein paar Jahren gedacht, daß ein Kongreßausschuß eine derartige Stellungnahme formulieren würde?

Die NASA stellte einen internationalen Workshop zu ›erdnahen Objekten‹ auf die Beine, der sich 1991 mehrmals traf. Die Ergebnisse wurden vom *Jet Propulsion Laboratory* der NASA in Pasadena, USA, in einem Bericht mit dem Titel »The Spaceguard Survey« (25. Januar 1992) zusammengefaßt.

Das letzte Kapitel dieses Berichts beginnt mit folgendem Absatz:

»Aus Besorgnis darüber, daß die Wahrscheinlichkeit des Einschlags eines Körpers aus dem All größer als allgemein angenommen sein könnte, bat der amerikanische Kongreß die NASA, einen Workshop zur baldigen Entdeckung von Asteroiden mit erdnaher Umlaufbahn zu veranstalten. Der vorliegende Bericht beschreibt ein internationales Überwachungsnetz von Teleskopen auf der Erde, das die monatliche Entdeckungsquote von einigen wenigen auf eintausend steigern könnte. Ein derartiges Programm würde die Zeitspanne von mehreren hundert Jahren, die man derzeit veranschlagen müßte, um größere, die Erdumlaufbahn kreuzende Asteroiden annähernd vollständig zu erfassen, auf etwa fünfundzwanzig Jahre verringern. Wir nennen dieses empfohlene Programm *Spaceguard Survey.* Der Name ist einem ähnlichen Projekt entlehnt, daß der Science-fiction-Autor Arthur C. Clarke bereits vor fast zwanzig Jahren in seinem Roman *Rendezvous mit 31/439* beschrieben hat.«

Der Hammer Gottes hätte wohl nicht ohne die Informationsmengen aus dem ›Spaceguard Survey‹ geschrieben werden können. Aber die eigentliche Inspiration für diesen Roman kam völlig unerwartet von ganz anderer Seite.

Im Mai des Jahres 1992 fühlte ich mich sehr geschmeichelt, als ich einen Brief von Steve Koepp, dem damaligen Chefredakteur des amerikanischen Nachrichtenmagazins *Time,* erhielt. In dem Schreiben bat er mich um eine Kurzgeschichte mit viertausend Wörtern, die den ›Leserinnen und Lesern einen Eindruck davon vermittelt, wie das Leben auf der Erde im nächsten Jahrtausend aussehen könnte.‹ Er fügte noch hinzu: ›Meines Wissens nach wird unser Magazin damit zum ersten Mal einen fiktiven Text abdrucken.‹

Wie es sich herausstellen sollte, war diese Information nicht ganz korrekt. Die Redakteure des *Time* informierten mich später fast schon entschuldigend, daß meine Erzählung nicht der erste fiktive Text sei, den man in Auftrag gegeben habe. Bereits 1969 wurde eine Erzählung von Alexander Solschenizyn veröffentlicht. Ich fühlte mich geehrt, in die Fußstapfen eines so herausragenden Menschen und Autors treten zu dürfen.

Den Vorschlag des *Time* – das muß ich wahrscheinlich nicht betonen – konnte ich nicht ausschlagen. Es war eine interessante Herausforderung, und innerhalb von fünf Millisekunden war mir klar, daß das perfekte Thema auf der Hand lag. Mehr noch, ich stand in der *Pflicht,* ich mußte einfach schildern, was man gegen die Bedrohung durch Asteroiden tun konnte. Wenn ich eine Geschichte schrieb, in der ein Asteroid abgewehrt werden konnte, könnte ich langfristig gesehen vielleicht sogar die Welt retten. Obwohl ich das nie erfahren würde …

So schrieb ich den *Hammer Gottes* und schickte das Manuskript schnell an *Time.* Steve Koepp kritzelte einige sehr scharfsinnige Bemerkungen an den Rand, die ich zu neunzig Prozent als angemessen akzeptieren mußte. Der Text erschien in einer Sonderausgabe des Magazins mit dem Titel *Beyond the Year 2000,* das Ende September 1992 veröffentlicht und mit *Fall 1992 (Vol. 140, No. 27)* bibliographiert wurde.

Zuvor war ich jedoch nach England gereist, um dort eine etwas verfrühte Feier anläßlich meines fünfundsiebzigsten Geburtstags zu begehen. (Nachdem ich drei Jahrzehnte knapp tausend Kilometer vom Äquator entfernt gelebt habe, bringt mich nichts mehr im Dezember ins Vereinigte Königreich.) Unter den Teilnehmern des Programms, das mein Bruder Fred in meiner Heimatstadt Minehead organisiert hatte, befand sich ein Mitglied des *Spaceguard Survey:* Dr. Duncan Steel. Er war quasi vom entgegengesetzten Ende der Erde angereist, vom anglo-australischen Observatorium, in Coonabarabran, Neu-Süd-Wales, um einen Vortrag und ein paar äußerst beeindruckende Overhead-Projektor-Folien zu präsentieren. Sie veranschaulichten, was bei einem größeren Einschlag passieren könnte.

Wahrscheinlich wurde mir etwa zu diesem Zeitpunkt bewußt, daß der *Hammer* das Zeug zu einem kompletten Roman hatte – und mir gar nichts anderes übrigblieb, als eben den zu schreiben. Da ich sechs andere Titel und einige Dutzend Fernsehauftritte im *Orbit* hatte, zögerte ich, in den sauren Apfel zu beißen, akzeptierte aber schließlich das Unvermeidliche.

Der erste Entwurf war fast fertig, als ich einen Brief mit einer erstaunlichen Mitteilung von Dr. Steel erhielt, der nun wieder in Coonabarabran weilte:

»Bis letzten Donnerstag hätte ich noch geschworen, die Wahrscheinlichkeit sei gleich Null, daß eines der derzeit bekannten Objekte in absehbarer Zeit, also im nächsten oder übernächsten Jahrhundert mit der Erde kollidiert. Dem ist nun nicht mehr so ...«

Dem Brief von Dr. Steel lag das Rundschreiben 5636 vom 15. Oktober 1992 des *Central Bureau for Astronomical Telegrams,* einem Ableger des Smithsonian Astrophysischen Observatoriums in Cambridge, Massachusetts, bei. Es berichtete über die Wiederentdeckung des Kometen Swift-Tuttle am 26. September desselben Jahres, der ursprünglich 1862 von zwei amerikanischen Astronomen entdeckt worden war und wieder verschwand; keineswegs aufgrund von Schlamperei, sondern aus einem viel interessanteren Grund.

Während sich Swift-Tuttle oder ein anderer Komet der Sonne nähert, beeinflussen ihn durch die Sonnenerwärmung hervorgerufene Jets, deren Eintreten nicht vorherzubestimmen ist. Allerdings sind die Auswirkungen auf seine Umlaufbahn ziemlich gering, wie Dr. Steel anmerkte:

»Wenn die Laufbahnberechnungen nur ein wenig ungenau sind – und man kann nicht davon ausgehen, daß diese Jetkräfte gleichmäßig auftreten –, dann könnte es sein, daß der Komet am 14. August 2126 die Erde trifft. Was das Datum angeht, besteht kein Zweifel, denn an diesem Tag kreuzt die Umlaufbahn des Kometen ohnehin die der Erde. Nicht fest steht, ob der Komet die Erde zu diesem Zeitpunkt exakt trifft, oder ob er – was wir hoffen wollen – sich in seiner Umlaufbahn ein bißchen weiter vorn oder hinten befindet.«

Verständlicherweise schlägt das Rundschreiben der *Astronomischen Union* vor, daß ›man vorsichtshalber versuchen sollte, Swift-Tuttle solange zu folgen, wie dies nach der aktuellen Perihelpassage möglich ist; in der Hoffnung, daß der Orbit präziser bestimmt … werden kann.›

Dazu wieder Duncan Steel:

»Was, wenn der Komet im Jahre 2126 auf die Erde trifft? Das wird dann mit einer Geschwindigkeit von 60 km/Sek. geschehen. Der Kern hat eine Größe von etwa 5 km. Seine Kilotonnen schwere Ladung würde mit einer Wucht von 200 Millionen Megatonnen oder dem Zehnmilliardenfachen der Hiroschimabombe einschlagen. Wenn es sich bei den 5 km aber nicht um seinen Durchmesser, sondern um seinen Radius handelt, müßte man diese Zahlen durch acht dividieren. Das Ergebnis würde aber in allen Sprachen immer noch als großer Knall bezeichnet werden. Grüße, Duncan.«

Nun ließ ich die Ankunft meiner hypothetischen Kali um das Jahr 2110 spielen – einem Datum, an dem die echte Welt sich langsam richtig Sorgen machen würde, da es bis zur Ankunft von Swift-Tuttle dann nur noch sechzehn Jahre dauerte. Deshalb war ich über diese Information sehr froh, weil ich dadurch meiner ansonsten ›schlichten und wenig überzeugenden Erzählung einen Anschein von Wahrscheinlichkeit geben konnte‹, wie *The Mikado* das so hübsch formuliert hat.

Und jetzt kommt etwas, das *keiner* glauben wird …

Ich feilte immer noch an diesem Kapitel, als ich CNN einschaltete (die genaue Zeit: 18 Uhr 20, 6. November 1992 – also vor gerade mal zwei Stunden). Stellen Sie sich mein Erstaunen vor, als ich da meinen alten Freund sehe, den holländisch-amerikanischen Astronomen Tom Gehrels, Experte für Asteroiden und ein bekanntes Mitglied der Spaceguard-Mannschaft. Er hat Sri Lanka schon mehrmals besucht und wollte hier ein Observatorium einrichten. Seine fesselnde Autobiographie *On the Glassy Sea* (American Institute of Physics, 1988), enthält ein Kapitel mit der Überschrift: ›Das Sri-Lanka-Teleskop und Arthur C. Clarke.‹

Aber was machte Tom auf CNN? Er berichtete über die jüngste Bestätigung für die Alvarez-Theorie. Das ultimative Beweisstück war gefunden worden – und der Aufschlagpunkt des vernichtenden Kometen war die weiter oben erwähnte Chicxulub-Formation in Yucatán.

Danke, Tom. Ich wünschte, Luie hätte diese Neuigkeit noch erlebt.

Ein anderes merkwürdiges Zusammentreffen ereignete sich zwei Wochen, nachdem der *Hammer* veröffentlicht worden war. Ein kleiner Meteorit landete doch tatsächlich in New York – und beschädigte einen parkenden Wagen! (Was sonst hätte er dort treffen können?)

Dieser Zwischenfall erinnerte mich an den Film ›Meteor‹, der mir besser gefiel als den meisten Kritikern. (Ich habe eine sehr hohe Schmerzgrenze, was schlechte Sience-fiction-Filme angeht. Als ich Stanley Kubrick einmal dazu überredet hatte, einen Klassiker –

›Things to Come‹, glaube ich – anzusehen, beschwerte er sich bei mir: »Was tun Sie mir da an? Ich werde mir nie wieder einen Film ansehen, den Sie mir empfohlen haben!«)

Im spannendsten Augenblick fällt in ›Meteor‹ eine brillante Bemerkung. Nach dem Bombardement aus dem All haben sich der russische Wissenschaftler und sein amerikanischer Kollege gerade wieder an die Oberfläche gearbeitet. Sie hatten zuvor in einem Schacht der New Yorker U-Bahn Schutz gesucht. Beide sind von Kopf bis Fuß mit Schlamm beschmiert, und der Russe dreht sich zu seinem Kollegen um und sagt: »Eines Tages muß ich Ihnen die Moskauer Metro zeigen.«

Die Kids, die ihre halsbrecherischen Fahrten auf den mit Graffiti besprühten Wagen der New Yorker U-Bahn machen, würden diese witzige Bemerkung bestimmt mögen.

Das Ereignis von Tunguska des Jahres 1908 wurde in der englischsprachigen Fernsehserie *Arthur C. Clarke's Mysterious World,* zu deutsch etwa ›Die geheimnisvolle Welt des Arthur C. Clarke‹, behandelt; eine detaillierte Erörterung mit Photographien und Landkarten findet sich im Kapitel ›The Great Siberian Explosion‹ des Buches *Mysteries* von Simon Welfare, John Fairley und mir.

Mein Co-Autor Gregory Benford beim Titel *Beyond the Fall of Night* (1991) hat mich gerade an den Roman *Shiva Descending* (1980) von ihm und William Rotsler erinnert, der die Ablenkung eines Asteroiden von seiner Umlaufbahn zum Thema hat. Ich muß gestehen, daß ich dieses Buch niemals gelesen habe, aber natürlich kannte ich den Titel, und unbewußt sorgte er vielleicht sogar dafür, daß ich meinen Asteroiden Kali (Gattin des Schiwa) nannte. Dieser Name kam mir sofort in den Sinn, als ich zu schreiben anfing.

Ein anderer Roman mit dem gleichen Thema ist der Titel *Luzifers Hammer* von Larry Niven und Jerry Pournelle (1977). Ihn habe ich gelesen – und fühlte mich ein wenig an die guten alten ›Astounding Stories‹, die Geschichten zum Staunen, erinnert. Als ich rasch den unbezahlbaren *Complete Index to Astounding / Analog* von Mike Ashley durchblätterte, wußte ich warum: Da fand ich The Hammer of Thor, eine Kurzgeschichte von Charles Willard Diffin (März 1932).

Ich war verblüfft, weil ich mich an diese obskure Erzählung über Eindringlinge aus dem All überhaupt erinnerte; sie muß wohl in den letzten sechzig Jahren irgendwo in meinem Unterbewußtsein ausgeharrt haben. Und um die Aufzählung zu vervollständigen, gebe ich gerne zu, daß ich meinen eigenen Titel absichtlich dem gleichnamigen Roman von G. K. Chesterton entlehnt habe. Seine Hauptfigur, Pater Brown, ein Priester, der gerne Kriminalfälle löst, enträtselt in dieser Episode einen mysteriösen Mord, bei dem es auch um *The Hammer of God* geht.

Ich sollte noch den Roman *Tausend Milliarden Glückliche Menschen* von James Blish und Norman L. Knight (1967) erwähnen, der sich mit einem bevorstehenden Asteroideneinschlag befaßt. Er bedroht eine Erde, deren Bevölkerung auf eine Billion Menschen angewachsen ist. Irgendwie konnte ich mich nicht des Gefühls erwehren, daß einer solchen Welt die drohende Kollision beinahe guttun würde.

Die Ortsbezeichnungen für Gegenden auf dem Mars in Kapitel 14 stammen alle aus dem *Atlas of Mars* der NASA (1979), so unwahrscheinlich sie auch klingen mögen. Um die Neugier meiner Leserinnen und Leser zu befriedigen, seien im folgenden die Ursprünge erwähnt: Dank, Stadt im Oman; Dia-Cau, Stadt in Vietnam; Eil, Stadt in Somalia; Gagra, Stadt in der GUS (Georgien); Kagul, Stadt in der GUS (Moldawien); Surt, Stadt in Libyen; Tiwi, Stadt im Oman; Waspam, Stadt in Nicaragua; Yat, Stadt in Nigeria.

Ich bin gerade dabei, das für die Namensvergabe zuständige Komitee der Internationalen Astronomischen Union davon zu überzeugen, Isaac Asimow, Robert Heinlein und Gene Roddenberry auf dem Mars zu verewigen. Leider haben dort alle größeren Formationen schon einen Namen, deshalb müssen wir vielleicht zum Merkur überwechseln, der, wie mein Ansprechpartner bei der IAU trocken bemerkte, »... in nächster Zeit wohl noch nicht kolonialisiert wird.«

Die theoretische Grundlage für die Doktrin der Wiedergeborenen (Kapitel 20) sind nachzulesen in ›Efficiently coded messages can transmit the information content of a human across interstellar space‹ – zu deutsch etwa: sinnvoll kodierte Nachrichten können den einen Menschen ausmachenden Informationsgehalt über den interstellaren Raum hinweg übermitteln – von William A. Reupke, Acta Astronautica, Bd. 26, Nr. 3/4, S. 273-6, March/April 1992.

Die fast unglaubliche Geschichte über die Torpedoausfälle der US-Navy in Kapitel 44 findet man in *United States Submarine Operations in World War II* von Theodore Roscoe (US Naval Institute, 1949) und, leichter zugänglich, in *Coral Sea, Midway and Submarine Actions* von Samuel Eliot Morison (Little, Brown, 1959). Hier ein Zitat aus dem zuletzt genannten Titel: ›Der Zündhebel, der an sich bei Krafteinwirkung von außen hätte auslösen sollen, erwies sich als zu zerbrechlich, um einen ordentlichen neunzig Grad-Treffer zu überstehen … So wurde auch der beste Schuß zum Blindgänger.‹

An dieser Stelle möchte ich mich bei Bob Singh, dem geborenen Apotheker, entschuldigen, weil ich mir in einem Anfall geistiger Umnachtung seinen Namen geborgt habe.

Mein Dank an Ray Bradbury, der mir gestattet hat, in Kapitel 24 aus *Die Mars-Chroniken*, ›Nächtliche Begegnung‹ zu zitieren.

Ganz besonderen Dank an Prinz Sultan Al-Saud, Shuttle-Astronaut, für seine Gastfreundschaft anläßlich des Treffens der Weltraumforscher in Rijad im November 1989. Es war mein erster unmittelbarer Kontakt mit der islamischen Kultur.

Und an Gentry Lee, der meinen technischen und psychologischen Wissenshorizont erweitert hat.

Ganz besonderen Dank an die *Summa Corporation* (heute heißt sie »The Howard Hughes Corporation«, A. d. Ü.) für einen kleinen Manganklumpen in Form einer Niere. Man fischte ihn 1972 während der Erprobungsphase der CIA-Operation ›Jennifer‹ aus etwa fünftausend Meter Tiefe. (Vgl. *The Ghost from the Grand Banks*, 1990). Er sieht Kali so ähnlich, daß ich ihn manchmal bloß in Händen halten mußte, damit mir wieder etwas einfiel.

Computerprogramme, die mir sehr geholfen haben, während ich dieses Buch schrieb, waren ›Vistapro‹ und ›Distant Suns‹ (Virtual Reality Laboratory, 2341, Ganador Court, San Luis Obispo, Ca. 93401) für den AMIGA, und ›Sky‹ (Software Bisque, 912, Twelfth Street, Suite A, Golden, Co. 80401) und ›Dance of the planets‹ (ARC Sience Simulations, PO Box 1955S,

Loveland, Co. 80539) für MS/DOS. Ich bin auch Simon Tulloch für seine Orbitberechnungen zu Dank verpflichtet, obwohl ich gelegentlich die Größenverhältnisse zugunsten eines dramatischeren Handlungsverlaufs verzerrt habe.

Letzte Meldungen

Das Manuskript dieses Romans wurde am 2. Dezember 1992 per Kurier zu meinen Agenten in den Vereinigten Staaten und im Vereinigten Königreich geschickt. Am 8. Dezember näherte sich der erst kürzlich entdeckte Asteroid Toutatis in seinem Orbit der Erde auf drei Millionen Kilometer. Astronomen vom *Jet Propulsion Laboratory* nutzten die Gelegenheit, ihn mit Hilfe eines neuen Radarsystems der NASA-Station in der Mojavewüste zu scannen. Sie stellten fest, daß Toutatis aus *zwei* stark mit Kratern übersäten Körpern besteht, die einen Durchmesser von drei bis vier Kilometer haben, sich umeinander drehen und einander dabei beinah berühren. Das Radarbild zeigt ein Objekt, das genauso aussieht, wie ich mir Kali nach ihrer Teilung vorgestellt habe.

Toutatis ist der erste Doppelasteroid, den man entdeckt hat. Radarmessungen haben ergeben, daß Apollo 4769 (Castalia), auf den in Kapitel 45 Bezug genommen wird, die Form einer Hantel hat; sehr wahrscheinlich besteht auch er aus zwei Einheiten.

Die neueste Meldung von Swift-Tuttle erhielt ich am 1. Januar 1993 von Dr. Duncan Steel. Nach einer genaueren Bestimmung seines Orbits ist der Einschlag im Jahr 2126 unwahrscheinlich. Er wird die Erde voraussichtlich um fünfzehn Tage verfehlen. Aber der letzte Satz des Romans hat nach wie vor Berechtigung; Dr. Steel fügte unheilvoll hinzu: ›Bruchstücke, die der Komet gebiert – das wurde schon mehrmals beobachtet – könnten trotzdem zu einer Gefahr werden. Wie würden Ihnen hundert Tunguskas an einem Tag gefallen?‹